할라간

쥬논 판타지 장편소설

ORIGINAL FANTASY STORY & ADVENTURE

dream
books
드림북스

하라간 4 마물의 진화

초판 1쇄 인쇄 2017년 4월 14일
초판 1쇄 발행 2017년 4월 24일

지은이 쥬논
발행인 오영배
기획 박성인
책임편집 이대용
일러스트 유진
표지 · 본문 디자인 권지연
제작 조하늬

펴낸곳 (주)삼양출판사 · 드림북스
주소 서울시 강북구 도봉로 173
대표 전화 02-980-2112 **팩스** 02-983-0660
편집부 전화 02-980-2116 **팩스** 02-983-8201
블로그 blog.naver.com/dreambookss
출판등록 1999년 3월 11일 제9-00046호

ISBN 979-11-313-0658-1 (04810) / 979-11-313-0654-3 (세트)

드림북스는 (주)삼양출판사의 판타지 · 무협 문학 브랜드입니다.

하라간

쥬논 판타지 장편소설

ORIGINAL FANTASY STORY & ADVENTURE

4

마물의 진화

dream books
드림북스

목차

사대신수   007

제1화 **진화의 가능성**   009

제2화 **군나르의 마물을 공유하다**   065

제3화 **타이밍 독**   109

제4화 **베레니케의 오해**   177

제5화 **마나의 벽 4단계** 221

제6화 **벨커스의 추종자들** 277

제7화 **출궁** 319

제8화 **남부 국경선** 351

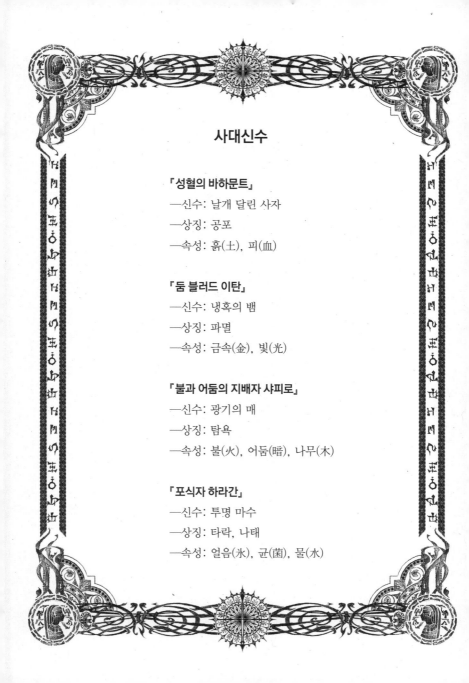

사대신수

『성혈의 바하문트』
—신수: 날개 달린 사자
—상징: 공포
—속성: 흙(土), 피(血)

『둠 블러드 이탄』
—신수: 냉혹의 뱀
—상징: 파멸
—속성: 금속(金), 빛(光)

『불과 어둠의 지배자 샤피로』
—신수: 광기의 매
—상징: 탐욕
—속성: 불(火), 어둠(暗), 나무(木)

『포식자 하라간』
—신수: 투명 마수
—상징: 타락, 나태
—속성: 얼음(氷), 균(菌), 물(水)

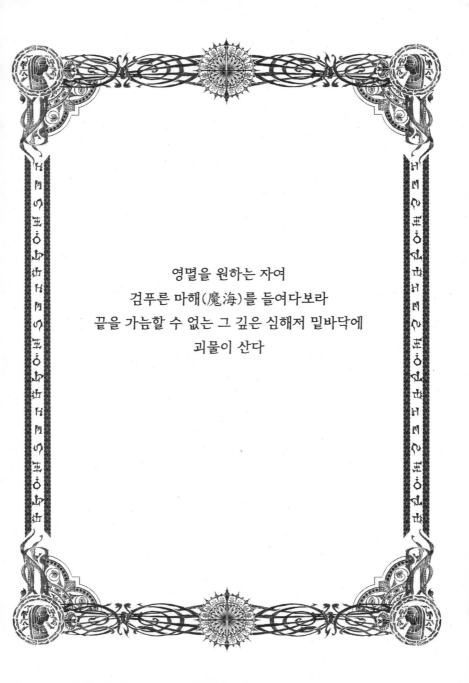

영멸을 원하는 자여
검푸른 마해(魔海)를 들여다보라
끝을 가늠할 수 없는 그 깊은 심해저 밑바닥에
괴물이 산다

제1화
진화의 가능성

Chapter 1

쿵! 쿵! 쿵! 쿵! 쿵! 쿠웅―!

어두컴컴한 심해저가 요동을 친다.

금속보다 밀도가 더 높은 검은 물살은 반복적으로 동심원 파문을 만들었다. 그 파문이 출렁이면서 언뜻언뜻 검보랏빛 색채를 발산했다.

이 파문의 근원은 괴생명체!

대륙을 떠받칠 듯한 거대한 6개의 다리로 심해저 밑바닥을 보행하는 괴생명체가 잠시 걸음을 멈추고 크게 들숨을 쉬었다.

시커먼 바닷물이 괴생명체의 입으로 쭈와아아악 빨려 들

어갔다가 다시 세차게 분출했다. 가벼운 숨쉬기 한 방에 심해저가 벌렁 뒤집히고, 그 파동이 까마득한 위쪽의 해구까지 영향을 미쳤다.

끼악!

끄아악!

마해(魔海: 악마의 바다)의 마물들이 기겁을 하며 사방으로 흩어졌다.

쿠웅! 쿵! 쿵! 쿵!

6개의 다리를 지닌 괴생명체가 다시 발걸음을 옮겼다. 시커먼 바닷물 사이로 거대한 뿔 4개가 출렁거리는 모습이 보였다. 하늘을 향해 둥글게 휘어진 4개의 뿔은 코끼리의 상아와 흡사해 보였는데, 그 하나하나의 크기가 왕국을 가로지르는 산맥에 버금갈 정도로 거대했다. 그리고 그런 뿔을 4개나 지닌 괴생명체의 크기는 대륙의 4분의 1쯤을 뚝 잘라 놓은 듯했다.

이 정도로 거대한 마물이다 보니 자신감이 넘치는 것은 당연했다. 괴생명체는 지옥보다 더 살벌한 마해의 밑바닥을 두려움 없이 활보했다.

괴생명체의 몸체에 돋아난 기다란 털이 심해저의 해류를 타고 이리저리 흔들렸다. 그 털 한 가닥 한 가닥에는 악귀의 얼굴이 새겨져 있었다. 그 악귀들이 딱딱딱딱 소리를 내며 날카로운 이빨을 위아래로 맞부딪쳤다.

스으윽—

육족 보행을 하는 괴생명체의 앞에 범고래처럼 생긴 생명체 하나가 나타났다. 이 녀석은 진짜 범고래보다는 수십만 배 이상 몸집이 거대했지만, 육족 보행을 하는 괴생명체에 비하면 매머드 앞에 놓인 송사리처럼 보였다.

적록색 범고래의 머리 위에는 가지가 무성한 나무 한 그루가 돋아 있었는데, 그 나뭇가지 한 가닥 한 가닥마다 이빨이 뾰족하고 온몸에서 형광색을 내뿜는 상어들이 열매처럼 매달려 스으윽, 스으윽 바다를 유영했다.

그 상어의 숫자가 헤아릴 수 없이 많아 깜깜한 바다에 찬란한 별이 한가득 뜬 것 같은 분위기를 자아내었다.

뿌어어어어—

육족 보행을 하는 괴생명체가 무시무시한 음파를 발사했다. 산맥처럼 거대한 4개의 상아가 크게 좌우로 흔들렸고, 대륙을 떠받칠 듯한 굵은 다리가 쿠웅! 쿠웅! 심해저 밑바닥을 짓이겨 놓았다.

희한하게도 육족 보행을 하는 괴생명체는 몸을 돌려 달아나는 중이었다. 정신없이 도망치는 괴생명체의 발에 짓눌려 심해저의 지형이 뒤틀렸다. 바닥이 깨져 마그마가 분출했다.

뿌어어어어—

괴생명체가 또다시 괴성을 질렀다. 괴생명체는 한 입 거리도 안 되는 범고래를 정말로 무서워하는 것처럼 보였다.

아니, 이 정도 반응이면 단순히 무서워한다고 표현할 수는 없었다. 괴생명체는 공포에 질려 숨이 멎을 듯했다. 그 굵은 6개의 다리가 후들후들 떨려 도망치는 와중에도 몇 번씩이나 주저앉고 나뒹굴기를 반복했다.

적록색 범고래가 육족 보행을 하는 괴생명체를 뒤쫓았다.

그렇게 정신줄 놓고 도망치던 육족 보행 괴생명체가 상아를 높이 들고 다시 울었다.

뿌우우어어어어—!

그 울음에 반응이라도 하듯 심해저 동쪽 저 먼 곳에서 화답이 왔다.

*뿌우우어어어—

굵고 긴 울음과 함께 심해저 동편에서 거대한 물살이 밀려들었다. 괴생명체는 물살이 밀려오는 방향으로 미친 듯이 달렸다.

뿌우우— 뿌우우어어어—!

서로 호응을 하는 울음이 연달아 터지고, 잠시 후 또 하나의 괴생명체가 등장했다.

8개의 굵은 다리!

6개의 거대한 상아!

새로 등장한 괴생명체는 미친 듯이 도망치는 녀석과 비슷한 생김새였다. 하지만 상아의 개수는 2개가 더 많았고, 상아의 크기도 도망치는 괴생명체의 것보다 얼추 1.5배는 되어 보였다. 게다가 덩치도 2배는 더 컸다.

뿌우우워어어—

도주 중이던 괴생명체는 어미를 만난 새끼처럼 반가워하며 달려갔다.

마주 달려오던 덩치 큰 괴생명체가 갑자기 머리를 휘저었다. 이 괴생명체는 6개의 상아 사이에 기다란 코 2개를 가지고 있었는데, 털이 부숭부숭한 코의 길이는 대륙을 일자로 가로지를 정도로 길었고, 굵기는 상아를 2개 합친 것 같았다.

그 거대한 코끝이 갑자기 1,000개로 쫙 갈라지더니, 그 끝에서 어마어마한 굵기의 마물 화살들이 한꺼번에 쏟아져 나왔다.

투확! 투타타타타타!

금속보다 밀도가 높은 바닷물을 헤치고 날아온 마물 화살 1,000개는 적록색 범고래를 스치고 지나가 심해저 밑바닥에 콰콰콰콱! 틀어박혔다.

마물 화살의 표면에 악귀의 얼굴이 돋아나 아가리를 쩍 벌렸다가 힘껏 다물었다.

이 한 방으로 끝!

1,000개의 마물 화살이 동시에 폭발하면서 심해저를 완전히 뒤집어 놓았다. 엄청난 폭발력에 마그마가 분출하고 땅이 깨졌다. 쓰나미가 일듯이 온 사방으로 물살이 휘몰아쳤다.

이 엄청난 폭발을 뚫고 투명한 무언가가 와르르 일어났다.

완벽하게 투명해서 눈으로 볼 수 없는 존재!

하지만 지금은 시커먼 심해저 바닷물과 대비되어 그 윤곽이 얼핏 드러났다. 이 투명한 존재가 어떤 형태인지는 파악하기는 어려웠다. 단순히 넓은 장막처럼 느껴지기도 했고, 꾸불텅 휘어진 부분은 마치 드래곤의 목 일부를 보는 것 같기도 했다.

심해저 밑바닥을 뚫고 일어난 투명한 존재는 눈 깜짝할 사이에 두 마리의 괴생명체를 덮쳤다.

뿌워어어!

괴생명체가 다시 1,000개의 코끝에서 폭발형 마물 화살을 발사했다.

그런데 이번엔 단순히 1,000개의 마물 화살을 한꺼번에 쏘아 낸 것으로 그치지 않았다. 아예 난사를 할 작정으로 쉴 새 없이 쏘아 댔다.

도망 중이던 새끼 괴생명체도 어미를 도왔다. 녀석은 코를 크게 부풀리더니 한 번에 600개가 넘는 마물 화살을 쏘아 투명한 존재를 공격했다.

두 마리 괴생명체가 쏘아 내는 마물 화살 하나하나가 어지간한 크기의 동산을 통째로 날려 버릴 폭발력을 지녔다. 그런 화살들이 0.2초에 1,600개씩, 즉 1초에 8,000개씩 날아가 투명한 존재를 가격했다.

그런데 단 한 번의 폭음도 들리지 않았다.

투명한 존재와 부딪친 마물 화살은 허무할 정도로 쉽게 얼어붙었다가 뒤로 튕겨져 나와 괴생명체에게 오히려 타격을 입혔다.

뿌우워워!

뿌우뿌!

두 마리 괴생명체는 온몸에 돋아난 털들을 바짝 곤두세웠다.

그 털들이 아가리를 쩍 벌리며 튀어 나갔다. 괴생명체의 몸에서 떨어져 나온 털들이 여러 겹의 방어막을 형성해 충격을 흡수했다.

하지만 1초에 8,000발이나 되는 마물 화살의 폭발력을 모두 흡수하기란 불가능했다. 괴생명체 두 마리는 이내 피투성이가 되었다.

Chapter 2

뿌우우워워—

어미가 다급하게 울었다.

어미는 2개의 코를 움직여 새끼를 밀어냈다.

자신이 시간을 벌 테니 그사이에 어서 도망치라는 뜻이었다.

뿌우우웅—

새끼가 구슬프게 울었다.

뿌워워워워!

다급해진 어미가 강하게 화를 냈다.

뿌우뿌뿌!

마침내 새끼가 어미의 등 뒤로 몸을 빼서 도망치기 시작했다.

어미는 새끼를 보호하기 위해 전방을 향해 미친 듯이 마물 화살을 날렸다. 방어도 포기하고 온몸의 악귀 털들을 다 뽑아 함께 공격했다.

그것만으로도 부족해서 어미는 쿵쿵쿵쿵! 달려가 투명한 존재를 온몸으로 들이받았다.

자신의 모든 것을 쏟아 부은 이 공격이 투명한 존재에게 통할 것이라고는 생각하지 않았다. 투명한 존재는 도저히 상대할 수 없는 절대자였다. 물리적으로 무한하게 펼쳐진 이 마해의 밑바닥을 장악한 절대자!

어미는 죽을힘을 다해 달려가 6개의 상아로 상대를 공격했다.

하지만 투명한 존재에게 가까이 근접한 순간 이미 어미의 몸속 피는 꽝꽝 얼어붙었고, 근육은 움직이지 않았다.

죽을힘을 다해 조금 더 가까이 파고들자 이번엔 어미의 몸 전체가 굳었다. 심지어 머릿속 사고까지 완전히 멈춰 버렸다.

ㅡ도, 도망쳐!

어미가 마지막으로 떠올린 생각은 이것이었다.

그 생각을 끝으로 투명한 존재가 어미의 몸을 완전히 집어삼켰다.

콰득!

그 거대한 마물이 단 한입에 자취를 감추었다. 심해저에 비릿한 피 내음이 확! 풍겼다가 다시 사라졌다.

뿌우우우— 뿌우—

아득히 먼 곳에서 육족 보행 새끼가 울음을 토했다.

그 울음에는 어미에 대한 복수의 감정은 전혀 섞여 있지 않았다. 그저 참을 수 없는 공포만 가득했다.

하지만 이 공포도 그리 오래가지는 못했다.

적록색 범고래의 머리에 매달린 상어 한 마리가 갑자기 뚝 떨어져 나오더니 후와악 부풀었다. 놀랍게도 상어 열매는 어느새 새끼 괴생명체로 변했다.

아니, 엄밀하게 말해서 상어 열매가 새끼 괴생명체로 변한 것이 아니었다. 투명한 존재가 상어 열매를 포탈처럼 사용해서 아득히 먼 곳으로 도망친 먹잇감을 다시 자신의 코앞으로 가져다 놓은 것뿐이었다.

콰득! 우드득!

투명한 존재는 멍하게 눈을 껌뻑이는 육족 보행 새끼의 몸뚱어리를 한입에 삼킨 다음, 그대로 씹어 먹었다.

어미가 희생을 하면 그사이 새끼는 멀리 도망칠 수 있다?

이건 착각이었다.

투명한 마수에게서 도망칠 수 있는 방법 따위는 없었다.

일단 한번 목표로 포착되면 끝!

오늘도 심해저 가장 밑바닥의 마물들은 공포에 떨어야 했다.

두 마리 마물의 희생을 끝으로 심해저는 다시 적막에 잠겼다. 고요해진 바다에 범고래처럼 생긴 생명체가 살랑살랑 꼬리를 치며 헤엄쳤다. 범고래 머리 위에 돋아난 나뭇가지에서 형광색 상어들이 열매처럼 매달려 스윽, 스윽 유영했다.

깜깜한 바다에 찬란한 별이 떴다.

그 별빛들이 어딘지 모르게 섬뜩해 보였다.

"음냐! 갑자기 코끼리 고기가 먹고 싶어지는걸."

새벽 3시.

침대에서 일어난 하라간이 입맛을 다셨다.

군나르 왕국은 3분의 1의 사막과 3분의 1의 황무지, 그리고 3분의 1의 초원으로 이루어진 국가였다. 국토 군데군데에 조성된 열대림과 너른 초원엔 코끼리 무리가 밀집해서 살았는데, 군나르 왕국 사람들은 이 코끼리들을 잘 훈련시켜서 군사용으로 활용하거나 토목 공사에 동원했다.

하지만 코끼리 고기를 먹는 사람은 거의 없었다.

맛이 없고 질기기 때문이었다.

"꿈 탓인가? 왜 갑자기 코끼리 고기가 생각난 거야?"

하라간은 물로 입 안을 한번 헹군 다음, 벽을 향해 손을 뻗었다.

선반에 걸린 검 한 자루가 두둥실 날아와 하라간의 손에 안착했다. 하라간은 손바닥으로 검집을 부드럽게 쓰다듬었다.

우우웅웅!

검이 아이처럼 보챘다. 검은 하라간에게 "주인님, 어서 저를 사용해 주세요."라고 칭얼거리는 것 같았다.

지금 하라간은 마나의 벽 1, 2, 3단계를 모두 돌파한 상태.

스릉!

하라간이 검을 뽑아 자세를 취하자 검날로부터 은은한 우윳빛이 스며 나왔다. 뿌연 우윳빛은 검날에 뭉쳐 잠시 머물다가 다시 날 안으로 갈무리되었다.

하라간이 한 걸음 앞으로 내디뎠다.

검이 전면으로 부드럽게 뻗었다. 하라간은 연속 동작으로 검을 다시 거둬들였다가 원을 그리며 옆으로 휘둘렀다.

검이 공간을 가로로 쪼갰다. 세로로 베었다. 공간이 잘린 곳에 잠시 진공 상태가 유지되었다가 픽픽 소리를 내며 터졌다.

하라간은 끝없이 공간을 베며 앞으로 전진했다. 그러다

다시 방향을 틀어 뒷걸음질 치며 검을 휘둘렀다.

마나의 벽 1단계를 돌파한 이후로 하라간의 몸에선 땀이 나지는 않았다. 쉬지 않고 한 시간 동안 검을 휘둘러도 하라간의 얼굴엔 힘든 기색이 없었다.

대신 지루함이 하라간의 눈가를 스치고 지나갔다.

"아, 또 이러네."

만사가 귀찮아지는 느낌.

하루 종일 침대에 누워서 뒹굴뒹굴하고 싶은 기분.

"안 돼, 하라간! 정신 차려!"

하라간은 나태해지려는 마음을 꽉 다잡았다.

다시 한 시간 훈련.

또다시 한 시간 추가.

그렇게 새벽 6시가 되었다. 어느새 동이 터 사방이 환하게 밝아졌다. 하라간은 이 시간이 되도록 단 1초도 쉬지 않고 검을 휘둘렀다.

마나의 벽 1단계를 돌파한 지금 하라간에게 이런 육체적인 수련은 큰 도움이 되지 않는다. 하라간도 이 사실을 잘 알고 있었다.

하지만 하라간은 손에서 검을 놓지 않았다.

'일단 검을 손에서 놓으면 다시 잡기 싫어질 것 같아. 이 지독한 게으름을 극복하려면 나는 앞으로도 매일같이 검을

휘둘러야만 해. 더더욱 노력해야 한다고.'

하라간은 더 치열하게 살기로 다짐했다.

루잉 백작이던 시절 하라간은 굳이 이런 마음을 먹을 필요가 없었다. 그 시절의 루잉은 한시라도 검을 손에 쥐지 않으면 온몸이 근질거리던 사람이었다.

성인식을 치르기 전의 하라간도 나태와는 거리가 멀었다. 당시 하라간은 '지루함', '나태', '게으름'이라는 단어가 무엇을 의미하는지 모르고 살았다.

한데 마해의 마물과 결합한 이후로 하라간이 변했다. 자꾸 게으름을 부리고 싶어진 것이다.

"안 되지, 안 돼. 내가 그렇게 빈둥거릴 성싶으냐? 어림도 없다."

하라간은 어금니 꽉 물고 자신을 채찍질했다.

쉬지 않고 검술에 매진하고, 또 검을 휘두르고.

이런 지독한 노력 덕택에 나태함이 저 멀리 물러났다.

창문 너머로 둥근 해가 새벽안개를 뚫고 치솟았다. 하라간의 손끝에서 펼쳐지는 한 폭의 검무가 아침 햇살을 받아 꽃망울처럼 화려하게 피어올랐다.

Chapter 3

쑤와아아악—

레다의 창끝에서 시뻘건 빛이 거미줄처럼 가늘게 쏟아졌다. 그 붉은빛의 다발은 레다의 창을 타고 나선으로 휘리리릭 감겼다가 다시 용수철처럼 풀리며 전방을 휩쓸었다.

"좋구나!"

하라간의 입에서 감탄이 터졌다.

'이제 고작 열일곱 살인 소녀의 창에서 이런 빛이 튀어나오다니!'

레다는 정말 가르치는 보람이 있는 소녀였다. 하라간은 진심으로 레다에게 감탄했다.

'죽을힘을 다해 무술을 연마하는 남부 연합에서도 17세에 이런 빛을 내뿜는 기사는 흔치 않지.'

하라간은 잠시 옛날 기억을 되새김질했다. 북부보다 무술이 발달한 남부 연합에서도 레다의 나이에 이 정도 성취를 보이는 기사는 보기 드물었다.

하물며 이곳은 북부였다. 북부의 솔샤르들은 무술에 치중하기보다는 '어떻게 하면 마물을 더 잘 사용할 수 있을까?'에 골몰했다. 그러니 순수한 무술 실력만 놓고 보면 북부의 무사들이 남부 연합의 무사들보다 뒤처질 수밖에 없었다.

그런데 레다는 예외.

조금 전 레다가 뿜어낸 붉은빛은 정말 창의적이었다. 레다는 단순히 무기 끝에 빛을 응집시켜 놓은 것이 아니라 그 빛을 자유롭게 활용할 줄 알았다.

나선으로 휘리릭 풀려난 빛이 하라간의 창대를 얽어맸다.

하라간의 창이 잠시 주춤한 사이, 레다의 창이 소용돌이를 만들며 하라간의 가슴으로 꽂혔다.

까앙!

하라간은 여유롭게 창을 휘둘러 레다의 공격을 막았다.

그러자 레다의 창끝에서 출발한 붉은빛이 다시 실타래처럼 풀려 온 사방에서 하라간을 압박했다.

"허! 단기간에 이 정도까지 성장했어?"

하라간이 탄성을 질렀다.

이제 하라간도 단순히 창만 휘둘러서는 레다의 공격을 맞받아치기 힘들었다.

후오옹!

하라간이 의지를 일으키자 그의 창날에서 우웃빛 광채가 뿜어졌다. 그다음 다시 창날 안으로 빠르게 스며들었다.

레다가 뿜아낸 붉은빛이 사방에서 다가와 하라간을 압박했다.

하라간은 두서너 걸음 후퇴한 다음, 우윳빛을 머금은 창을 가로로 크게 휘둘렀다. 가느다란 실처럼 생긴, 바람을 타고 접근하던 레다의 붉은빛이 하라간의 창에 휘리릭 빨려 들어가더니 한꺼번에 와득! 끊겼다.

"크읏!"

레다가 타격을 받았다.

하지만 여기서 주춤거릴 레다가 아니었다. 레다는 짧은 신음을 흘린 것과 동시에 몸을 앞으로 날렸다.

"웃차!"

허공으로 점프한 레다의 몸이 하라간을 향해 무섭게 날아들었다. 뒤로 쭉 뺐던 레다의 창은 한순간 앞으로 쭉 뻗으며 일곱 줄기의 소용돌이를 만들어 냈다.

콰르르! 콰콰콰콰—!

레다의 이번 공격엔 그녀가 결합한 마물 막레르의 창도 섞여 있었다.

원래 레다의 마물은 특이종 막레르였다. 일반 막레르가 24개의 창과 19개의 방패, 즉 43개의 무기를 지닌 것에 비해 레다의 막레르는 그보다 1개가 많은 44개의 무기를 가졌다. 게다가 레다의 막레르는 무기의 스왑(Swap: 전환)이 가능해서, 그때그때 상황에 맞춰서 변신했다. 즉, 필요에 따라 방패 없이 44개의 창을 사용해 공격에 올인(All—In)

하기도 하고, 또 어떤 경우는 창 없이 44개의 방패로 방어에만 집중하는 식이었다.

'평소 레다는 공격에 올인하는 스타일이지?'

하라간은 레다의 성향을 꿰뚫어 보았다. 그는 상대가 방어를 무시한 채 44개의 창으로 한꺼번에 공격할 것이라 여겼다.

그런데 웬걸?

지금 레다가 사용한 것은 단 하나의 창이었다. 크고 굵은 단 하나의 창!

막레르의 창 한 자루가 일곱 줄기의 소용돌이 사이에 섞여서 하라간의 가슴을 노렸다.

"허!"

하라간이 거듭 탄성을 흘렸다.

그사이 레다가 쏘아 낸 일곱 줄기의 소용돌이는 하라간의 창에 막혀 소멸했다. 그리고 바로 뒤이어 막레르의 창이 하라간을 향해 일직선으로 뻗었다.

하라간은 창끝으로 레다의 공격을 막았다.

깡!

날카로운 창끝과 창끝이 작은 한 점에서 만나 불똥을 만든 순간!

촤라락!

레다가 쏘아 낸 막레르의 창 한 자루가 갑자기 44개로 갈라지며 하라간을 공격했다.

하라간은 이런 변칙 공격을 예상이라도 한 듯 창대를 풍차처럼 돌렸다. 동시에 몸을 뒤로 띄워 바람을 타고 후퇴했다.

44개의 검은 창이 각기 다른 궤적을 그리며 하라간을 쫓아왔다.

하라간은 우윳빛이 어린 창으로 상대의 공격 하나하나를 쳐 내며 연신 뒤로 물러섰다. 그러다 몸을 360도 돌려 회전하면서 상대의 공격을 옆으로 흘려 버렸다.

공격이 실패했으니 이제 하라간의 반격을 받을 차례.

"치잇!"

레다는 재빨리 창을 회수했다.

하지만 어느새 하라간의 창끝이 레다의 목에 닿아 있었다.

"큭! 오늘도 제가 졌습니다."

레다가 분한 표정으로 패배를 인정했다.

하라간이 씨익 웃었다.

"그렇게 분해할 것 없다. 오늘 공격은 정말 좋았어."

"진심이십니까?"

모처럼 받은 칭찬에 레다가 얼굴을 활짝 폈다.

하라간은 힘차게 고개를 주억거렸다.

"진심이고말고. 오늘처럼만 공격한다면 게브 8호와 겨뤄도 밀리지 않겠는걸. 그동안 실력이 많이 늘었어."

"헤헤헤!"

레다가 멋쩍게 웃었다.

게브 8호는 왕궁 내에서 몇 손가락 안에 꼽히는 강자였다. 하라간으로부터 '그런 실력자와 대등할 것'이라고 칭찬을 받자 레다는 구름 위에 붕 뜬 기분이었다.

"고맙습니다. 모두 하라간 님 덕분입니다. 매일 아침 저와 대련을 해 주시고 가르쳐 주신 덕분에 제가 성장할 수 있었습니다."

레다는 하라간을 향해 90도로 허리를 숙였다.

하라간은 그런 레다의 머리를 슥슥 쓰다듬었다. 레다의 단발머리가 마구 헝클어졌다.

"자, 오늘은 여기까지만 하자고."

"네, 하라간 님."

"배고플 텐데 가서 아침이나 먹자."

하라간이 창을 휙 던지자 시종들이 달려와 공손히 받아 들었다. 시종들은 레다의 창도 잘 챙겨서 무기 거치대에 걸어 놓았다.

하라간은 뒤도 돌아보지 않고 휘적휘적 걸었다.

레다가 하라간의 뒷모습을 물끄러미 바라보았다.

"하라간 님……."

레다는 손으로 자신의 머리를 쓰다듬었다. 조금 전 두피에 닿았던 하라간의 손끝 온기가 아직까지 남아서 맴도는 것 같았다.

"하라간 님."

레다가 조그만 목소리로 하라간의 이름을 불렀다. 말괄량이 소녀의 뺨에 분홍빛 홍조가 피었다.

"뭐해? 안 오고."

앞에서 하라간이 손을 까딱거렸다.

"네! 갑니다."

퍼뜩 정신을 차린 레다가 부랴부랴 하라간의 뒤를 쫓았다.

Chapter 4

바람이 살랑살랑 부는 친궁 발코니에서 친위대원들과 아침 식사를 함께하는 것은 최근 생긴 하라간의 습관이었다.

왕족 전용 요리방인 콰히라에선 매일 새벽 하라간의 친궁으로 요리사들을 파견했다.

오늘의 주메뉴는 피타(Pita).

수석 요리사는 미리 숙성시켜 놓은 밀가루 반죽을 즉석에서 몇 번 치댄 다음, 화덕에서 구웠다. 그사이 보조 요리사가 삶은 콩에 고기, 마늘, 소금, 후추 등으로 양념을 한 뒤 곱게 갈아서 기름에 튀겨 냈다. 이것은 타아미야라는 이름으로 불리는 군나르 왕국 전통 음식이었다.

또 다른 요리사는 생선 구이를 준비했다.

요리가 거의 다 준비될 즈음 하라간과 레다가 등장했다.

"하라간 님을 뵙습니다."

라티파가 얼른 일어나 무릎을 꿇었다.

"하라간 님을 뵙습니다."

나머지 친위대원들과 요리사, 시녀들이 하라간 앞에 일제히 무릎을 꿇고 머리를 숙였다.

"다들 앉지."

하라간이 상석에 먼저 앉았다. 뒤를 이어 6명의 친위대원들이 각자의 자리에 착석했다. 하라간과 가장 가까운 두 자리는 라티파와 레다의 차지였다.

"아침 식사를 올리겠습니다."

시녀들이 사뿐사뿐 다가와 식사 시중을 들었다. 그녀들은 황금으로 장식된 접시에 피타를 한 장 깐 뒤, 그 위에 타아미야와 야채를 올려서 서빙했다.

담백한 맛을 즐기는 하라간과 라티파, 네페르의 접시엔 타아미야보다 야채가 더 많았다. 육식을 좋아하는 나머지 네 사람의 접시엔 타아미야의 비중이 더 높았다. 시녀들은 하라간 일행의 입맛을 섬세하게 챙겼다.

식사를 하는 동안 악사들이 음악을 연주했다.

살랑거리는 아침 바람 사이로 고요한 선율이 춤을 추었다. 하늘엔 구름 한 점 보이지 않았다.

식사를 마친 후 친위대원들은 무술 훈련에 돌입했다.

레다가 융과 테티, 그리고 우세르를 직접 지도했다.

융은 삼지창과 그물을 능숙하게 사용했고, 테티는 둥근 방패와 둥글게 휜 칼 샴쉬르를 즐겨 잡았다. 파충류와 교감을 하는 우세르는 짧은 단검을 주로 썼는데, 작고 통통한 체형에 어울리지 않게 몸이 민첩하고 공격적이었다.

레다는 세 사람의 공격을 혼자서 막아 내며 각자의 단점을 지적해 주었다.

"융! 타이밍이 늦잖아. 우세르가 만들어 낸 틈을 놓치지 않게 더 빨리 움직여! 테티, 넌 뭐 하는 새끼야. 언제까지 그렇게 움츠리고 있을 거야? 우세르! 엄살 그만 피우고 다시 일어나."

말이 단점 지적이지, 레다의 훈련은 실전에 버금갈 정도로 지독했다.

"크윽! 제기랄!"

레다의 발에 복부를 얻어맞아 벌렁 나자빠진 우세르가 인상을 쓰며 일어섰다.

그사이 레다는 창대로 테티의 샴쉬르를 빙글 휘감아 뿌리친 다음, 몸을 180도 돌려 뒤돌려 차기를 먹였다.

유려한 궤적을 그린 레다의 발꿈치가 테티의 턱에 그대로 꽂혔다.

"킥!"

테티가 휘청하며 고꾸라졌다.

턱에 충격을 받자 뇌가 뒤흔들린 것.

상대가 쓰러졌는데도 레다는 손에 사정을 두지 않았다. 창을 휘릭 돌려 테티의 등판을 그대로 내리찍었다.

"안 돼!"

융이 황급히 그물을 날려 레다의 창을 휘감았다.

테티의 등을 꿰뚫어 버릴 듯이 내리꽂히던 레다의 창이 아슬아슬하게 빗나가 테티의 옆구리를 긁었다.

"크웃!"

옆구리에서 느껴지는 화끈한 통증에 테티가 이를 악물었다.

레다는 테티의 얼굴을 발로 밟고 뛰어올라 우세르를 덮

쳤다.

"크앗! 크앗!"

우세르가 성난 고양이 소리를 내며 두 자루 단검을 좌우로 휘둘렀다. 우세르의 주무기인 이 단검들은 방울뱀으로부터 추출한 맹독이 발라져 있어 아주 위험했다.

하지만 레다는 서슴없이 단검 사이로 손을 집어넣었다. 레다의 손이 우세르의 멱살을 잡아 앞으로 강하게 잡아당겼다.

"어엇?"

우격다짐으로 딸려간 우세르는 이내 두 눈을 질끈 감아야만 했다.

뻐억!

"끄악!"

두개골 뽀개지는 소리와 함께 우세르가 비명을 질렀다.

힘껏 차올린 레다의 무릎이 우세르의 이마에 작렬한 것!

'아우 쌍! 이 마녀가 오늘따라 기운이 넘치네, 넘쳐!'

우세르는 흐려지는 의식 속에서 이런 푸념을 했다. 뒤로 벌렁 나자빠진 우세르의 귀에 레다의 호통이 꽂혔다.

"우세르! 너 이따위로밖에 못 해? 내가 무릎이 아니라 창을 썼으면 넌 이미 죽었어."

그사이 융이 그물을 넓게 펼쳐 레다를 휘감았다.

테티가 그 틈을 노려 레다의 하반신으로 파고들었다.

레다는 창을 땅바닥에 콱 꽂고 한 손으로 창의 밑동을 잡더니 그 반동으로 하늘 높이 점프했다.

이상의 동작이 어찌나 빨랐던지 융과 테티는 순간적으로 레다를 시야에서 놓쳤다.

"헙!"

당황한 융이 재빨리 허공으로 삼지창을 겨눴다.

"젠장!"

테티는 팔뚝에 찬 둥근 방패로 머리 위를 방어했다.

하지만 이미 때는 늦었다.

뻐뻐벙!

가죽 터지는 소리와 함께 융이 저 멀리 나가떨어졌다. 테티는 방패와 함께 우그러져 땅바닥에 콱 처박혔다.

피를 토하는 두 사람의 귀에 레다의 조롱이 틀어박혔다.

"야, 야, 야! 다 때려치워라. 이따위 실력으로 무슨 하라간 님의 친위대원이 되겠다는 거냐? 나 같으면 쪽팔려서 자살한다. 자살해."

'어우, 쌍!'

'아 놔, 미치겠네.'

융과 테티는 어금니를 꽉 물었다.

Chapter 5

레다가 친위대원들을 험악하게 다루는 동안, 라티파는 네페르와 화기애애하게 수련했다.

라티파와 레다는 쌍둥이 자매지만 성격은 180도 달랐다. 레다는 무술에 미쳐 살았다. 라티파는 무식하게 몸 쓰는 것을 싫어했다. 레다는 책을 읽으면 온몸에 두드러기가 돋는 체질이었다. 라티파는 책이라면 사족을 못 썼다. 그 밖에도 레다와 라티파는 다른 점이 많았는데, 대표적으로 사람 대하는 태도가 정반대였다. 레다는 잔정이 많지만 때때로 주먹이 먼저 나가는 화끈한 성격이었고, 라티파는 부드럽고 온화하게 사람을 대했으나 속은 냉정했다.

지금도 마찬가지.

라티파는 네페르에게 철저하게 예의를 지켰다.

하지만 필요 이상으로 친해지는 것은 경계했다. 라티파는 핏줄이나 학연, 지연에 얽매이는 것을 싫어했다.

그렇다고 네페르를 아주 멀리 대하지도 않았다.

사실 네페르는 친위대원들 가운데 중요 인물이었다. 네페르는 하라간과 외종사촌 사이. 하라간의 둘째 외삼촌인 페피가 네페르의 아버지였다.

냉철하고 계산적인 라티파는 늘 이 점을 염두에 두었다.

이런 면에서 보면 테티가 억울할 법도 했다. 레다에게 한창 얻어터지는 테티도 하라간과 외종사촌 사이기는 마찬가지였다. 테티의 아버지인 왕궁 수비대장 메렌레는 하라간의 큰 외삼촌이니까 말이다.

하지만 라티파와 달리 레다는 상대의 신분 따위는 염두에 두지 않았다. 그저 상대방에게 조금이라도 빈틈이 보이면 그대로 턱에 발을 꽂아 넣거나 뾰족한 창날로 몸을 찌르곤 했다.

이렇게 실전에 가까운 수련을 한 덕분에 융과 테티, 우세르의 무술 실력은 빠르게 늘어갔다.

반면 네페르는 무술 실력은 제자리걸음 중이었다.

대신 네페르는 마물 다루는 솜씨가 비약적으로 발전했다.

라티파는 온갖 종류의 마물들을 달달 외우는 천재 소녀였다. 그녀는 네페르와 결합한 마물 그누크가 어떤 특징을 지녔는지, 어떤 상황에서 100 퍼센트 활약할 수 있는지, 또 어떤 것이 약점인지, 이런 정보를 네페르에게 알려 주었고, 그 결과 네페르의 실력은 점점 향상되었다.

"보기 좋네."

선선한 응달에 앉아 차를 한잔 마시면서 하라간은 싱긋 웃었다. 6명의 친위대원들이 서로를 도와 가며 훈련하는 모습에 하라간의 마음은 뿌듯해졌다.

　오전 10시.
　하라간은 군나르의 부름을 받아 웃전에 들었다.
　가짜 마이림 사건 이후로 군나르는 마음이 초조했다.
　'하루빨리 하라간을 강하게 만들어야 해. 그래야 마이림
처럼 납치를 당하지 않지.'
　이렇게 판단한 군나르는 하라간에게 매일 오전 이 시각
에 웃전에 들라고 명했다. 그다음 하라간을 웃전 지하 연무
장으로 데려갔다.
　이 연무장은 오직 군나르만이 사용할 수 있는 공간이었
다. 하라간도 이곳에 난생처음 와 보았다.
　사방이 두꺼운 철벽으로 막힌 넓은 연무장 안에서 군나
르가 하라간을 돌아보았다.
　"하라간."
　"말씀하십시오."
　하라간은 군나르를 향해 공손히 두 손을 모았다.
　군나르는 뿌듯한 눈길로 증손자의 얼굴을 더듬다가 성인
식 이야기를 꺼냈다.
　"네가 성인식을 마친지 벌써 1년 하고도 3개월이 지났구
나!"

하라간이 마해에 입수해서 성인식을 치른 것이 작년 6월 15일이었다. 하라간은 정확히 한 달 뒤인 7월 15일, 다시 마해를 떠나 인간계로 복귀했다.

오늘이 10월 15일.

군나르의 말처럼 하라간이 마해에서 돌아온 지 벌써 15개월이 지났다.

"벌써 그렇게 되었군요. 시간이 참 빠르게 지나갑니다."

하라간이 고개를 끄덕였다.

"그렇지? 시간이 참 빠르지? 허허허!"

군나르는 짧은 수염을 쓸며 웃다가 다시 정색을 했다.

"하라간, 네가 성인식을 치르기 전에 할아비가 해 주었던 말을 기억하느냐?"

"또 그 이야기를 하십니까? 저는 할아버님께 분명히 제 뜻을 말씀드렸습니다. 저는 지금 할아버님의 마물을 승계 받을 이유가 없고, 또 그럴 필요도 없습니다."

하라간이 펄쩍 뛰었다. 그가 군나르에게 이토록 단호한 태도를 보이는 이유는 승계의 부작용 때문이었다.

이곳 북부에서 승계란, 몸속의 마물을 후손에게 물려주는 것을 의미했다. 왕족이나 귀족 솔샤르들은 죽기 전에 바로 이 승계 작업을 통해서 자신의 모든 힘과 권능, 그리고 마물과 권력을 후계자에게 물려주곤 했다.

군나르도 마찬가지.

원래 군나르는 하라간이 성인식을 마친 직후에 서둘러서 승계 작업을 진행하려고 했었다.

하지만 하라간이 결사반대했다. 하라간은 승계를 해 준 사람이 느끼는 고통이 얼마나 지독한지 잘 알았다. 평생 결합했던 마물을 떠나보낸 뒤, 홀로 남은 솔샤르의 여생은 비참하기 그지없었다. 온몸이 붕괴하는 듯한 고통이 솔샤르에게 매일 찾아오고, 정신적인 공허감이 너무나 커서 공황 상태에 빠지는 것! 이것이 후계자에게 마물을 물려준 솔샤르들이 겪는 일이었다. 하라간은 군나르가 이런 고통을 겪는 것이 싫었다.

하라간의 단호한 태도에 군나르가 크게 웃었다.

"허허허! 녀석! 그렇게나 자신이 있단 말이지? 이 할아비로부터 승계를 받지 않아도 충분히 강하단 말이지? 어허허허!"

"그렇습니다. 저는 승계를 받지 않아도 충분히 강합니다. 할아버님께서도 이미 짐작하고 계시지 않습니까?"

하라간은 자신의 가슴을 탕탕 쳤다.

군나르가 가까이 다가와 하라간의 어깨를 잡았다.

"그래. 잘 안다. 하라간, 네가 이 할아비를 뛰어넘었다는 사실을 잘 알고말고."

군나르는 북부의 아홉 군주 가운데 한 명이었다. 그런 군
나르의 입에서 하라간이 자신보다 더 강하다는 말이 튀어
나왔다.

"그래도 말이다……."

군나르는 거칠거칠한 손으로 하라간의 뺨을 쓰다듬었다.

"그래도 이 할아비는 더 주고 싶구나. 하라간, 네게 이
할아비가 이룬 모든 성과를 다 물려주고 싶어. 그리하여 하
라간, 네게 조금이라도 도움이 되고 싶어. 이것이 내 진심
이다."

"할아버님!"

하라간의 동공이 가늘게 흔들렸다. 하라간은 자신의 뺨
을 쓰다듬는 군나르의 손을 꼭 잡았다.

군나르가 말을 이었다.

"그러니 하라간, 내 뜻을 거부하지 말거라. 나는 네게 승
계를 할 것이니라."

"할아버님, 싫습니다. 제게 마물을 승계해 주시는 것보
다 할아버님이 제 곁에 더 오래 계시는 것이 저는 더 좋습
니다."

"오냐, 오냐. 내 새끼! 나는 네 곁에 오래오래 머물 게다.
네가 수십 명의 사내아이와 수십 명의 여자아이를 낳고, 그
아이들이 시끌벅적하게 왕궁을 돌아다니는 모습을 볼 때까

지 할아비는 절대 눈을 감지 않아."

하라간이 낳은 자식들을 상상하는 것만으로도 기분이 좋은지 군나르가 이를 드러내며 웃었다.

하라간이 간곡히 청했다.

"그러니 제게 마물을 승계하시겠다는 말씀은 거둬 주십시오. 부디 할아버님께서 제 곁에 오래오래 머물러 주십시오."

"녀석, 승계가 어디 하루아침에 이루어지는 줄 아느냐?"

"네?"

군나르는 두 손으로 하라간의 손을 꼭 잡고 설명했다.

"물론 이 할아비의 마물을 단숨에 네 마정석에 심어 주는 방식으로 빠르게 승계를 할 수도 있지. 한때는 이 할아비도 그런 과격한 방식의 속성 승계를 염두에 두었단다. 하지만 이젠 그럴 필요가 없어. 네 말마따나, 네가 이 할아비보다도 더 강한데 굳이 위험한 속성 승계를 선택할 필요는 없지."

"하면 다른 방법이 있습니까?"

"있고말고! 할아비의 마물을 너의 텅 빈 마정석에 잠시 들여보냈다가 다시 회수하고. 그렇게 조금씩, 긴 시간에 걸쳐서 천천히 할아비의 마물을 네게 익숙해지도록 만드는 방법이 있단다. 일종의 마물 공유라고 생각하면 좋겠구나."

뜻밖의 말에 하라간이 눈을 동그랗게 떴다.

"마물 공유라고요?"

"그래. 마물 공유! 할아비의 마물을 너와 공유하면서 조금씩, 아주 천천히 네게 승계를 해 주는 방식이지. 이렇게 승계를 하면 부작용도 적고 할아비도 단기간에 쇠약해지지 않는단다. 다만 이런 방식은 속성 승계에 비해 시간이 오래 걸린다는 단점이 있지."

"아!"

하라간이 손뼉을 쳤다. 굳이 군나르로부터 마물을 승계받아야 한다면 이 방법이 가장 좋을 것 같았다.

"하라간, 어떠냐? 이제 안심하고 승계를 받을 수 있겠지?"

군나르가 은근하게 물었다.

하라간이 고개를 끄덕였다.

"할아버님의 마물을 제게 속성으로 물려주시는 것이 아니고, 단지 저와 공유하여 친숙하게 만드는 것뿐이라면 저도 싫지 않습니다. 저는 할아버님의 증손자이자 장차 이 땅의 후계자가 될 몸! 할아버님께서 주시는 과분한 선물을 기꺼이 받겠습니다."

"어이구! 내 새끼! 어쩜 이렇게도 말을 예쁘게 하는지! 어허허허!"

군나르가 하라간을 와락 끌어안았다.

"할아버님!"

하라간은 잠시 쑥스러워하다가 마주 포용했다.

Chapter 6

연무장 중앙에 선 군나르가 질문으로 설명을 시작했다.

"하라간, 너는 할아비의 수준을 어떻게 보느냐?"

"예전에 저는 할아버님이 해구 3층 레벨일 것이라 예측했습니다."

하라간이 솔직하게 대답했다.

"해구 3층?"

"네. 세상 모든 솔샤르들의 선조이시자 살아서 드래곤이되신 욘 아르네 님께서 심해저 레벨의 키르샤이셨으니 그보다는 한 단계 아래일 것이라 짐작했던 거죠."

하라간의 입에서 키르샤가 언급되었다. 키르샤는 심해저 1층 레벨의 마물이다. 모든 솔샤르들의 시조이자 신인(神人)이라 추앙받는 욘 아르네는 800년 전 바로 이 키르샤의모습을 선보여 세상을 발칵 뒤집어 놓았다.

해구 3층이면 욘 아르네보다 한 단계 하위 레벨.

과거 하라간은 북부의 아홉 군주들이 해구 3층 레벨일 것이라 추측했다. 한데 성인식을 마친 이후로 생각이 바뀌었다.

현재 군나르의 수준은 심해저 1층 레벨!

하라간의 눈에는 군나르의 가슴 속에서 꿈틀거리는 마물의 형상이 또렷이 보였다.

시뻘건 불덩이처럼 보이는 부리부리한 눈 3개!

덩치 큰 코끼리를 한입에 삼키고도 남을 법한 거대한 아가리!

이마 양쪽에 돋아 길게 휘어진 커다란 2개의 뿔!

크게 펄럭거리는 한 쌍의 날개!

일자로 위엄 있게 내리뻗은 긴 수염!

온몸을 갑주처럼 뒤덮은 황갈색 비늘!

돌기둥처럼 굵고 단단한 8개의 다리!

철판을 종잇장처럼 찢어 버릴 듯한 날카로운 발톱!

이것은 전설 속에 등장하는 키르샤의 모습이었다. 욘 아르네의 마물과 동급인 바로 그 키르샤 말이다.

번쩍!

군나르의 눈동자 속에 강렬한 빛이 스치고 지나갔다.

"하라간, 계속 말해 보거라."

"예전에 저는 할아버님께서 해구 3층 레벨의 마물과 결합하고 계실 것이라 짐작했습니다. 하지만 지금은 아닙니다."

"지금은 어떻지?"

"지금은 할아버님이 심해저 1층 레벨이실 것이라 확신합니다."

하라간은 자신 있게 대답했다.

"뭐라? 심해저 1층 레벨을 확신한다고? 어허! 네가 지금 이 할아비가 감히 시조이신 욘 아르네 님과 같은 수준에 도달했다고 주장하는 것이냐?"

군나르가 짐짓 엄한 표정을 지었다.

이건 그만큼 민감한 문제였다. 대륙 북부에서 욘 아르네의 위상은 절대적이어서 그 누구도, 심지어 북부의 아홉 군주들조차도 자신이 감히 욘 아르네와 동격이라고 말한 적은 없었다. 이는 살아서 드래곤이 되신 신인에 대한 신성모독이었다.

군나르는 부리부리한 눈으로 하라간을 바라보았다.

하지만 하라간은 물러서지 않았다.

"제 눈에 그렇게 보이는 것을 어쩌겠습니까? 지금 할아버님께서는 800년 전 신인께서 도달하셨던 그 수준에 와 계십니다. 할아버님께서 바로 키르샤이십니다."

대답을 하면서 하라간은 고개를 꼿꼿이 세웠다. 그의 얼굴엔 군나르에 대한 자부심이 잔뜩 묻어 있었다.

군나르가 허리를 젖히며 웃었다.

"어허허! 허허허허허!"

한참을 웃던 군나르가 갑자기 화제를 돌렸다.

"최근에 칼리프의 연구실을 방문했다지?"

"네."

"거기서 무엇을 보았느냐?"

"이 왕국을 강성하게 만들기 위한 칼리프의 고민을 보았습니다. 그리고 칼리프의 노력을 보았습니다."

하라간은 빙 돌려 대답했다.

군나르가 직설적으로 물었다.

"마물의 진화 말이냐?"

"네."

하라간은 망설임 없이 고개를 끄덕였다.

군나르가 희미하게 웃었다.

"칼리프 녀석, 머리가 좋기는 좋아. 마물의 진화라! 아무런 단서도 없는 백지 상태에서 그 중요한 열쇠를 파악하다니! 허허허!"

"엇? 할아버님도 진화의 가능성에 대해서 알고 계셨습니까?"

하라간이 고개를 갸우뚱했다.

"알고말고. 이 할아비뿐 아니라 북부의 군주들은 모두 진화의 가능성에 대해 알고 있느니라."

군나르의 입에서 놀라운 말이 흘러나왔다.

하라간은 눈을 가늘게 좁혔다.

"북부의 군주들이 모두 알고 있다고요? 솔샤르와 결합해서 이 세상에 나온 마물도 마해의 마물들처럼 진화가 가능하다는 사실을 군주들이 알고 있단 말입니까?"

"그래. 군주들은 모두 알고 있을 게다. 명확한 증거가 있으니까."

"증거요?"

"우리의 시조이신 욘 아르네 님께서 손수 보여 주셨지. 원래 그분께서 처음 마해에 입수하셨을 때 결합한 마물은 해구 3층 레벨이었다. 그런데 시간이 흐른 뒤 그분께서는 키르샤로 진화하셨어. 세상에 이보다 더 명확한 증거가 어디 있겠느냐?"

욘 아르네는 처음부터 키르샤와 결합한 것이 아니다. 원래는 그보다 한 단계 아래 수준의 마물과 결합했는데, 진화를 통해 키르샤가 되었다.

군나르는 이렇게 단언했다.

왕궁의 대학사 칼리프가 고문서를 탐독한 끝에 조심스럽게 추측한 사실을 군나르는 이미 알고 있었던 것이다.

하라간은 잠시 머리가 멍했다.

Chapter 7

정신을 차린 하라간이 군나르에게 질문 세례를 쏟아부었다.

"신인께서 원래는 해구 3층 레벨이었는데 진화를 통해 키르샤가 되셨다고요? 역시 칼리프의 가설이 옳았군요. 할아버님를 비롯한 군주들은 이 사실을 이미 알고 계셨고요. 그런데 왜 그동안 진실을 숨기셨습니까? 대부분의 솔샤르들은 진화에 대해서 전혀 모르고 있습니다. 대학사 칼리프도 옛 문서들을 뒤지다가 혹시나 싶어서 가설을 세운 것뿐이고요. 왜 진화가 비밀입니까? 북부의 군주들이 진실을 숨긴 이유가 있습니까?"

"당연히 이유가 있지."

군나르는 잠시 뜸을 들였다가 대답해 주었다.

"첫째! 북부의 솔샤르들은 욘 아르네 님을 신으로 섬긴다. 하라간, 너도 알다시피 욘 아르네 님은 단순히 우리의 시조가 아니야. 그분께선 이미 종교가 되셨어."

"그렇지요."

"그런 욘 아르네 님이 북부의 아홉 군주들과 동격이었다? 이 사실이 밝혀져 봐라. 솔샤르들의 신앙심이 흔들리지 않겠니? 그래서 우리의 선조들은 욘 아르네 님의 초창기 기록들을 삭제한 다음, 그분께서 키르샤가 되신 이후의 자료들만 세상에 남겨 놓았단다. 신인이신 욘 아르네 님의 완전무결함을 지키기 위해서!"

"으음!"

하라간이 짧은 신음을 흘렸다.

군나르의 말이 이어졌다.

"둘째, 욘 아르네 님께서는 말도 안 되게 짧은 기간 안에 진화에 성공하셨지. 지금은 삭제된 기록에 따르면, 그분께서는 해구 3층 레벨의 마물과 결합하신 지 불과 10년 만에 키르샤로 탈바꿈하셨단다."

"불과 10년이요?"

하라간이 두 눈을 껌뻑거렸다.

10년은 마물이 진화를 하기엔 너무나 짧은 기간이었다.

군나르가 하라간에게 물었다.

"하라간, 너는 마해의 마물들이 한 단계 진화를 하는 데 얼마나 오랜 시간이 필요한지 아느냐?"

"아니요. 모릅니다."

하라간은 고개를 가로저었다.

군나르가 답을 해 주었다.

"그렇지. 모를 수밖에. 진화에 필요한 시간이 딱히 정해져 있는 건 아니란다. 어떤 마물은 무수히 오랜 세월 동안 노력해도 진화에 실패하지. 하지만 또 어떤 마물은 단숨에 진화해서 더 깊은 곳으로 내려가기도 한단다. 하지만 추측건대 해구 3층 레벨의 마물이 심해저까지 내려가는 데는 헤아릴 수 없이 긴 시간과 노력이 필요할 게다. 그런데 놀랍게도 신인께서는 불과 10년 만에 그 어려운 진화를 이루어 내셨어. 마해처럼 혹독한 환경이 아닌 이 세상에서! 불가능할 정도로 짧은 기간 안에!"

"으음!"

"너는 그분께서 어떻게 그 짧은 시간 안에 진화하셨는지 알겠느냐?"

"아니요."

하라간은 또 고개를 가로저었다.

군나르가 한숨을 쉬었다.

"하아! 안타깝게도 이 할아비도 답을 모른단다. 나뿐만이 아니라 그 누구도 답을 몰라. 만약 답을 아는 군주가 있었다면 그가 다른 8명을 무너뜨리고 이 세상의 주인이 되어 있겠지. 그저 이 할아비가 짐작하기로는, 온 아르네 님께서 마해에서 겪는 것보다 훨씬 더 혹독한 수련을 통해 진화를 하신 게 아닐까 싶구나."

"마해보다 훨씬 더 혹독한 수련이요?"

"그래. 하지만 이 인간 세상이 어떻게 마해보다 더 혹독할 수 있겠니? 마해는 그야말로 지옥! 마물들 외에는 살아갈 수 없는 험지인데, 그보다 더 혹독한 환경을 어떻게 만들 수 있었을까? 이 할아비는 도저히 답을 모르겠구나. 하지만 한 가지는 확실하단다."

"그게 무엇입니까?"

하라간의 물음에 군나르는 천장을 가리켰다.

하라간이 고개를 들었다. 강철로 만들어진 지하 연무장 천장엔 마물과 결합한 솔샤르 전사들이 잔뜩 새겨져 있었다.

"만약 진화의 비밀이 세상에 알려졌다간 큰 화가 닥치리라는 것!"

"음!"

"할아비의 짐작이 맞을 게야. 진화의 가능성이 세상에 알려졌다간 수많은 솔샤르들이 강해질 욕심에 스스로를 혹독하게 몰아붙이다가 죽거나, 다른 솔샤르들과 싸우다가 죽겠지. 이것이 바로 북부의 군주들이 진실을 숨기는 두 번째 이유니라."

하라간이 바로 말을 받았다.

"그리고 세 번째 이유도 있겠네요."

"세 번째 이유?"

"네. 북부의 군주들은 심각하게 우려를 했겠지요. 10,000명의 솔샤르들이 진화를 하려고 발버둥 치다가 그중 9,999명이 죽는다고 해도, 단 1명이 살아남아 진화에 성공한다면? 그래서 그 1명이 북부의 아홉 군주들을 뛰어넘는다면? 군주들은 이 점을 우려한 것 아닌가요?"

하라간은 적나라하게 핵심을 찔렀다.

군나르는 의외로 순순히 시인했다.

"허허허! 그래. 네 말이 맞다. 진화라는 것이 워낙 복잡하고 알 수가 없어 언제 어디서 어떤 돌연변이가 탄생할지 모르지. 북부의 군주들은 진화의 비밀이 세상에 알려져서 질서가 무너지는 것을 원치 않는단다. 그래서 서로 합의를 하지는 않았지만 암묵적으로 입을 다물고 있지. 나를 포함한 군주들 모두 속이 좁은 게야. 허허허!"

"죄송합니다, 할아버님. 그런 뜻으로 드린 말씀은 아니었습니다."

하라간이 뒤통수를 긁었다.

군나르가 고개를 가로저었다.

"아니다. 하라간, 네 말이 옳아. 군주들은 속이 좁고 경쟁심이 강하지. 그들은 언제 어디서 새로운 경쟁자가 등장

할까 우려하며 다들 궁전 깊숙한 곳에 틀어박혀 진화에 몰두하고 있단다. 다른 경쟁자가 진화하는 것은 싫고, 자기는 진화하고 싶어 하고! 이게 군주들의 본성이란다."

"그렇군요."

하라간이 고개를 끄덕였다.

군나르가 잠시 화제를 돌렸다.

"하라간, 내가 몇 대째 군주인 줄 아느냐?"

"4대이십니다."

하라간의 입에서 곧바로 답이 튀어나왔다.

군나르는 흐뭇하게 웃었다.

"맞다. 기특하게도 역사 공부를 잘했구나. 욘 아르네 님의 셋째 아드님이신 하자드 님께서 2대이시고, 그분의 마물을 승계받으신 이스테텐 님께서 3대, 그리고 내가 4대란다. 하라간, 네가 내 마물을 승계받아 왕위에 오르면 5대가 되는 게지."

"네."

"하면 하자드 님께선 어떤 수준의 솔샤르셨겠느냐?"

"800년 전 욘 아르네 님께서 세상에서 자취를 감추신 이후로 북부엔 9개의 왕국이 세워졌습니다. 욘 아르네 님의 셋째 아드님이신 하자드 님께선 이곳 사막 지대를 본인의 영역으로 선포하시고 왕국을 세우셨지요. 저는 감히 하자드 님을 해구 3층 레벨로 짐작합니다."

하라간은 공손히 대답했다.

"그래. 네 말대로 하자드 님께선 해구 3층 레벨이셨다. 그분은 평생 동안 진화를 위해 몸부림치셨지만 잘되지 않았지. 그래서 말년에 본인의 마물을 손자이신 이스테텐 님께 승계해 주시면서 진화를 꼭 이루라고 유언하셨어. 내 아버님이신 이스테텐 님께선 성인식을 통해 해구 2층 레벨의 마물과 결합하신 상태에서 하자드 님의 해구 3층 마물을 승계받으셨지. 왕이 되신 이스테텐 님께선 피나는 노력을 거듭했지만 진화가 쉽지 않았단다. 이곳 지하 연무장의 철벽이 온통 이스테텐 님의 피로 얼룩질 만큼 애쓰셨지만 끝내 진화에 실패하셨어. 그렇게 무리한 노력을 하다 수명이 단축되신 이스테텐 님께선 내게 해구 3층 레벨의 마물을 물려주셨다."

"할아버님께서 승계를 받으실 당시에도 해구 3층 레벨이었군요."

"그렇지. 여전히 해구 3층 레벨이었지. 하지만 이스테텐 님의 마물은 하자드 님 때보다 훨씬 더 강해진 상태였어. 이스테텐 님의 피나는 노력이 결코 헛된 것은 아니었단다."

"아아!"

하라간은 군나르의 이야기를 흥미롭게 들었다.

군나르가 다시 물었다.

"하라간, 이스테텐 님께서 이 할아비에게 어떤 유언을 남기셨는 줄 아느냐?"

"진화입니까?"

"그렇다. 진화다. 해구 3층 레벨의 마물을 심해저 레벨로 진화시키는 것! 그게 바로 이스테텐 님의 평생 염원이셨다. 그리고 그분께선 후계자인 내가 그분의 염원을 이어받아 주기를 원하셨던 게야."

Chapter 8

군나르가 다시 이야기의 방향을 돌렸다.

"하면, 신하들이 나를 뭐라고 부르는지 아느냐?"

"위대하시고 또 위대하신 분이라고 부릅니다."

하라간은 곧바로 대답했다. 귀에 못이 받히도록 들은 소리라 결코 잊어버릴 수 없었다.

"그럼 신하들이 너를 뭐라고 부르는지 아느냐?"

군나르가 거듭 질문했다.

하라간은 이번에도 망설임 없이 답했다.

"위대하시고 또 위대하신 분의 모든 과업을 이어받으실 분이라고 부릅니다."

"그 과업이 무엇이겠느냐?"

군나르의 질문에 하라간이 눈을 크게 떴다.

"설마…… 그 과업이 '진화'였습니까?"

군나르가 고개를 끄덕였다.

"맞다. 과업이 곧 진화를 의미하느니라. 승계받은 마물을 진화시키는 것이야말로 왕국을 물려받은 후계자가 반드시 이루어야 할 의무다. 다행히 이 할아비는 이스테텐 님의 유언을 실천할 수 있었지. 3년 전 봄에 말이다."

"네에? 3년 전 봄이라고요?"

하라간이 입을 살짝 벌렸다.

3년 전 봄은 하라간에게 있어서 결코 잊을 수 없는 순간이었다. 3년 전 5월, 루잉 백작의 검에 하라간의 심장, 아니 마정석이 쪼개졌다. 그리고 루잉 백작의 영혼이 하라간의 신체에 깃들어 하나로 합쳐졌다.

군나르가 빠르게 말을 이었다.

"당시 이 할아비는 웃전 깊숙한 곳에 틀어박혀서 진화를 위해 몸부림치고 있었단다. 외부와 접촉도 일체 끊고 오로지 진화하려고 죽을힘을 다했지. 그때 참담한 소식이 이 할아비의 귀에 전해지더구나. 네가 남부 연합 쓰레기의 검에 맞아 사경을 헤맨다는 소식 말이다.”

“아!”

“그 충격적인 소식에 이 할아비는 미칠 것 같았다. 그때 이 할아비가 느낀 분노는 실로 엄청난 것이었어. 그런데 놀랍게도 그 어마어마한 분노가 벽을 허물 열쇠가 되어 주더구나. 상상을 초월한 분노 덕분에 이 할아비는 벽을 뛰어넘어 키르샤로 진화했단다.”

“아아아!”

결국 군나르의 진화가 성공한 것은 루잉 백작 덕분이었다. 루잉의 검에 증손자가 죽자 그 분노가 군나르를 키르샤로 만들었다. 그리고 루잉의 영혼은 하라간의 몸에 깃들어 하나로 합쳐졌다.

‘인연이라는 것이 참으로 무섭구나! 운명이라는 것이 참으로 알 수 없구나! 어떻게 그렇게 엮인단 말인가?’

하라간은 실타래처럼 엉킨 운명에 대해서 생각했다.

군나르가 하라간의 손을 꼭 잡았다.

“3년 전 할아비가 무슨 생각을 했는지 아느냐?”

“무슨 생각을 하셨습니까?”

“하라간, 너만 살아날 수 있다면! 너만 죽지 않고 살아난다면 진화가 물거품이 되어도 좋다고 기도했단다. 마음속으로 신인께 간절히 빌고 또 빌었어. 과업이고 뭐고 다 싫으니 제발 너만 살려달라고! 너만 내게 돌려달라고! 정말 이 할아비는 신인께 애걸복걸하며 기도했다."

군나르의 눈시울은 어느새 붉어져 있었다.

하라간의 가슴 저 밑바닥에서 울컥하고 뜨거운 것이 치밀었다.

"할아버님!"

하라간이 군나르의 손을 마주 잡았다.

"하라간! 너는 그만큼 귀한 손주다. 이 할아비의 과업보다 네가 더 소중해. 할아비가 키르샤가 된 것보다 네가 훨씬 더 소중해. 할아비의 생명보다! 이 군나르 왕국보다! 세상 그 무엇보다 네가 더 소중하단다."

"할아버님!"

군나르의 뜨거운 정이 하라간의 마음을 뒤흔들었다. 하라간은 가슴이 먹먹해서 아무런 말도 꺼낼 수 없었다.

"보아라! 이것이 할아비의 마물이다."

말과 함께 군나르의 몸이 변했다.

촤라라락!

군나르의 피부에 황갈색 비늘이 돋아나 갑옷처럼 둘러졌다. 뒤이어 군나르의 목이 위로 쭈욱 늘어나더니 연무장 천장에 머리가 닿았다. 군나르의 몸뚱어리는 의복을 찢고 부와악 부풀어 연무장 뒤편을 가득 메웠다.

군나르의 이마에 돋아난 제3의 눈은 그 안에 뇌전을 품은 듯 시뻘겋게 일렁거렸다. 군나르의 두 눈도 광포하고 무시무시한 기운으로 가득 차 사방에 붉은빛을 흩뿌렸다.

군나르의 몸뚱어리엔 총 8개의 발이 돋아났는데, 그 굵고 단단한 발 하나하나마다 범선의 닻보다 더 굵은 발톱 4개씩이 자라났다.

그 발톱 하나의 길이가 성인 남자의 키보다 더 컸다.

군나르의 입은 길쭉하게 변형되어 쩍 벌어졌다. 그 입 안에서 금방이라도 무서운 불덩이가 튀어나올 듯했다.

턱에서 일자로 내리뻗은 수염은 연무장 바닥에 닿을 정도로 길게 늘어졌다. 군나르의 이마 양쪽에선 길이가 10미터에 달하는 뿔 2개가 자라나 구불구불한 형태를 갖추었다. 2개의 뿔 사이에서 파직! 파지직! 전기가 일렁거렸다.

군나르의 등 뒤에선 황갈색의 날개가 쫙 펼쳐져 펄럭거렸다. 가벼운 날갯짓 한 방에 연무장에 돌풍이 일었다.

머리부터 꼬리까지 길이는 얼추 90미터!

날개의 폭은 거의 100미터!

3개의 눈을 가진 키르샤가 웃전 지하 연무장에 그 모습을 드러냈다. 키르샤는 연무장의 절반을 가득 채울 만큼 거대했다.

하라간은 고개를 들어 키르샤를 올려다보았다.

키르샤가 머리를 숙여 하라간과 눈높이를 맞췄다.

키르샤의 구강 구조는 인간과 달라 사람의 언어를 말할 수는 없었다. 대신 하라간의 뇌에 군나르의 음성이 전달되었다.

[하라간, 이것이 바로 할아비의 진짜 모습이다.]

[제 짐작이 맞았습니다. 역시 할아버님께서는 키르샤셨군요.]

하라간이 자랑스럽다는 듯이 대답했다.

하지만 하라간의 마음 한구석엔 '에이! 좀 시시하구나!' 라는 생각이 깃들었다. 하라간의 꿈에 등장하는 심해저 저 밑바닥의 마물들은 이런 조그만(?) 모습이 아니었다. 그 마물들은 고작 100미터 크기의 피라미가 아니라 수평선 동쪽 끝부터 서쪽 끝까지를 가득 채우는 거대한 존재들이었다. 등에 대륙을 통째로 짊어지고 다닐 법한 신적 존재들!

그런데 지금 하라간의 눈앞에 등장한 황갈색 키르샤는 심해저 밑바닥의 존재들에 비하면 피라미 수준에도 못 미쳤다.

물론 하라간은 군나르에게 그런 기색을 내비치지 않았다.

하라간이 자랑스러워하자 군나르가 껄껄 웃었다.

[허허허허! 그렇다. 할아비는 네 짐작대로 키르샤다. 이

것이 바로 키르샤의 모습이야.]

    키르샤의 몸에서 비늘이 맞부딪치면서 촤라락, 촤라락 소리를 내었다.

군나르의 마물을 공유하다

Chapter 1

하라간이 군나르에게 물었다.

[그동안 왜 숨기셨습니까? 할아버님께서는 이미 3년 전에 키르샤가 되셨습니다. 그 사실을 세상에 밝히시지 않은 이유가 있습니까?]

군나르가 고개를 끄덕였다.

[하라간, 만약에 할아비가 키르샤인 것이 밝혀져 봐라. 그럼 북부의 다른 군주들이 어떻게 나오겠느냐?]

[전력을 다해 우리 왕국을 견제하겠지요. 하지만 그들도 할아버님을 직접 노리진 못할 것입니다. 키르샤와 맞서 싸우기란 쉽지 않으니까요.]

[그렇지. 대신 그들이 할아비 대신 너를 노리지 않겠느냐? 그 속 좁은 자들은 어쩔 수 없이 이 할아비를 인정할 수밖에 없겠지. 하지만 키르샤가 우리 군나르 왕국 후대에 승계되는 것은 필사적으로 막고 싶을 게다. 그러자면 내 핏줄인 너를 제거하려 들 테지. 혹은 하라간 너를 납치해서 이 할아비를 조종하는 인질로 사용하든가.]

[결국 할아버님께서는 저 때문에 키르샤가 되셨다는 사실을 숨기신 거군요. 크윽!]

하라간이 울분을 터뜨렸다.

군나르와 결합한 키르샤가 커다란 머리를 좌우로 흔들었다.

[하라간, 그렇게 자책할 필요 없단다. 이 할아비가 비밀을 유지한 건 단지 너 때문이 아니야. 그것 말고도 두 가지 이유가 더 있어.]

군나르가 뜨거운 콧김을 뿜으며 말했다.

하라간이 되물었다.

[두 가지나요?]

[북부의 아홉 군주 가운데 진화를 한 사람이 어디 이 할아비뿐이겠느냐?]

[하면, 더 있단 말씀이십니까?]

하라간이 눈매를 가늘게 좁혔다.

군나르가 커다란 머리를 주억거렸다.

[당연히 더 있고말고. 물론 할아비도 확신이 있는 건 아니다. 하지만 적어도 키르샤가 2, 3명 정도는 더 있지 않을까 의심이 되는구나.]

[2, 3명이나요?]

[그래. 그러니 이런 상황에서 할아비가 진화했다는 사실을 섣부르게 밝힐 수 있겠느냐? 괜히 뛰었다가는 적들의 공동 표적이 될 뿐이니라. 이런 이유 때문에 할아비는 지금까지 키르샤의 존재를 숨겨 왔어.]

군나르는 담담히 말했다. 하지만 그의 말은 결코 쉽게 받아들일 수 있는 내용이 아니었다.

'할아버님께서는 확신을 하고 계시구나. 이곳 북부에 할아버지 말고도 키르샤로 진화한 군주가 2, 3명 정도 더 있을 것이라고 확신하셔.'

하라간의 눈에 이채가 어렸다가 빠르게 사라졌다. 그러면서 하라간은 침을 꼴깍 삼켰다.

'뭐야? 내가 왜 입맛을 다시지?'

무의식중에 하라간은 입맛을 다셨다. 간에 기별도 가지 않는 평범한 마물들 말고, 키르샤 정도는 되는 우량종을 잡아먹고 싶었기 때문이다.

하라간은 머리를 좌우로 흔들어 잡생각을 털어 버린 다

음, 다시 물었다.

[그럼 세 번째 이유는 무엇입니까? 할아버님께서 심해저 레벨의 키르샤가 되셨다는 사실을 숨긴 세 가지 이유! 그중 첫 번째는 제 안전을 걱정하셨기 때문이고, 두 번째는 혹시 모를 경쟁자들 때문이라고 말씀하셨습니다. 그럼 마지막 이유는 무엇인지 궁금합니다.]

군나르가 대답을 해 주었다.

[할아비가 키르샤임을 숨긴 세 번째 이유는 바로 종교 때문이란다.]

[아!]

[나는 진실로 욘 아르네 님을 존경한다. 그분께서는 실로 위대하신 선조이자 선구자셨어. 할아비는 감히 그분과 동격이라고 주장하고 싶지 않구나. 마음이 내키지 않아.]

군나르의 설명을 듣자 하라간은 그 마음이 이해되었다.

[그 때문에 숨기신 거군요. 욘 아르네 님의 완전무결함을 지키기 위해서요.]

[그래. 세상 사람들의 평가가 어떻건 간에 할아비가 키르샤라는 사실이 변하는 것은 아니지. 하지만 할아비는 이 일이 세상에 알려져서 욘 아르네 님의 신성함을 훼손하고 싶지 않구나. 그래서 그동안 입을 다물고 있었단다.]

[네. 이해합니다.]

하라간은 힘차게 고개를 끄덕였다.

[자아, 그럼 이제 시작해 볼까?]

설명을 모두 들었으니 이제 군나르의 마물을 공유해 볼 차례였다.

[제가 어떻게 하면 됩니까?]

[우선 의복을 모두 벗고 바닥에 앉거라.]

[네.]

[그다음 양팔을 벌리고 정신을 집중해라. 할아비의 마물을 공유하는 도중에 하라간, 너의 마물이 폭주를 하면 위험하니 마물을 잘 통제하고.]

[네.]

하라간은 군나르가 시키는 대로 행동했다.

[마음의 준비가 끝나면 말해라.]

[저는 준비가 되었습니다.]

하라간은 마해의 마물과 결합을 한 것이 아니라 마물 그 자체를 복사해 온 상태였다. 하라간과 마물이 하나가 되어 있기에 따로 마물을 통제하거나 마음의 준비를 할 필요는 없었다.

군나르가 고개를 주억거렸다.

[좋다. 하라간, 너는 마물을 하나 가지고 있지만, 그 마물은 네 가슴 속 마정석 안에 존재하지는 않지. 그러니 네

마정석은 지금 텅 비어 있다. 할아비의 말이 맞느냐?]

군나르는 무척 신중했다. 그는 이미 알고 있는 사실도 꼼꼼히 재확인했다. 마물 공유가 그만큼 위험한 까닭이었다.

하라간이 냉큼 대답했다.

[네, 제 가슴 속 마정석은 현재 텅 비어 있습니다.]

[그렇지. SS급의 마정석! 최고의 마정석이 하라간, 네 가슴 속에서 때를 기다리고 있지.]

원래 하라간의 마정석은 S급이었다. 그런데 3년 전 봄, 하라간의 마정석이 루잉의 검에 쪼개져 죽음의 위기에 처했다. 그때 북부의 아홉 군주 가운데 한 명인 토레가 자신이 보유 중이던 SS급 마정석을 하라간의 심장에 끼워 넣어 목숨을 살렸다.

군나르는 그 일을 입에 담았다.

[허허허! 토레, 그 친구에게 고맙다고 해야겠구나. 최고의 마정석 덕분에 마물 공유가 한결 수월해졌어.]

크게 웃은 군나르가 하라간에게 접촉을 시도했다.

[자! 이제 시작이다. 정신을 집중하여 이 할아비의 마물을 받아들이거라.]

말과 함께 키르샤의 날카로운 발톱이 하라간의 가슴에 접근했다.

섬뜩한 감촉과 함께 접촉이 이루어졌다.

번쩍!

그 짧은 순간, 하라간은 머리부터 발끝까지 벼락이 훑고 지나가는 듯한 화끈한 감각을 느꼈다.

Chapter 2

키르샤와 일체가 되는 경험은 신선했다.

과거 하라간은 마해 저 밑바닥의 존재와 일체를 이룬 적이 있었다. 하지만 그때는 2개의 서로 다른 존재가 결합을 통해 한 몸이 된다는 의미가 아니었다. 그저 하라간이 새로운 존재로 거듭났을 뿐이었다.

그래서 특별한 감각의 변화나 신체의 변형을 느껴 보지 못했다.

지금은 달랐다.

군나르의 키르샤와 접촉한 순간, 무언가가 하라간의 가슴 속 마정석으로 쑥 들어오는 듯한 느낌이 들었다. 이어서 눈앞이 캄캄해지고 망막에서 시퍼런 불똥이 마구 날뛰었다. 하라간의 혈관 속 피는 비등점을 넘어서 부글부글 끓었고, 철사처럼 단단해진 근육은 서로 배배 꼬여 무섭게 부풀었다.

'이건 마치 새로운 종으로 거듭나는 느낌이다!'

하라간은 문득 이런 생각을 했다.

생각과 동시에 하라간의 오른팔이 변형을 시작했다.

팔근육이 비정상적으로 확대되어 크게 부풀었다. 손은 갈고리처럼 오그라들었으며, 그 끝에 자리한 5개의 손톱은 수백 배, 수천 배로 확대되었다. 하라간의 팔뚝에 돋아 있던 솜털들은 굵어지고 커지면서 자연스럽게 황갈색 비늘로 변했다.

'희한하구나!'

하라간은 이런 변화가 어색했다.

하지만 싫지는 않았다.

과거 루잉 백작 시절에는 사람이 마물과 결합하여 신체가 마물처럼 변형하는 것에 대해서 엄청난 거부감을 가지고 있었지만, 지금은 달랐다. 하라간은 신기한 듯 자신의 오른팔을 내려다보았다.

그 와중에도 하라간의 팔은 점점 더 크게 부풀어 이제는 하라간의 몸뚱어리보다 팔뚝이 더 커졌다.

이 정도로 몸의 대칭이 깨졌으면 하라간이 오른팔을 휘두르는 것은 불가능해야 옳았다.

하지만 하라간이 의지를 일으킨 순간 그의 오른팔은 서슴없이 뻗어 연무장 벽을 긁었다.

부우—왁!

단단한 연무장 철벽에 다섯 줄기 발톱의 흔적이 새겨졌다. 그 상흔 하나하나가 깊이 50 센티미터에 폭은 1 미터에 달했다.

하라간이 휘두른 발톱은 단순히 벽을 긁어 놓은 것에서 그치지 않았다.

치이이익!

수증기 끓는 소리와 함께 철벽이 부식되기 시작했다. 멀쩡하던 철벽에서 하얀 연기가 솟구쳤고, 부식된 부위는 황갈색으로 물들어 점차 그 범위를 넓혀 갔다.

[어, 어떻게 이렇게 빨리!]

군나르가 당황했다.

마물 공유란 이렇게 쉽게 이루어지는 것이 아니었다. 군나르의 마물을 통째로 하라간에게 승계해 준다면 모를까, 살짝 접촉만 시켜 주었을 뿐인데 하라간은 벌써 마물의 힘을 발휘해서 이런 위력적인 일격을 이끌어 내었다.

원래 군나르가 예상한 것은 하라간의 신체 일부가 아주 미세한 변형을 하는 정도였다.

'이를테면 하라간의 솜털 가운데 몇 올이 황갈색으로 물들면서 조금 커지고 단단해진다거나, 머리카락 일부가 날카롭게 곤두서는 정도…….'

군나르는 딱 여기까지 예상했다.

그런데 하라간은 군나르의 마물과 접촉하자마자 오른팔 전체를 결합해 버렸다.

대신 군나르의 마물이 지닌 8개의 발 가운데 하나가 감쪽같이 사라졌다.

[말도 안 돼! 어떻게 이렇게 빠를 수가!]

군나르가 입을 쩍 벌린 사이, 그의 이마에 돋아난 10 미터 길이의 거대한 뿔 2개가 서서히 흐려지다가 자취를 감추었다.

대신 하라간의 이마 양쪽에서 볼록볼록 피부를 뚫고 뿔이 돋아나더니 이내 구불구불한 형태를 갖추고 10 미터 길이로 자라났다.

하라간의 조그만 머리에 거대한 뿔 2개가 돋아나자 가녀린 목이 그 무게를 견디지 못하고 픽 꺾일 것만 같았다.

하지만 군나르의 걱정은 기우에 불과했다.

하라간은 뿔의 무게를 느끼지 못하는 듯 두 눈을 감고 지그시 미소를 지었다.

하라간의 이마에 돋아난 뿔이 파직! 파지직! 파지지직! 신이 나서 전기를 내뿜으며 그 위풍당당한 기세를 자랑했다.

키르샤의 턱에서 시작해서 연무장 바닥에 넓게 퍼진 수

염도 스르르륵 자취를 감추었다.

대신 하라간의 턱에서 강철같이 강하고 긴 황갈색 수염이 돋아나 연무장 바닥까지 늘어졌다. 천년 고목을 휘감은 넝쿨처럼 구불텅구불텅 자라난 수염은 연무장 전체를 뒤덮을 것처럼 길게 자라나더니 그 끝을 바짝 치켜들고 섬뜩한 독액을 토해 놓았다.

이것은 사람에게 환각을 일으키고 신경을 마비시키는 극독이었다.

[뿔과 수염까지!]

군나르는 큰 충격에 머리가 멍했다.

하라간의 가슴에 접촉한 발톱은 떼고 싶어도 뗄 수가 없었다. 군나르의 키르샤는 이미 그의 통제에서 벗어나 있었다.

하라간의 등에서 기다란 뼈가 자라났다.

그 뼈에 살과 가죽이 붙어 황갈색 날개가 되었다. 10 미터, 20 미터, 30 미터를 훌쩍 지나 쫙 펼쳐진 날개의 폭이 무려 100 미터에 달했다.

그 큰 날개가 펄럭이자 연무장에 돌풍이 불었다.

대신 키르샤의 등에 돋아 있던 날개는 감쪽같이 사라졌다.

하라간의 이마가 세로로 쪼개지며 그 속에서 시뻘건 광

채를 품은 제3의 눈이 드러났다. 하라간의 두 눈이 시뻘겋게 달아오르면서 하라간은 불덩어리처럼 변한 3개의 눈을 지니게 되었다.

대신 키르샤는 눈을 잃었다.

하라간의 얼굴이 길고 크게 늘어났다. 쩍 벌어진 그의 아가리에선 유황이 뒤섞인 지독한 독 안개가 뭉클뭉클 뿜어져 나왔다.

대신 군나르의 키르샤는 얼굴을 잃었다.

하라간의 몸통이 거대하게 부풀었다.

하라간의 온몸엔 황갈색 비늘이 돋았고, 얼굴 한복판엔 마주 대하기 두려운 3개의 불덩이가 이글거렸으며, 그의 이마에 돋은 2개의 뿔에선 파지직! 파지직 전기가 날뛰었다. 등에 돋은 날개를 펄럭이면 돌풍이 불었고, 몸통에 달라붙은 8개의 다리는 건물 기둥을 연상시켰다. 길게 뻗은 꼬리가 슈왁! 공간을 가로지르자 그 꼬리에 스친 연무장 벽이 둘로 쪼개졌다.

하라간은 눈 깜짝할 사이에 키르샤 그 자체가 되어 버렸다.

대신 군나르의 키르샤는 사라지고 없었다.

하라간이 고개를 좌우로 꺾었다.

뚜둑! 뚝!

거대한 키르샤가 고개를 좌우로 꺾은 뒤 연무장 천장을 향해 주둥이를 바짝 치켜들었다.

꾸어엉!

커다란 포효와 함께 천장에 둥글게 숨결이 퍼졌다.

키르샤가 내뱉은 숨결은 강철을 녹이는 극독이 되었다. 천장이 둥글게 썩어 들어가며 녹물이 뚝뚝 떨어졌다.

하라간이 가슴을 쫙 폈다.

키르샤가 가슴을 부풀리고 날개를 활짝 펼쳤다.

꾸어어엉—!

긴 포효와 함께 웃전 전체가 우르르 뒤흔들렸다.

"공유가 벌써 끝났어. 최소한 10년은 걸릴 것이라 생각한 마물 공유가 벌써 끝났다고. 어떻게 이렇게 빨리! 어떻게 이렇게 빨리! 으으으으……."

키르샤를 잃은 군나르는 다시 사람의 형체가 되어 입을 쩍 벌렸다.

그런 군나르 앞에서 키르샤가 된 하라간이 다시 한 번 거세게 포효했다.

꾸어어어엉—!

"으으으으……."

귀청을 찢는 포식자의 울음에 군나르의 몸이 가늘게 진동했다.

"하라간! 너는 정말!"

군나르의 등골을 타고 소름이 쫙 돋았다.

Chapter 3

연무장 곳곳에 키르샤의 발톱과 꼬리가 남긴 흔적이 새겨졌다. 폐허처럼 변한 연무장 중앙에서 하라간이 얌전히 앉아 군나르를 올려다보았다.

하라간은 어느새 사람의 모습으로 돌아왔다.

대신 군나르가 다시 키르샤가 되었다.

하라간과 결합한 키르샤는 하라간이 "이제 할아버님께 돌아가라."라고 명을 내리자 그 즉시 원래 자리로 복귀했다.

[허허! 허허허허! 허허허허허!]

군나르는 뭐라고 말을 하지 못하고 한동안 헛웃음만 흘렸다.

그러다 한참 만에 하라간에게 물었다.

[하라간, 너 대체 뭐냐?]

[무슨 뜻인지요?]

[너, 대체 정체가 뭐냐고? 이 할아비는 도무지 정신을 차

릴 수가 없구나. 원래 할아비는 오늘 맛보기로 네게 키르샤를 살짝 결합시켜 줄 요량이었다. 그야말로 아주 가느다랗게 결합하는 수준이라 네 피부 솜털 정도가 황갈색으로 변하겠거니, 이렇게 예상했었지.]

[그렇습니까?]

하라간이 씩 웃었다.

군나르도 마주 웃었다.

[녀석, 능글맞기는. 그래. 하라간, 너는 이 할아비의 예상을 뛰어넘는 존재다. 할아비로서는 도저히 가늠할 수 없는 그런 존재야. 가볍게 첫 접촉만 하려고 했는데, 너와 접촉하는 순간 키르샤에 대한 통제가 되지 않더구나. 키르샤 전체가 이 할아비의 마정석을 떠나 그냥 네게로 가 버렸어. 마치 속성 승계를 한 것처럼 말이다. 아주 짧은 순간이었지만, 할아비는 아찔한 상실감을 느껴야 했단다.]

평생을 함께해 온 마물을 잃는 상실감은 생각보다 더 지독했다. 군나르는 키르샤를 하라간에게 빼앗겼다는 생각에 머리가 아득했다.

반대로 하라간이 다시 키르샤를 돌려주었을 때 군나르는 자신도 모를 안도감을 느꼈다.

[할아비가 참으로 부끄럽구나. 네게 속성 승계를 해 주려고 생각했으면서, 막상 키르샤를 잃자 너무나 큰 상실감에

마음이 불안해지고 몸이 떨리더라. 심지어 네게 질투의 감정까지 느꼈지.]

군나르는 자신이 느낀 감정을 솔직하게 고백했다.

하라간은 말없이 듣기만 했다.

군나르가 이야기를 계속했다.

[그러다 키르샤가 다시 내 품에 돌아오자 어찌나 안심이 되던지! 할아비가 참으로 부끄러운 마음을 품었구나.]

[아닙니다, 할아버님. 당연한 일입니다.]

[허허허! 그리 이해해 주니 고맙다. 어쨌거나 10년에 걸쳐서 천천히 넘겨주려고 했던 키르샤가 단숨에 공유가 끝났으니 이제부터 무엇을 할꼬?]

군나르는 갑자기 할 일이 없어지자 마음이 허탈했다.

하라간이 해답을 제시했다.

[저와 함께 진화에 대해서 연구하시면 어떻겠습니까?]

[진화?]

[이런 말씀을 드리는 것이 죄송스러우나, 할아버님의 키르샤는 이제 갓 심해저 레벨에 발을 디뎠을 뿐입니다. 하지만 저와 결합한 마물은 할아버님의 키르샤보다 훨씬 더 완숙하지요. 제 안에서 이 둘을 경쟁시키면 할아버님의 키르샤가 진화를 할지도 모르겠습니다. 할아버님의 키르샤를 공유했을 때 문득 이런 생각을 했습니다.]

하라간의 제안은 신선한 충격이었다. 하지만 군나르의 자존심에 상처를 줄 수도 있어서 꺼내기 조심스러웠다.

군나르가 알쏭달쏭한 표정을 지었다.

[허! 내 마물을 네가 품어서 진화를 시켜 보겠다?]

[네.]

하라간은 조심스럽게 군나르의 눈치를 살폈다.

군나르의 어깨가 축 처졌다.

[허허허! 이 할아비가 네게 도움이 되어야 하거늘, 거꾸로 네가 도움을 받게 되다니! 허허허! 허허허허! 이거 부끄럽기 짝이 없구나.]

[할아버님, 그렇게 생각하시지 마십시오. 제가 마해에 입수해서 심해저 레벨의 마물을 복사한 것은 모두 할아버님의 도움 덕분입니다. 제가 이 땅에 태어난 것도 모두 할아버님 덕분입니다. 제가 숨 쉬고 살아가는 것도 모두 할아버님 덕분입니다. 그러니 절대 그런 생각은 마십시오.]

하라간이 군나르 앞에 무릎을 꿇었다.

군나르도 마음을 풀었다.

[허허허허! 오냐! 오냐! 할아비가 네게 도움이 되지 못해 부끄럽긴 하다만, 어차피 내 모든 것은 나중에 네가 물려받을 유산이 아니더냐? 그러니 지금부터 네가 직접 키워 보는 것도 괜찮겠지. 허허허! 앞으로 매일 이 시각에 웃전에

들거라. 그리고 내 키르샤를 네게 맡아서 마음껏 육성해 보
거라. 허허허!]

[할아버님, 고맙습니다. 이해해 주셔서 고맙습니다.]

하라간이 군나르의 키르샤를 와락 껴안았다.

군나르도 어느새 사람의 몸으로 돌아와 하라간의 등을
토닥였다.

"허허허! 녀석! 요 이쁜 녀석!"

반쯤 망가진 웃전의 연무장은 당분간 수리를 하지 않기
로 했다. 진화를 위해 수련을 하다 보면 계속 부서질 것이
기 때문이었다.

"오늘은 여기까지 하고, 위에 올라가서 차나 한잔 마시
자꾸나."

군나르는 하라간의 손을 잡아끌었다.

"네, 할아버님."

하라간도 순순히 응했다.

나무 탁자를 사이에 두고 마주 앉은 군나르와 하라간은
뜨거운 차 한 주전자를 함께 나눴다. 향이 그윽한 찻잎에
독초를 곱게 빻아 우려낸 찻물은 군나르가 가장 선호하는
기호 식품이었다. 하라간도 어려서부터 독이 섞인 차 맛에
익숙해진 터라 아무런 거부감이 없었다.

"오늘은 평소보다 좀 더 진하게 탔는데, 괜찮지?"

"향이 진해서 좋네요. 맛있습니다."

다향을 음미하고 찻물을 한 모금 입에 머금어 목구멍으로 넘긴 다음, 하라간은 화제를 돌렸다.

"그나저나 여쭙고 싶은 것이 있습니다."

"무어냐?"

"조금 전 지하 연무장에서 할아버님께서 언급하셨던 것 말씀입니다. 이미 키르샤로 진화했을 것으로 짐작되는 군주가 2, 3명 정도 있다고 하셨지요? 그들이 누군지 궁금합니다."

질문을 하면서 하라간은 속으로 침을 삼켰다. 포동포동 살이 오른 키르샤를 상상하는 것만으로도 그의 침샘이 자극되었다.

'어허! 갑자기 왜 오한이 들지?'

군나르는 불현듯 몸에 추위가 감돌자 이상하다고 여겼다. 하지만 곧 머리를 털고는 질문에 답을 해 주었다.

"나도 확신하지는 못한단다. 그저 이들이라면 가능성이 있다고 유추할 뿐이지. 우선 오드 아르네 솔샤르가 있겠구나."

군나르가 꼽은 첫 번째 대상자는 바로 오드 아르네 솔샤르였다.

북부의 적자 오드!

800년 전 욘 아르네는 3명의 아들과 6명의 제자들을 두었다.

이 가운데 욘 아르네의 맏아들이 아비도스!

그리고 아비도스의 손자가 바로 오드였다.

욘 아르네의 셋째 아들이 하자드이고, 하자드의 손자가 이스테텐, 다시 이스테텐의 아들이 군나르라는 점을 생각해 보면, 오드는 군나르의 큰아버지뻘 되는 셈이었다.

"놀랍게도 오드 님이 아비도스 님으로부터 왕국을 물려받은 것이 무려 500년도 넘었다. 다시 말해서 현재 오드 님의 나이는 500살 이상이라는 게지."

"와아! 500살이 넘었다니, 대단하군요."

하라간이 맞장구를 쳐주었다.

"그렇지? 인간이 500년 이상을 살 수 없다는 점을 생각하면 정말 엄청난 일이지? 그러니 할아비가 의심할 수밖에. 아니지. 이건 의심 정도가 아니다. 단언컨대, 오드 님은 키르샤다."

군나르는 오드 아르네 솔샤르가 이미 오래전에 키르샤가 되었을 것이라 확신했다. 하라간도 그 말에 동의했다.

"할아버님의 말씀을 듣고 보니 확실하네요. 하면 또 다른 대상자는 누구입니까?"

군나르는 차를 한 모금 마시곤 말을 이었다.

"두 번째로 내가 의심하는 대상은 에룬 아르네 솔샤르다."

"에룬 님이요?"

하라간이 고개를 갸웃거렸다.

Chapter 4

군나르의 입에서 "에룬이 의심스럽다."는 말이 나왔다.

에룬 아르네 솔샤르!

북부의 아홉 군주 가운데 한 명!

하지만 에룬은 군주답지 않게 동북쪽 끝의 섬 안에 틀어박혀 세상과 거의 단절한 베일 속의 인물이었다.

하라간이 고개를 갸웃거렸다.

군나르는 그런 하라간을 위해 배경 설명을 해 주었다.

"에룬의 선조는 욘 아르네 님의 막내 제자였단다. 욘 아르네 님께서 가장 마지막에 거둔 제자 말이다. 비록 나이는 어렸지만 당시 그 막내 제자분의 재능은 실로 뛰어나 욘 아르네 님의 총애를 받았다고 하더구나. 그 때문인지 네 선조이신 하자드 님께선 늘 동북쪽 섬을 신경 쓰셨어."

하라간이 미간을 찌푸렸다.

"할아버님, 그것만으로는 부족하지 않습니까? 그런 정황만으로 에룬 님이 키르샤라고는 생각할 수는 없습니다."

"문제는 오드 님도 에룬을 신경 쓴다는 점이지."

"오드 님이요?"

"그래. 오드 님이 가장 신경을 쓰는 존재가 바로 동북쪽 섬에 처박혀 있는 은둔자 에룬이다. 그러니 이 할아비가 에룬을 키르샤로 의심할 수밖에."

오드는 500년 이상 살아온 괴물이었다. 그 괴물이 신경을 쓰는 존재가 에룬이라면, 에룬도 오드와 동급의 괴물일 터!

하라간은 고개를 끄덕였다.

"듣고 보니 할아버님의 말씀이 옳습니다. 확실히 에룬도 키르샤로 진화했을 것 같네요."

"그래. 할아비도 그리 생각한단다. 오드 님과 에룬! 이 2명은 아마 키르샤가 되었을 게야."

"하면 나머지 한 명은 누구입니까?"

군나르는 진화를 한 대상으로 2, 3명을 꼽았다. 하라간은 군주들 가운데 오드와 에룬을 제외한 세 번째 후보가 누구인지 궁금했다.

군나르는 대답 대신 손가락으로 하늘을 가리켰다.

"하늘? 그게 누구입니까? 하늘을 영토로 삼은 군주는 분명 없사온데…… 서, 설마!"

하라간이 눈을 부릅떴다.

군나르가 슬며시 웃었다.

"왜? 아닌 것 같으냐?"

"허어! 아니라고는 말 못 하겠습니다. 만약 할아버님께서 말씀하신 세 번째 대상자가 제가 생각하는 그분이라면, 분명 키르샤가 맞지요."

하라간은 얼떨떨한 표정으로 대답했다.

군나르의 입에 걸린 웃음이 더욱 진해졌다.

"그렇지? 맞지?"

"그야 물론이지요. 그분께서 키르샤이신 것이야 누가 모르겠습니까? 우리의 시조이자 신인이신 욘 아르네 솔샤르 님이야 당연히 키르샤이시죠. 다만……."

하라간이 말꼬리를 흐렸다.

군나르가 되물었다.

"다만 뭐냐?"

"다만…… 그분께서 아직 살아 계시다고 믿기는 어렵습니다. 어쨌거나 욘 아르네 님께선 800년 전 인물이시니까요."

"그렇지. 800년 전 분이시지. 하지만 기록 어디에도 욘 아르네 님께서 돌아가셨다는 말은 없느니라. 다만 아들과 제자들이 지켜보는 앞에서 여섯 장의 날개를 활짝 펴고 하늘로 훨훨 날아가셨다고만 되어 있지."

"그야 그렇지요."

"그러니 그분께서 어딘가에 아직 살아 계실 가능성도 있지. 혹은 북부의 아홉 군주 외에 또 다른 자식이나 제자를 두셨을 가능성도 있고. 그래서 할아비는 이런저런 가능성들을 모두 합쳐서 또 다른 변수 하나로 두고 싶구나. 오드 님과 에룬, 그리고 또 다른 변수 하나!"

"으음! 알겠습니다. 할아버님의 셈법이 옳은 것 같습니다."

하라간은 군나르의 의견에 동의했다. 이곳 북부에서 심해저 레벨의 솔샤르는 최소한 4명을 염두에 두면 될 것 같았다.

첫째, 욘 아르네 본인, 혹은 그가 남긴 미지의 후손!

둘째, 오드 아르네 솔샤르!

셋째, 에룬 아르네 솔샤르!

넷째, 군나르 아르네 솔샤르!

이상이 키르샤로 추정, 혹은 확인된 인물들이었다.

'이 가운데 할아버님의 마물을 제외하면 최소한 맛난 먹잇감이 셋은 된다는 소리 아니야? 이거 흥분되는걸. 후후후!'

하라간은 군나르 몰래 입맛을 다셨다.

식욕과 성욕은 서로 연결되어 있다는 학설이 있는데, 아무래도 그게 사실인 것 같았다. 식욕이 돋자 하라간의 사타 구니 사이에도 슬그머니 힘이 들어갔다.

"목욕을 하겠다."

웃전에서 물러 나온 하라간은 자신의 친전으로 돌아와 욕실부터 찾았다. 원래 하라간은 아침에 한 번, 밤에 한 번, 이렇게 하루에 두 번 목욕을 하는데, 오늘은 대낮부터 목욕 타령을 했다.

"이미 준비가 되어 있사옵니다."

침방에서 파견한 시녀 3명이 능숙하게 하라간의 목욕 시 중을 들었다. 시녀들은 새까만 생머리를 엉덩이 위까지 길 게 늘어뜨리고, 속이 훤히 비치는 튜닉(Tunic: 가슴에서 허 벅지까지 이어진 통옷으로, 어깨끈으로 고정하는 여성 의복)을 입고 있었다.

대리석으로 만든 커다란 욕조에선 수증기가 뭉게뭉게 솟 구쳤다. 욕조 주변엔 사람의 몸에 개의 얼굴을 가진 조각상 과 새의 머리가 달린 조각상이 열을 지어 늘어섰는데, 그 조각상의 입에서 뜨거운 물이 콸콸 쏟아졌다.

하라간은 욕탕에 첨벙 들어갔다.

"어, 좋다."

"하라간 님, 저희가 시중을 들어드리겠나이다."

시녀들이 냉큼 쫓아와 하라간의 로인클로스(Loincloth: 군나르 왕국 남자들이 하체에 두르는 직사각형의 천)를 풀어 주었다.

시녀들은 군살 한 점 없이 잔근육이 꽉 잡힌 하라간의 몸을 곁눈질하느라 바빴다. 그러다 로인클로스를 풀자 하라간의 하체에도 시선이 쏠렸다.

'어쩜!'

'후훗!'

3명의 시녀가 서로를 마주 보며 눈짓을 했다.

Chapter 5

시녀들 가운데 한 명이 대롱을 입에 물고 하라간의 등 뒤에 엎드렸다.

"여기 앉으시옵소서."

다른 2명의 시녀가 엎드린 시녀의 등에 하라간을 앉혀 주었다. 예전에 하라간은 이런 방식의 인간 의자가 불편하고 어색했지만, 지금은 익숙해졌다.

의자가 된 시녀는 머리끝까지 물속에 잠긴 채 대롱으로 호흡했다. 그사이 나머지 2명의 시녀가 항아리로 물을 퍼서 하라간의 몸을 씻겨 주었다.

이어서 또 한 명의 시녀가 입에 대롱을 물고 잠수해서 등받이 역할을 맡았다. 하라간은 2인 1조의 인간 의자에 누워 눈을 감았다. 그러자 홀로 남은 시녀가 손에 거품을 묻혀 하라간의 머리카락을 정성껏 감겨 주었다.

세신이 끝난 후 시녀들은 하라간의 몸을 물속에서 안마했다. 어깨를 주무르고, 다리를 두드리고, 하라간의 등 근육을 풀어 주고.

그러던 시녀들의 손이 점점 더 자극적인 곳으로 향했다.

루잉 백작이던 시절 하라간은 철저한 금욕주의자였다.

하지만 지금은 많이 변했다.

나태!

퇴폐!

하라간이 성인식을 마치고 마해에서 복귀할 때 이 두 가지 속성이 함께 따라붙은 것이다. 이 가운데 하라간은 '나태'와 치열하게 맞서 싸웠다. 정말이지 하라간은 게을러지지 않으려고 필사적으로 노력했다.

덕분에 나태 속성을 많이 벗어던질 수 있었다.

대신 '퇴폐' 속성은 '나태'만큼 떨쳐 버리지 못했다.

퇴폐, 문란, 음탕.

이런 속성들이 조금씩, 아주 조금씩 하라간을 물들여 갔다.

다행히 하라간은 북부의 왕이 될 몸이었다. 그런 하라간에게 퇴폐는 그다지 큰 흠이 되지 않았다. 오히려 군나르는 하라간에게 최대한 많은 여자를 붙여 주어 더 많은 후손을 보기를 원했다.

"아아! 하라간 님!"

"하아악!"

"흐으윽!"

3명의 아름다운 시녀들이 하라간의 품에 열정적으로 파고들었다. 그녀들의 새하얀 손은 하라간의 온몸 구석구석을 쓰다듬었고, 빨간 입술은 하라간의 몸 곳곳에 낙인을 찍었다. 시녀들의 까만 머리카락이 하라간의 몸에 달라붙어 흐느적거렸다.

수동적으로 안마를 받던 하라간이 어느 순간 능동적으로 돌변했다. 뿌연 수증기 속에서 네 사람의 육체가 뱀처럼 뒤엉켰다.

신체 나이 17세.

하라간의 퇴폐 속성은 아직도 현재진행형이었다.

한 달이 훌쩍 지났다.

지난 30일간 하라간은 하루도 빠짐없이 옷전에 들어 군나르의 마물을 공유했다. 그러는 짬짬이 군나르로부터 독에 대한 지식도 습득했다.

군나르와 결합한 마물의 정식 이름은 탁소 키르샤!

북부의 고대어로 탁소는 독(Poison)을 의미했다.

"원래는 네가 좀 더 크거든 이 지식을 전수하려고 했었다. 독이란 그만큼 위험하기 때문이지."

군나르는 부드러운 어투로 이야기를 시작했다.

"하지만 내 걱정이 기우였더구나. 하라간, 너는 이미 이 할아비가 가늠할 수 없는 높은 경지에 도달해 있어."

"과찬이십니다, 할아버님."

낯간지러운 칭찬에 하라간이 뒤통수를 긁었다.

군나르가 고개를 가로저었다.

"아니다. 네가 할아비보다 훨씬 뛰어나. 그러니 이제부터라도 할아비의 독술을 물려받도록 하여라."

"귀를 쫑긋 세우고 열심히 배우겠습니다."

하라간은 바른 자세로 앉아 군나르의 말에 귀를 기울였다.

군나르는 하라간 앞에 손가락 4개를 들어 보였다.

"독은 크게 네 갈래로 구분된단다."

"넷이요?"

"그렇다. 우선 식물에서 추출한 식물독! 동물에서 뽑아

낸 동물독! 그리고 광물독! 마지막으로 마해의 마물들로부터 얻어 낸 마물독! 이렇게 넷이다. 이 가운데 할아비는 식물독과 광물독을 깊이 있게 연구했고, 나름 동물독과 마물독도 신경을 썼느니라."

설명을 하면서 군나르는 실내 천장에 매달린 약봉지들을 가리켰다.

"저 약봉지 안에는 각기 다른 종류의 독이 들어 있는데, 오늘부터 너는 이 할아비와 함께 저 독들을 조금씩 맛보고 분류하는 연습을 하자꾸나."

"네, 할아버님."

하라간이 박력 있게 대답했다.

군나르의 방 안 천장에 매달린 독은 무려 3,234종에 달했다. 이 가운데 식물독이 1,157종이었고, 동물독이 991종, 마물독 34종, 나머지는 광물독이었다.

"이 많은 독들을 현명하게 사용하는 방법이 무엇이겠느냐? 바로 지식이다. 어떤 종류의 독을 섞어야 독성이 강해지는지, 어떤 독을 섞으면 서로 중화되어 독성이 약해지는지, 이런 지식이 없으면 결코 독을 쓸 수 없단다."

"그럼 3,234종류의 독 배합법을 외우면 되는 것입니까?"

하라간의 질문에 군나르가 고개를 가로저었다.

"아니다. 그렇게 간단하다면 할아비가 평생에 걸쳐서 독을 연구하지는 않았겠지. 네 말대로 단순히 두 종류의 독을 섞는 경우는 암기력으로 해결한다고 치자. 하지만 만약 세 종류의 독을 섞으면 어찌할 것이냐? 네 종류나 다섯 종류의 독을 섞는다면 또 어쩌고?"

"아!"

하라간은 비로소 군나르의 말뜻을 이해했다. 3,234종의 독을 배합하는 방법은 무수히 많았다. 그 배합을 모조리 외우는 것은 불가능했다.

"또한 독의 양은 어떻게 결정할 것이냐? 독의 비율을 5대 5로 섞는 경우와 9대 1로 섞는 것은 분명 그 결과가 다를 터인데, 이 무수한 배합에 비율까지 어찌 다 외우고 실험할 것이냐?"

"아아!"

"그래서 비법이 필요한 것이다."

군나르는 탁자 밑에서 책을 하나 꺼내 하라간에게 건네주었다.

하라간이 물었다.

"이것이 무엇입니까?"

"2대이신 하자드 님께서 기술하신 비법 책이다. 그 안에는 총 1,400종의 독이 21족으로 분류되어 있지."

"21족이요? 족은 또 무엇입니까?"

"족이란, 하자드 님께서 만드신 독의 분류 개념이다. 하자드 님께선 무수히 많은 독을 서로 더해 보고 빼 보면서 한 가지 특이한 성질을 발견하셨단다. 어느 특정 족의 독은 또 다른 특정 족의 독과 만났을 때 유난히 독성이 강해진다는 사실을 발견하시고는 이를 분류표로 만드셨지. 예를 들어 그 책에 적혀 있는 1족의 독은 2족, 4족, 6족과 같은 짝수 족과 배합하면 독성이 강해진다. 반대로 3족, 5족, 7족과 같은 홀수 족의 독과 섞으면 독성이 약해지지."

"1과 2를 더하면 3! 1과 4를 더하면 5! 그러니까 족을 더했을 때 그 숫자가 홀수가 되면 독성이 강해지는군요?"

하라간은 족의 개념을 어렴풋이 이해했다.

군나르가 흐뭇하게 웃었다.

"옳다. 하면 내가 문제를 하나 내마."

"네, 할아버님."

"1족과 2족의 독을 더했는데, 여기에 두 가지 독을 추가하려고 한다. 첫 번째 병에는 3족과 4족의 독이 들어 있고, 두 번째 병에는 3족과 5족의 독이 들어 있다. 하라간 너는 어느 병을 택하겠느냐?"

1족과 2족을 더하면 3.

홀수니까 독성이 강해진다.

3족과 4족을 더하면 7.

이것도 홀수니까 독성이 강해질 것이다.

하지만 3과 7을 더하면 10. 짝수가 된다.

하라간은 잠시 생각한 끝에 두 번째 병을 선택했다.

"두 번째 병, 즉 3족과 5족의 독을 선택하겠습니다."

"이유는?"

"그래야 4종류의 독을 모두 더했을 때 11, 즉 홀수가 되지 않습니까?"

하라간의 대답에 군나르가 무릎을 쳤다.

"옳거니! 잘 대답했다. 하면 다시 물으마. 그렇게 4종류의 독을 섞은 것과 11족의 독 하나! 이 두 가지 중 어느 것이 더 뛰어난 독이겠느냐?"

Chapter 6

1족, 2족, 3족, 5족, 이렇게 네 종류의 독을 섞어서 11.

혹은 11족의 독 하나.

둘 중 어느 쪽이 더 강할지 쉽게 짐작이 가지 않았다. 하라간은 고개를 가로저었다.

"제가 아둔하여 잘 모르겠습니다. 다만 제 생각엔 11족의 독 하나를 쓰는 것이 더 강하지 않을까 생각합니다."

의외의 대답에 군나르가 눈을 번쩍 빛냈다.

"허! 4개를 섞은 것보다 하나가 낫다? 왜 그렇게 생각했지?"

하라간은 자신의 생각을 밝혔다.

"무술도 잡다하게 이것저것 익히는 것보다 하나를 깊게 파고드는 것이 더 낫지 않습니까? 그래서 한 종류의 독을 택했습니다."

"허허허! 그래? 네 말이 옳다. 4종을 섞은 것보다 11족의 독 한 병이 더 강하지. 하지만 다른 각도에서 한번 들여다보자. 독성이 강하다고 꼭 좋은 독이겠느냐?"

"아닙니까? 독성이 강해야 독을 쓰는 의미가 있지 않습니까?"

하라간이 고개를 갸웃거렸다.

군나르는 슬며시 웃었다.

"물론 적을 즉사시키려면 독성이 강할수록 좋겠지. 하지만 살해가 목적이 아니라 중독이 목적이라면? 그럼 독성이 강한 독보다 해독이 어려운 독이 더 좋지 않겠느냐?"

"아아!"

하라간은 퍼뜩 깨닫는 바가 있었다.

군나르가 말을 이었다.

"네 말대로 11족의 독 한 병이 4개의 독을 섞은 것보다 독성이 더 강하다. 하지만 11족의 독은 대부분 해독약이 알려져 있단다. 혹은 치유사나 마법사, 신관들이 해독을 하는 것도 쉬워. 하지만 서로 다른 네 종류의 독을 섞으면 독에 대한 해박한 지식이 없는 한 해독이 불가능하다. 독을 중화시키려다가 오히려 더 큰 화를 부르기 일쑤고, 치유사들이나 신관들도 해독을 잘 못 하는 경우가 대부분이다."

"그렇군요. 이제 할아버님의 말씀을 이해했습니다. 그리고 2대이신 하자드 님께서 얼마나 대단한 업적을 남기셨는지 비로소 깨달았습니다. 이 분류 비법만 있으면 정말 무수히 많은 독을 만들어 내고 또 치료도 가능할 것 같습니다."

이건 빈말이 아니었다. 하라간은 진심으로 하자드에게 감탄했다.

"그렇지? 하라간, 네 선조께선 그만큼 대단하신 분이란다."

군나르가 흐뭇한 표정으로 고개를 주억거리다가 두꺼운 책 한 권과 얇은 책 한 권을 탁자에 올려놓았다.

"조금 전에 설명한 바와 같이 2대이신 하자드 님께선 자연계의 독 1,400종을 21족으로 분류하셨지. 이후 3대째이신 이스테텐 님께서 추가로 독에 대한 실험을 더 하셔서 총 3,200종, 32족으로 확장하셨단다. 이 두 번째 두꺼운 책은 바로 이스테텐 님께서 추가하신 내용이다."

군나르는 하라간에게 두꺼운 책 한 권을 먼저 내밀었다. 그다음 얇은 책을 그 위에 얹어 놓았다.

"그리고 할아비는 여기에 마해의 독 34종을 추가해서 3,234종, 66족으로 정리했단다."

2대째인 하자드는 1,400종의 독을 총 21족으로 분류했다.

3대째인 이스테텐은 3,200종의 독을 총 32족으로 확장하여 분류했다.

그리고 4대째인 군나르가 3,234종의 독을 총 66족으로 추가 확대했다.

하라간이 물었다.

"독이 34종류가 늘었는데 족의 수도 똑같이 34개가 늘었네요?"

"그렇단다. 마해의 독은 실로 특이하여 자연계의 독과 겹치는 것이 하나도 없더구나. 또한 마해의 독끼리도 서로 일관성이 없어 독 한 종류당 족이 하나씩 추가되었단다. 대신 할아비가 추가한 34개의 독은 자연계의 독에 비해 그 독성이 엄청나게 강하더구나. 그러니 앞으로 너는 이 독들을 사용할 때 절대 주의해야 한다."

"명심하겠습니다."

대답을 하면서 하라간은 자신의 권능 하운데 하나를 떠올렸다.

하라간이 보유한 무서운 권능 가운데 하나!

엄밀하게 말해서 이것은 독이라기보다는 균(菌)에 가까웠다.

포자를 날려 번식하는 균류!

하라간은 인간을 포함한 모든 종류의 동물 시체에 이 포자를 심어 괴뢰를 만드는 능력이 있다. 또한 이 괴뢰들을 포탈로 사용하는 거미줄 권능을 선보인 적이 있다.

하지만 아직까지 하라간은 이 괴뢰들의 진정한 무서움을 세상에 드러낸 적이 없었다. 하라간이 뿜어내는 균독과 결합했을 때 괴뢰가 발휘하는 위력은 심저 1층 레벨의 마물들로는 도저히 감당할 수 없을 만큼 파괴적이었다.

군나르가 수집한 마해의 독은 대부분 연해 레벨, 혹은 해구 레벨에 불과하여 하라간의 균독과 비교할 수는 없었다.

그나마 가장 최근에 수집한 탁소 키르샤의 독이 기존의 다른 독보다 월등하지만, 이것도 하라간의 균독과 비교하면 어린아이 장난 수준이었다.

그래도 하라간은 군나르가 건네준 책을 우습게 여기지 않았다.

'할아버님의 말씀처럼 독성이 꼭 중요한 것은 아니야.

비록 독성이 떨어지더라도 잘 배합하여 아무도 해독할 수 없는 독을 만든다면! 이 독이 정치적으로는 더 활용할 곳이 많아. 그런 면에서 봤을 때 2대이신 하자드 님의 발견은 정말 이 분야에서 큰 획을 그을 만한 연구 성과야.'

하라간은 선조가 이루어 낸 위대한 업적에 대해 다시 한번 찬사를 보냈다. 그리고 이 비밀스럽고 중요한 업적을 고스란히 물려받은 것이 너무나 기뻤다.

3,234종의 독을 하나하나 맛을 보고 특징을 구별해 내는 일은 실로 엄청난 작업이었다. 하라간은 독의 맛과 향만으로 어떤 족에 속하는지 구별하는 연습부터 시작했다. 그러다 보니 자연스럽게 하라간의 오전 시간 대부분은 독 연구에 할애되었다.

그렇게 독술 공부에 몰두하면서 하라간은 선조들의 유산이 얼마나 위대한지 거듭 깨달았다. 2대이신 하자드가 발견하고 이스테텐이 발전시켰으며, 군나르가 확대한 '족 분류법'은 실로 엄청난 연구 성과였다.

하라간은 서두르지 않고 하나씩 독을 습득했다.

다행히 하라간에게는 그 어떤 종류의 독도 통하지 않았다. 하여 해독제를 준비하고 천천히 진도를 나갈 필요가 없었다.

게다가 하라간은 암기력도 탁월했다. 하라간은 모든 종류의 독들을 거침없이 맛보고 냄새를 맡아 가며 몸에 익혔다.

'허어! 이렇게나 습득 속도가 빠르다니!'

군나르는 하라간의 빠른 진도에 내심 놀랐으나, 탁소 키르샤를 공유할 때 기겁을 했던 경험이 있기에 이번엔 침착함을 잃지 않았다.

"험험! 그래. 열심히 잘 배우는구나. 족 분류법에 기반을 둔 독술 공부야말로 선조로부터 이어 온 우리 가문의 비법이니 열심히 공부해야 하느니라."

군나르는 이런 말로 하라간을 격려했다.

하라간도 군나르 앞에서 굳은 결의를 다졌다.

"네, 할아버님. 선조들의 노력에 누가 되지 않도록 열심히 하겠습니다."

하라간이 열심히 하겠다는 말은, 보통 사람이 내뱉는 말과는 차원이 달랐다. 하라간은 오전에 웃전에 들어 독을 배우고 마물을 공유한 다음, 오후 및 저녁, 밤에는 가문의 선조들이 정리한 족 분류법을 글자 하나 빼놓지 않고 샅샅이 외웠다.

희한하게도 독에 대한 지식이 쌓일수록, 그리고 보다 독성이 강한 극독을 다룰수록 하라간이 뿜어내는 요염한 기운은 점점 더 강해졌다.

또 한 가지.

하라간이 익힌 독의 경지가 깊어지자 군나르의 마물 탁소 키르샤가 하라간에게 푹 빠졌다. 탁소 키르샤는 하라간의 몸 안에 머무는 시간이 짧은 것을 아쉬워했기에, 군나르에게 돌아갈 때면 몰래 하라간에게 칭얼거렸다. 하지만 하라간의 말을 거역하지 못하고 순순히 원주인의 몸으로 돌아갈 수밖에 없었다.

그렇게 시간이 흘러 그 해의 마지막 달이 지나가고, 새해를 맞았다.

제3화

타이밍 독

Chapter 1

새해 첫날, 군나르는 왕국의 주요 대신 3명을 웃전으로 호출했다.

하라간의 학문 스승이자 대학사인 칼리프.

하라간의 외조부이자 왕궁의 재정 대신인 카팁.

최근 사면을 받은 왕궁 대사제 아바.

이들 세 사람이 군나르 앞에 납죽 엎드렸다.

"저희를 찾아 계시옵니까?"

군나르는 손등으로 수염을 쓰다듬으며 용건을 꺼냈다.

"하라간의 나이가 이제 18세가 되었다."

"그러하옵니다."

"올해 안에 하라간의 첫 번째 배필을 정할 것이니 그리 알고 준비를 하라."

군나르의 입에서 성혼 이야기가 나왔다.

"헉!"

"하라간 님의 배필 말씀이시옵니까?"

"오오오! 드디어!"

3명의 대신들이 눈을 번쩍 빛냈다.

하라간은 군나르 왕국의 확고한 미래 권력이었다. 그러니 하라간의 배필이 누가 될 것인지를 결정하는 일은 이루 말할 수 없이 중요했다.

칼리프가 조심스레 여쭸다.

"신 칼리프, 위대하시고 또 위대하신 분께 감히 여쭙겠나이다."

"말하라."

"첫 번째 간택의 후보자들을 왕국 내부에서 찾으실 것이온지, 아니면 외부를 생각하고 계시온지, 저희에게 그 뜻을 하명하여 주시옵소서."

하라간은 장차 군나르의 모든 것을 물려받아 북부의 군주가 될 몸이었다. 그러니 하라간이 왕비와 후궁을 얼마나 많이 거둘 것인지는 오로지 하라간의 의지에 달렸다. 하라간이 원하면 수천 명의 부인을 두어도 뭐라고 할 사람이 없었다. 부인을 선택하는 기준도 모두 하라간의 뜻에 따르게 되어 있었다.

다만 부인들 가운데 처음 3명, 즉 첫 번째 배필, 두 번째 배필, 세 번째 배필은 군나르가 정해 주는 여인과 성혼해야 된다.

이것이 군나르 왕국의 법도였다.

군나르는 올해 하라간의 첫 배필을 정해 주고, 내년과 후년에 한 명씩을 더해서 총 3명의 여인을 하라간과 맺어 줄 생각이었다.

'그 후로 네 번째 부인부터는 하라간이 알아서 고를 테지.'

이렇게 생각한 군나르는 잠시 고민하다가 자신의 뜻을 밝혔다.

"첫 번째 배필은 왕국 내부에서 뽑도록 하지. 어미 없이 자란 하라간을 잘 보필할 수 있도록 조금 성숙한 여인으로 고르면 좋겠구나."

군나르가 큰 틀을 결정해 주었다.

간택의 첫 번째 원칙!

하라간의 배필을 군나르 왕국 내부에서 뽑는다.

간택의 두 번째 원칙!

하라간보다 연상이어야 한다.

이 기준 안에서 칼리프가 열심히 머리를 굴렸다.

'어떤 규수가 하라간 님께 어울릴까? 누구를 추천해 드려야 우리 왕국의 번성에 도움이 되지?'

칼리프는 잠시 자신의 손녀딸 라티파를 염두에 두었다.

솔직히 라티파만큼 뛰어난 여인도 드물었다. 라티파는 이미 해구 레벨의 솔샤르였고, 머리가 총명했으며, 하라간과도 가까운 사이였다.

하지만 칼르프는 이내 이 생각을 접었다.

'아니지. 라티파는 하라간 님과 동갑이라 안 돼. 그 아이는 나중에라도 하라간 님께 안겨드리면 되고, 이번엔 다른 좋은 배필감을 물색해 봐야겠구나. 과연 누가 적합할까?'

칼리프는 안면이 있는 가문의 여식들을 머릿속으로 더듬었다.

한편 카팁도 골똘히 생각에 집중했다.

'하라간 님은 내 외손주기도 하시지. 그러니 이번 혼사는 우리 가문에서 주도해야 해. 과연 누구를 밀어야 우리 가문에 보탬이 될까? 다행히 남부에는 재원이 좋은 미인들이 많으니 한번 그들의 명단을 뽑아봐야겠다.'

카팁은 왕국 남부 지방에서 가장 영향력이 큰 토후였다. 하라간의 외조부라는 사실 하나만으로도 카팁의 위세는 하늘을 찌를 듯한데, 만약 하라간의 첫 번째 배필마저 카팁의 의도대로 결정된다면 장차 그의 가문은 군나르 왕국 최고가 될 만했다.

딸 이만의 죽음으로 잠시 접어 두었던 카팁의 야심이 슬쩍 고개를 치켜들었다.

'카팁, 이자가 감히 주제넘은 욕심을 부리고 있군.'

군나르의 날카로운 눈이 납죽 엎드린 카팁의 정수리를 훑고 지나갔다. 하지만 카팁은 전혀 눈치를 채지 못했다.

아바도 나름대로 열심히 머리를 굴렸다.

'군주의 배필을 추천하는 일은 원래 우리 사제들의 임무 가운데 하나가 아닌가! 이 좋은 기회를 칼리프나 카팁에게 빼앗길 수는 없어. 게다가 나는 마이림 님 사건에 잘못 휘말려 목이 떨어질 뻔했잖아? 그 실수를 만회하기 위해서라도 이번 기회에 하라간 님께 잘 보여야 해. 군나르 님이 아니라 하라간 님의 눈에 확실히 들어야 한다고.'

이번 성혼의 결정권자는 하라간이 아니라 군나르였다.

하지만 아바는 '그래도 군나르 님이 아니라 하라간 님의 뜻에 맞춰 후보자를 추천해야지.'라고 결심했다.

아바는 왕국의 크고 작은 제사 의식을 주관하는 사제 출신.

이들 사제들은 환관들만큼이나 후각이 발달해, 장차 권력의 추가 어느 쪽으로 기울 것인지 기가 막히게 예측해 내는 재주를 지녔다. 비록 아바가 마이림 사건 때는 예측을 잘못하여 낭떠러지로 떨어질 뻔했지만, 아직 그의 감각은 녹슬지 않았다.

'우리 왕국의 권력은 이미 군나르 님을 떠나서 하라간 님께로 확실히 옮겨 갔어. 권력의 무게 추가 아미 하라간 님께 기울었다고. 그러니 내가 추천한 여인이 하라간 님의 배필로 간택되는 것이 중요한 게 아니야. 설사 이번 간택에서 떨어지더라도, 내가 추천한 여인이 하라간 님의 마음에 들기만 하면 돼.'

아바는 이 기준에 맞춰서 하라간의 배필을 추천하기로 마음먹었다.

3명의 대신들이 서로 다른 생각을 하는 가운데, 군나르의 명이 떨어졌다.

"그대들에게 앞으로 두 달의 기한을 줄 것이다. 오늘이 1월 1일이니 2월이 지나가기 전에 각자 10명의 후보자를 추천하도록 하라. 그러면 왕궁에서 후보자들의 배경을 조사하여 15명으로 압축한 다음, 이들을 왕궁으로 직접 부를 것이다."

"지엄하신 명을 따르겠나이다."

3명의 대신들이 한목소리로 대답했다.

대신들에게 주어진 기한은 2개월.

이 안에 각자 10명의 후보자를 추천해야 한다.

군나르가 서늘한 어투로 말을 흘렸다.

"그대들도 알다시피 이건 하라간의 첫 번째 성혼이니라. 마땅히 하라간의 짝으로 합당하며 흠결이 없는 아이를 추천해야 할 것이야."

'으헙!'

대신들은 정신이 번쩍 들었다.

하라간의 배필이 되기에 적합하며, 아무런 흠결도 없는 후보자 10명을 60일 안에 고르는 일! 이건 생각보다 어려운 작업이었다.

'만약 내가 추천한 후보자가 중대한 흠결이 있다는 사실이 추후에 발견된다면?'

생각만 해도 아찔했다. 만에 하나 그런 일이 발생했다간 군나르의 입에서 어떤 호통이 떨어질지 가늠이 되지 않았다.

'진화 실험은 잠시 애들에게 맡겨 놓고 이 일을 직접 챙겨야겠구먼. 하긴, 하라간 님의 배필을 간택하는 일이 아닌가! 다른 무엇보다 신경을 써야지.'

충성심으로 똘똘 뭉친 칼리프는 이렇게 다짐했다.

'이건 우리 가문에 큰 기회이기도 하지만, 동시에 위기이기도 해. 배필감을 신중히 골라야겠어.'

카팁은 이런 마음을 먹었다.

한편 아바는 식은땀을 흥건히 흘렸다.

'이크! 정신 바짝 차려야겠다. 등골이 서늘한 것이 뭔가 예감이 이상해.'

아바는 3명의 대신들 가운데 가장 촉이 좋은 인물이었다.

'이럴 때는 납죽 엎드리는 것이 최고야. 아무런 사심도 없이 오로지 하라간 님의 마음에 들 여자들만 골라야지, 군나르 님의 눈치도 보지 말고 무조건 하라간 님만 보고 가야 해. 나는 이미 지난 사건으로 찍혔잖아. 내게 두 번째 실수는 용납되지 않아.'

새해 첫날부터 군나르 왕국의 대신들은 머리를 요리조리 굴려야 했다.

Chapter 2

"성혼이라고?"

미녀의 허벅지를 베고 누워 달콤한 과일을 입에 넣으면서 하라간은 심드렁한 표정을 지었다.

대머리 환관 둘이 하라간 앞에서 호들갑을 떨었다.

"그러하옵니다, 하라간 님. 웃전의 환관들에게 직접 전해 들은 이야기옵니다. 위대하시고 또 위대하신 분께서 올해 안에 하라간 님의 첫 번째 성혼을 올리겠노라고 선언하셨답니다. 오호호홍!"

"하라간 님, 이제 곧 아리따운 배필을 맞으실 것이옵니다. 호호호홍!"

"배필은 무슨!"

하라간이 버럭 호통을 쳤다.

"으헉!"

"하라간 님!"

깜짝 놀란 환관들이 바닥에 납죽 엎드려 벌벌 떨었다.

"하라간 님…… 부디 노여움을 푸소서."

하라간에게 무릎베개를 해 주고 과일을 대령하던 시녀들도 바짝 긴장했다.

하라간은 입술을 일자로 다물었다.

마해에서 복귀한 이후로 하라간은 늘 성욕이 넘쳤다. 하지만 결혼을 생각해 본 적은 없었다. 과거의 상처 때문이었다.

'실비아!'

루잉 백작이던 시절, 정숙한 부인이라 믿었던 실비아가 그의 등에 배신의 비수를 꽂았다. 왕세자와 붙어먹은 그 배덕한 창녀를 떠올리는 것만으로도 하라간은 가슴이 터지고 눈에서 불덩이가 쏘아져 나갈 것 같았다.

'하루라도 빨리 우리 군나르 왕국을 안정시키고 남부로 내려가야지. 가서 스승님의 한도 풀어드리고, 내 복수도 해야지. 실비아! 기다려라!'

하라간은 주먹을 꽉 움켜쥐었다.

환관들이 울음 섞인 목소리로 간언을 올렸다.

"하라간 님, 부디 노여움을 푸소서. 저희들이 하라간 님의 마음을 미처 헤아리지 못하여 큰 잘못을 하였사옵니다."

"하오나 부디 하라간 님께도 노여움을 푸시고 다시 생각해 주시옵소서. 하라간 님께선 이제 18세가 되셨사옵니다. 후손이 번창하기를 바라시는 위대하시고 또 위대하신 분의 성심을 헤아리셔서 성혼에 대해 긍정적으로 마음을 여시옵소서."

"다시 한 번 간언드리옵니다. 부디 마음을 열어 주시옵소서."

"그러하옵니다. 위대하시고 또 위대하신 분께서 정하여 주시는 세 분과 성혼한 이후엔 얼마든지 하라간 님께서 배필을 간택하실 수 있사옵니다."

2명의 환관들은 주거니 받거니 쉬지 않고 입을 놀렸다.

하라간은 말 많은 자들을 싫어했다. 하지만 바닥에 이마를 찧으며 간언하는 환관들을 보자 그들의 충심이 느껴졌다. 하라간의 분노가 조금 풀렸다.

이런 일은 과거엔 상상도 할 수 없었다.

루잉 백작이던 시절, 하라간은 실비아에 대한 분노를 참지 못했다. 그가 부쿤 대산맥을 넘어 북부 솔샤르의 땅에 직접 뛰어든 것도 사실 치솟는 울분을 참지 못해 죽을 자리를 찾아온 거였다. 당시 그는 살아서 남부로 복귀할 확률이 0 퍼센트라고 생각했다.

당시 루잉은 여신께서 그를 불쌍히 여겨 목숨을 살려 준다면, 반드시 남부로 돌아가 스승님의 한을 풀어드리고 실비아의 목을 따 버리겠다고 맹세했었다.

하지만 실제로 그런 일이 가능하리라고 생각하지는 않았다. 솔샤르들이 우글거리는 이곳 북부에서 루잉은 끝까지 싸우다가 장렬하게 산화할 생각이었다.

그렇게 루잉은 자폭하는 심정으로 북부에 뛰어들었다. 그리고 그의 예상대로 북부의 아홉 군주 가운데 한 명인 토레의 손에 의해 사망했다.

그게 끝인 줄 알았다.

한데 엉뚱하게도 루잉의 영혼이 하라간과 합쳐졌다. 거기에 더해서 마해 저 깊숙한 밑바닥의 투명 마수와도 일체를 이루었다.

삼혼일체!

서로 다른 영혼 3개가 하나로 합쳐지면서 실비아에 대한 분노가 많이 희석되었다.

물론 아직도 하라간은 실비아를 떠올릴 때면 마음 저 밑바닥에서 울컥하고 뜨거운 분노가 솟구쳤다. 하나 예전처럼은 아니었다. 모든 것을 포기하고 자폭을 할 정도로 무모해지는 않았다.

부글부글 끓던 마음속 용암이 다시 가라앉았다.

대머리 환관들은 손수건으로 눈물을 찍으며 간청했다.

"하라간 님, 부디 저희 미천한 것들의 간언을 들어주소서. 으흐흑!"

"부디 성혼을 하시어 이 땅에 하라간 님의 후손이 가득하게 하소서. 흑흑!"

울음보가 터진 탓에 환관들의 눈가에 바른 짙은 스모키 화장이 엉망으로 번졌다.

"풉!"

그 꼴을 보자 어이가 없기도 하고 웃음도 나왔다. 하라간은 귀찮다는 듯 손을 휘저었다.

"아아, 알았어."

"네?"

"하라간 님, 지금 뭐라고 하셨사옵니까?"

대머리 환관들이 고개를 반짝 들었다.

하라간이 짐짓 눈을 찌푸렸다.

"알았으니까 그만 나가 보라고."

"예에? 으흐흑! 하라간 님, 미천한 저희들의 간청을 들어주셔서 정말 감사하옵니다."

"그렇사옵니다. 흐흐흑! 하라간 님, 정말 잘 생각하셨사옵니다. 흐흑!"

대머리 환관들이 다시금 감격의 눈물을 흘렸다.

환관들이 계속 질척거리자 하라간은 조금 짜증이 났다. 그래서 약간 언성을 높였다.

"어서 나가 보라니까."

"네에, 네네."

"저희 미천한 것들은 이만 물러가겠나이다."

대머리 환관들이 뒷걸음질로 물러났다.

하라간은 시녀들도 물렸다.

"너희도 모두 나가라. 잠시 혼자 있겠다."

"네, 하라간 님."

"나중에 부르시면 다시 오겠나이다."

하라간의 시중을 들던 시녀들이 직각으로 허리를 숙인 채 방에서 나갔다.

홀로 남은 하라간은 한숨을 뱉었다.

"성혼? 하아아! 내가 성혼을 해야 한단 말이지? 하아아!"

새해 첫날부터 하라간에게 두통거리가 찾아왔다.

Chapter 3

마이림은 뛰어난 여인이었다.

최근 마이림이 내궁 조직과 외궁 조직을 모두 잃고 룬드 왕국에 납치를 당한 것은 그녀의 잘못이라기보다는 적이 너무 강한 탓이었다. 하라간은 광활하게 확장된 감각으로 왕궁 내부를 뒤덮었고, 그 결과 왕궁 안에서 벌어지는 마이림 측근들의 움직임을 모두 읽어 냈다.

정보에서 밀리니 마이림의 조직이 허무하게 뭉개질 수밖에. 조직뿐 아니라 마이림 본인도 하라간에게 무너졌다.

또 한 가지.

하라간은 참으로 거침이 없었다. 그는 군나르의 분노도 두려워하지 않고 단숨에 마아림의 궁으로 쳐들어가 상대의 숨통을 끊어 놓았다.

촘촘한 정보!

과격할 정도로 빠른 움직임!

압도적인 무력!

이렇게 세 가지 장점을 갖춘 하라간은 단숨에 마이림을 무너뜨렸다.

그래도 마이림은 대단한 여자였다. 마이림이 가장 아끼던 아뮤넷이 지금 이 살벌한 상황에서 하라간의 보호를 받는다는 점! 이 한 가지만 보아도 마이림이 얼마나 정치적 판단이 뛰어난 인물인지 알 수 있었다.

그런 마이림이 눈앞에 펼쳐진 내부 암투에 급급하여 근시안적으로 행동했을 리 없었다. 실제로 마이림은 몇 수 앞을 내다보고 준비를 했다.

"하라간과의 싸움에서 내가 이길 수도 있고 질 수도 있어. 하라간, 그 애송이는 별거 아닐지 몰라도 아버님이 직접 나서신다면 이야기가 달라지니까."

지난 몇십 년간 마이림은 군나르의 혈통을 하나씩 제거했다.

그러다 보니 이제 하라간만 남았다. 방계 왕족 일부를 제외하면 하라간은 유일하게 남은 군나르의 적통이었다.

"만약 하라간에 대한 암살 시도가 실패한다면? 그 결과 아버님이 본격적으로 나서신다면? 물론 내가 물증을 남기지는 않겠지. 하지만 만약 아버님께서 물증 없이 단순한 심증만으로 딸인 나를 죽이려고 하신다면? 친딸을 죽여서라도 하라간을 보호하려 드신다면? 그럼 나는 결국 죽게 되겠지. 하지만 그냥 죽지는 않아. 그때를 대비해서 다음 묘수를 미리 준비해 놓을 거야."

지금으로부터 4년 전, 마이림은 이렇게 결심했다.

마이림이 염두에 둔 준비는 크게 두 가지였다.

첫째, 마이림은 아뮤넷의 미래부터 챙겼다.

"내가 죽은 뒤 우리 귀여운 아뮤넷은 어찌 될까?"

고아가 된 아뮤넷의 울타리가 되어 줄 수 있는 사람은 하라간밖에 없었다. 사방에서 아뮤넷을 죽이려는 자들이 들끓을 텐데, 그들을 말 한마디로 잠재울 수 있는 사람은 오직 하라간밖에 없었다.

"아뮤넷에게 미리 일러두어야겠다. 만약에 내게 무슨 일이 생기면 하라간의 보호를 받으라고, 그리 말해 둬야겠어."

마이림은 아뮤넷의 살길을 먼저 모색한 다음, 하라간에 대한 2차 계획을 추진했다.

"하라간에 대한 암살이 실패하고 내가 죽었다고 치자. 그럼 내궁 조직은 완전히 박살 날 게야. 아버님이 내 조직을 그냥 내버려 둘 리 없으니까. 반면 외궁 조직은 아버님도 쉽게 찾아내지 못해. 마프, 올가와! 그들이 중심을 잡고 조직원들을 잘 다독이면 앞으로 10년은 건재할 터! 그 안에 외궁 조직에 새로운 구심점을 만들어야 해. 내가 죽은 이후에도 지속적으로 활동을 하면서 이 지긋지긋한 군나르 혈통을 끊어 놓을 만한 새로운 구심점! 즉, 나의 후계자 말이야."

사실 마이림이 생각하는 진정한 후계자는 아뮤넷이었다. 마이림은 자신의 모든 것을 아뮤넷에게 물려주고 싶었다.

하지만 그건 하라간에 대한 암살이 성공하고, 마이림이 정권을 잡았을 때의 이야기다.

만약 암살이 실패하거나 마이림이 죽게 생긴 상황에서 어린 아뮤넷에게 조직을 물려주는 것은 재앙을 선물하는 것과 마찬가지였다.

"우리 사랑스러운 아뮤넷에게 재앙을 물려줄 수는 없지. 그런 최악의 상황에서 나의 조직을 이어받을 후계자, 내 뒤를 이어 군나르의 혈통을 계속 암살해 나갈 그런 냉혈의 후계자를 미리 준비해 놓아야 해."

마이림은 하라간에 대한 본격적인 암살을 시도하기 전, 미래에 대한 대비부터 해 놓았다.

"그런 후계자를 어디에서 찾으면 좋을까? 왕궁 내부? 외부?"

마이림의 고민은 오래가지 않았다.

"당연히 외부에서 찾아야겠지. 권력 암투에서 내가 패배하고 하라간이 승리할 경우, 왕궁 내부의 아군은 모조리 소탕될 게야. 그러니 후계자를 외부에 세울 수밖에."

마이림이 주목한 곳은 남부였다.

군나르 왕국 남부 지방은 오래전 마이림에게 큰 선물을 해 준 축복의 땅이었다.

절세미녀 이만!

재정 대신 카팁의 딸인 이만은 사람의 혼을 빼앗는 환상적인 미모로 유명했다. 20년 전, 마이림은 이 아름다운 미녀를 이용해서 군나르의 직계 혈통 다수를 한 방에 보냈다.

마이림은 그때의 기억을 떠올렸다.

"나를 꺾고 승리자가 된 하라간은 곧 결혼을 하게 될 게야. 아버님은 서둘러서 하라간의 후손을 보고 싶으시겠지. 남부 지방에 준비해 놓은 내 후계자는 그 기회를 틈타 왕궁에 들어와야 한다. 그리고 내가 남겨 놓은 조직을 장악하고 나의 과업을 물려받아야 해. 군나르의 혈통을 싹둑 끊어 놓는 과업 말이야!"

마이림은 표독하게 눈을 빛냈다.

그녀는 결코 망설이는 성격이 아니었다. 결심이 서자 곧바로 남부에서 후계자감을 물색했다.

이때 마이림은 내궁 조직을 동원하지 않았다. 몇 단계로 외부인을 써서 내궁 조직도 모르게 후계자를 선택했고, 그 후계자를 외궁 조직에 살짝 연결해 놓았다.

마이림이 고른 후계자는 정말 극악한 여성이었다. 그래서 마이림의 마음에 쏙 들었다.

"부유한 토후의 딸이라 재물에 밝고, 머리가 총명하여 상황 판단이 빠르며, 권력욕과 야심이 크고, 외모가 지극히 아름답구나! 게다가 아리따운 외모와 달리 마음속에 독사를 수백 마리 이상 품고 사는 여자야. 호호호호호! 정말 마음에 들지 않아. 이런 독전갈 같은 계집과는 절대 상종도 하고 싶지 않다고. 역설적으로, 그래서 내 마음에 쏙 들어. 내 남편을 죽인 이 더러운 군나르 왕국을 파멸로 이끌기엔 이보다 더 적합한 후계자는 없을 게야. 호호호호호! 오호호호호!"

후계자 선정을 마친 뒤 마이림은 미친 듯이 웃었다.

이상이 4년 전의 일이었다.

당시 하라간은 루잉 백작의 검에 맞아 마정석이 쪼개졌다가 막 회복되던 시기였다. 그때 마이림이 뿌려 놓은 분란의 씨앗이 4년이 지난 지금 슬그머니 싹을 틔웠다.

게브의 환관들은 부지런했다. 그들은 폐사원 전투에서 잡은 포로들을 심문해 마이림의 외궁 조직을 하나씩 부쉈다.

외궁 4호.

원래 꼽추였던 그는 척추가 부러지고 두 손목이 모두 잘리는 고문 끝에 자신의 조직을 몽땅 털어놓았다. 왕국 서부에 근거지를 군 외궁 4호의 세력은 곧 궤멸에 가까운 타격을 입었다.

외궁 6호.

카디말 가문의 마지막 혈족인 그녀는 2개의 죽음에 큰 충격을 받았다.

첫째, 남몰래 연인 관계를 맺은 외궁 7호의 죽음.

둘째, 카디말 가문 어르신인 마프의 죽음.

이 두 죽음이 외궁 6호의 정신을 붕괴시켰다. 게브의 환관들은 반 백치가 된 외궁 6호로부터 여러 가지 정보를 캐내 그녀의 조직을 완전히 박살 냈다.

외궁 8호.

토브욘 왕국에서 파견된 외궁 8호는 폐사원 전투에서 이미 오른팔을 잃은 상태였다. 게브의 환관들은 그녀에게 차마 여자로서 견딜 수 없는 온갖 수치스러운 고문을 했다.

하지만 외궁 8호의 정신력은 북해의 얼음처럼 단단하여 끝까지 버티고 아무런 정보도 토해 놓지 않았다. 150 센티미터의 작은 체구에서 어떻게 그런 지독한 악다구니가 나오는지, 게브의 환관들도 혀를 내둘렀다.

결국 게브는 뇌 수술을 선택했다.

비록 마법은 토브욘 왕국이 군나르보다 더 발달했지만, 뇌에 대한 조작 기술은 군나르 왕국이 토브욘 왕국보다 몇 수 위였다.

외궁 8호의 두개골을 절개하고 뇌를 건드린 끝에 게브의 환관들은 그녀가 가진 모든 기억들을 빼내는 데 성공했다.

얼마 후 군나르 왕국에 침투한 토브욘의 첩자 조직은 거의 완벽하게 괴멸되었다. 대신 뇌수술을 받은 외궁 8호도 완전히 백치가 되었다.

Chapter 4

토브욘 왕국의 첩자 조직을 정리한 뒤, 게브의 총관이 하라간을 직접 찾아왔다.

하라간이 침대에 비스듬히 누워서 보고를 들었다.

"총관, 일은 잘되어 가나?"

"네. 하라간 님께서 명하신 대로 외궁 4호, 6호, 8호의 세력을 깔끔하게 정리했습니다."

"그래?"

"또한 외궁 5호인 메네스의 부하들도 모두 추포하여 박멸했습니다. 다만 외궁 2호인 마프와 3호인 올가와는 따로 세력이 없는 것으로 확인되었습니다."

총관은 순조롭게 진행된 사안부터 먼저 설명했다.

하라간이 물었다.

"그들을 제외한 나머지 역도들은?"

"나머지 역도들에 대한 수사는 현재 진행 중이옵니다. 송구하오나 마이림 님을 납치한 외궁 1호와 9호는 아직까지 그 행방을 찾지 못했고, 그들이 구축한 세력도 정확하게 파악하지 못했사옵니다. 게다가 폐사원 전투에서 죽은 외궁 7호도 그 추종자들을 완벽하게 찾지 못했습니다. 그저 외궁 7호가 상인들과 관련이 깊다는 점만 확인했을 뿐입니다."

이건 그다지 마음에 드는 보고가 아니었다.

"음."

하라간은 눈가를 살짝 찌푸렸다.

지금 총관이 언급한 역도들 가운데 외궁 1호는 마이림이었다. 그리고 외궁 1호가 거느린 세력이 바로 내궁 조직이었다.

하지만 하라간은 이 사실을 게브 총관에게 말하지 않았다.

총관의 보고가 계속되었다.

"일단 상인들에 대한 뒷조사는 게브 8호에게 맡겼습니다."

"게브 8호? 그거 잘했군. 그라면 믿을 만하지."

하라간이 찌푸렸던 얼굴을 다시 폈다.

"그렇사옵니다. 후각이 발달한 게브 8호라면 반드시 역
도들에 대한 실마리를 찾아낼 수 있을 것이옵니다. 하온
데⋯⋯."

총관이 살짝 말끝을 흐렸다.

하라간이 되물었다.

"하온데?"

"안타깝게도 외궁 1호와 9호에 대한 조사는 진척이 없습
니다. 어디서부터 그들의 실마리를 찾아야 할지 모르겠습
니다. 참으로 송구합니다."

총관이 머리를 푹 숙였다.

하라간은 자리를 털고 일어났다.

"총관, 일단 상인들부터 뒤져. 너무 조급하게 생각할 것
없이 차분하게 가자고. 우선 실마리를 찾을 수 있는 곳부터
집중해야지."

"하오나 하라간 님, 외궁 1호와 9호를 서둘러 붙잡아야
진짜 마이림 님의 행방을 찾을 수 있지 않겠습니까? 소신
은 이것이 더 중요하다고 생각하옵니다."

총관이 자신의 의견을 피력했다.

하라간은 말없이 상대의 얼굴을 바라보았다.

그 무심한 눈길에 총관은 등골이 오싹했다.

'아뿔싸! 하라간 님께서는 마이림 님을 찾는 일에 크게 관심이 없으시구나! 어쩌면 이분께선 이미 진짜 마이림 님이 어디 계시는지 알고 계실지도 몰라.'

총관도 환관이었다. 눈치 빠른 환관!

게브 총관은 벌떡 일어나 하라간의 발밑에 엎드렸다.

"소신의 무례를 용서하여 주십시오. 소신이 감히 주제넘은 소리를 했나이다. 일단 하라간 님의 말씀처럼 상인들부터 낱낱이 뒤지겠나이다. 그리하여 외궁 7호와 연결된 자들을 모조리 찾아낼 것이옵니다."

하라간이 다가와 게브 총관의 어깨를 두드렸다.

"그래. 긴 호흡으로 가자고. 긴 호흡으로."

"네넷!"

하라간의 손끝에서 느껴지는 냉기가 너무 서늘하여 총관은 부르르 몸서리를 쳤다.

최근 하라간은 독에 대한 깨달음을 하나 얻었다.

"할아버님께서 말씀하셨지. 강한 독이 꼭 좋은 게 아니라고. 물론 적을 암살하는 데는 강한 독이 필요해. 하지만 경우에 따라서는 적을 죽이는 것보다 상처를 입히는 것이 더 효과적일 때도 있어."

하라간은 여기서 한발 더 나갔다.

"그렇다면 독이 퍼지는 속도는 빠른 게 좋을까? 아니면 느린 게 좋을까?"

일반적으로 독은 효과가 빨라야 좋다. 독을 사용하는 사람들 대부분은 들이마시는 순간 적을 즉사시킬 수 있는 극독을 원했다.

하라간은 여기에 역발상을 더했다.

"하지만 경우에 따라서는 약효가 느린 독이 더 쓸모가 있을 수도 있잖아?"

이렇게 생각한 하라간은 수천 종의 독을 배합해 새로운 독 만들기에 도전했다.

엄밀하게 말하자면 하라간이 원하는 것은 단순히 느린 독이 아니었다. 그는 타이밍 조절이 가능한 독을 원했다.

"독성이 발휘되는 타이밍을 내 마음대로 조절할 수 있는 독! 적을 중독시키고 하루 뒤, 일주일 뒤, 혹은 한 달 뒤에 발발하는 그런 독을 만들어 보자!"

하라간이 이런 특이한 발상을 하게 된 것은 모두 '족 분류법' 덕분이었다. 하자드가 처음 발견하고, 이스테텐이 발전시켰으며, 군나르가 보완한 족 분류법은 하라간에게 기가 막힌 아이디어를 제공했다.

"일단 중화된 독부터 만들어야지."

하라간은 수천 종류의 독 가운데 몇 가지를 골랐다.

"족의 숫자를 합쳤을 때 짝수가 되는 독끼리 섞으면 독성이 중화되지? 우선 탁소 키르샤의 독에 64족의 독을 섞으면 독 기운이 약해질 거야."

탁소 키르샤의 독은 66족.

여기에 64족의 독을 섞으면 130.

족의 숫자가 짝수이므로 독성이 약해진다.

그렇다고 해서 독 기운이 완전히 해소되는 것은 아니었다. 그저 독성이 줄어들 뿐이었다.

하라간은 독성이 전혀 남지 않을 때까지 짝수의 독들을 계속 더해 갔다. 하지만 짝수에 해당하는 모든 종류의 독을 다 섞어도 독성이 완전히 사라지지는 않았다. 탁소 키르샤의 독이 그만큼 강렬하다는 뜻이었다.

"잘되지 않네. 독의 비율을 바꿔야 하나?"

하라간은 일단 64족과 66족의 독 두 종류만 선택한 다음, 둘의 비율을 바꿔 가면서 이리저리 실험을 반복했다.

그러다 재미난 현상을 발견했다.

"아하! 66족과 64족의 독을 64대 66의 비율로 섞으니까 독성이 가장 많이 중화되는구나!"

독성을 최대한 억누르는 배합 비율!

이건 군나르도 알지 못했던 결과였다. 군나르는 하라간에게 "때로는 강한 독보다 약한 독이 더 쓸모가 있느니라."

라고 강조했지만, 독성을 약하게 만드는 방향으로 실험을
많이 하지는 않았다.

Chapter 5

"그렇다면 혹시 66족의 독과 2족의 독을 섞을 때는 비율
을 2대 66으로 맞추면 독성이 가장 약화될까?"

하라간은 이것도 실험해 보았다.

아쉽게도 이 실험은 실패였다. 2족의 독 66 스푼에 66족
의 독 두 스푼을 섞어도 그다지 독성이 약해지지는 않았다.

그래도 하라간은 실망하지 않고 계속 궁리했다.

"왜 예상이 빗나갔지? 아! 맞다. 혹시 식물독과 동물독,
광물독, 마물독에 따라 적정 비율이 따로 존재하는 것 아닐
까?"

이 가설을 검증하기 위해서는 실험을 또 할 수밖에 없었
다.

하라간은 우선 마물독끼리 혼합해 보기로 마음먹고는,
66족의 독과 62족의 독을 62대 66의 비율로 섞었다.

결과는 성공.

마찬가지로 66족의 독에 60족의 독을 섞을 때도 비율의

원리가 적용되었다.

"이거 참 신기하네."

하라간은 비율의 원리를 적용하여 다양한 실험을 반복했다.

66족의 독에 64족의 독을 비율에 맞게 섞고, 거기에 다시 62족과 60족을 더했다. 이렇게 네 종류를 정확한 비율로 합치자 독성이 눈에 띄게 약해졌다.

일반적으로 마물독은 단 한 방울만으로도 코끼리를 즉사시킬 만큼 지독한데, 네 종류의 독을 정확한 비율로 섞자 약한 식물독 수준으로 약효가 저하되었다.

하라간은 몇 번의 반복 테스트를 통해 독성을 계속 떨어뜨렸다. 총 8종의 마물독을 배합한 결과, 물처럼 투명한 독이 만들어졌다.

하라간은 한 모금 마셔 보았다.

톡 쏘는 느낌이 거의 없었다. 맛이 밍밍했다.

"이 정도 독이면 일반 사람이 한 컵을 다 마셔도 죽지 않겠다. 그저 몸이 좀 가렵고 피부에 발진이 생기는 수준이겠어."

그나마 민감한 사람이나 피부 발진이 생길 것이고, 둔한 사람은 독을 복용한 줄도 모를 터였다. 하라간이 만든 독은 투명한 빛깔에 냄새도 거의 없었다.

"하지만 마지막에 이걸 섞으면!"

하라간은 유리잔에 담긴 투명한 독액에 65족의 독 8분의 1 스푼을 첨가했다.

화악!

갑자기 독이 무서운 반응을 보이며 시뻘겋게 물들었다. 탁한 황갈색에 가까운 독은 지독한 냄새와 함께 유리잔을 부글부글 녹였다.

이 색깔이나 반응은 원래 탁소 키르샤의 독에 가까웠다.

"짝수로 만든 독액에 홀수 족의 마물독을 섞으니까 원래의 강한 독성이 되살아나는구나!"

하라간은 지금까지의 실험 결과를 종합해서 "타이밍 조절 독"을 만들기로 마음먹었다.

준비물은 총 여덟 종의 마물독을 배합해서 만든 투명한 독액 한 스푼.

그리고 65족의 독 8분의 1 스푼.

하라간은 이 가운데 65족의 독에 손끝을 살짝 접촉했다.

사아아악!

하라간의 손끝에서 뿜어진 냉기가 독액을 동그랗게 얼렸다.

하라간은 꽝꽝 언 65족의 독을 가루로 곱게 빻아 투명한 독액에 첨가했다.

조금 전 하라간이 독을 섞었을 때는 격렬한 화학반응을 일으키며 독의 색깔이 변했었다. 그런데 지금은 아무런 변화도 나타나지 않았다. 겉으로는 그저 투명한 물처럼 보였다.

독이 반응을 일으키지 않는 이유는 하라간이 주입한 냉기 때문이었다. 꽝꽝 얼어붙은 65족의 독 가루는 투명한 독액과 전혀 혼합되지 않았다.

그러다 10분 정도 지나자 얼음 알갱이가 스르륵 녹으면서 격렬한 반응이 일어났다. 투명하던 액체가 순식간에 짙은 황갈색으로 변했고, 치이이익 소리를 내며 지독한 연기가 피어올랐다. 독액을 담은 유리잔은 부글부글 녹기 시작했다.

"요 정도 냉기면 10분이 유지되는구나. 그럼 어디 냉기의 양을 늘려 볼까?"

하라간은 65족의 독에 냉기를 조금 더 투입했다.

그러자 독 가루를 뿌린 지 30분 만에 독성이 되살아났다.

하라간은 냉기의 양을 조금씩 늘려 가며 반응 시간을 쟀다.

처음에는 거의 독성이 없지만, 일정 시간이 지나면 강렬하게 반응하는 '타이밍 독'이 이렇게 탄생했다.

"뭐? 무엇을 만들었다고?"

하라간으로부터 '타이밍 독'에 대해서 들은 군나르는 해머로 머리를 한 대 얻어맞은 듯한 표정을 지었다.

"할아버님, 이것 좀 보십시오. 제가 샘플을 만들어서 가져왔습니다."

하라간은 군나르 앞에서 실험을 재현했다. 우선 유리잔에 투명한 액체를 따르고, 거기에 고운 가루를 뿌렸다.

"제가 만든 독액에 이 가루를 뿌리면, 보시다시피 아무런 반응이 없지요. 할아버님, 한번 냄새를 맡아 보시겠습니까?"

"오냐."

군나르는 손을 저어 독 향을 맡고, 가느다란 막대기로 콕 찍어 혀끝에도 대 보았다. 독성은 거의 느껴지지 않았다.

"그냥 물 같구나. 냄새도 없고, 맛도 없어. 물론 희미하게 독 기운이 남아 있기는 하다만, 독에 예민한 사람이 아니라면 느끼지 못할 수준이다."

"분명 그렇지요? 이 정도면 물로 착각하고 사람들이 마시겠지요? 하지만 이 액체가 5분 뒤에는 이렇게 변합니다."

하라간은 모래시계를 탁자에 얹어 놓고 시간을 쟀다.

5분 뒤.

화악!

거의 불이 붙는 듯한 격렬한 반응과 함께 투명하던 액체가 탁한 황갈색으로 변했다. 동시에 지독한 연기가 치솟고 유리잔이 부글부글 녹아들었다.

"헙!"

군나르가 깜짝 놀랐다.

"네 말이 사실이었구나! 전혀 반응이 없다가 정확히 5분 뒤에 독성이 발현되었어! 하라간, 정말 이 신기한 독을 네가 만들었단 말이냐?"

"그렇습니다, 할아버님. 제가 만들었습니다."

"이것의 이름이 타이밍 독이라고?"

"네. 일단 그렇게 이름을 붙였습니다."

"반응에 필요한 시간은? 그 시간을 얼마나 자유롭게 조절할 수 있느냐?"

군나르는 쉴 새 없이 질문했다.

하라간은 차근차근 설명을 올렸다.

"일단 열두 시간까지는 성공했습니다. 지난밤에 만든 독액이 오늘 오전에 딱 반응을 보이더군요. 하지만 그 이상의 시간은 아직 실험하지 못했습니다. 일단 할아버님께 먼저 알려드려야 할 것 같아서 이곳으로 바로 달려왔습니다."

"그러냐? 하루! 이틀! 일주일! 이 시간만 늘릴 수 있다면 그야말로 활용도가 엄청나겠구나! 이 독에 당한 자들은 언제 중독되었는지도 모르고 죽어 나갈 게야. 으허허허허! 정말 이 신기한 독을 하라간, 네가 만들었단 말이지?"

"모두 할아버님 덕분입니다. 할아버님께서 전수해 주신 족 분류법 덕분에 제 아이디어를 실현할 수 있었습니다."

하라간은 겸손했다.

군나르가 와락 달려들어 하라간의 엉덩이를 툭툭 두드렸다.

"어이구! 이쁜 내 새끼. 이럴 줄 알았다면 진작 네게 독술을 전수할 걸 그랬구나! 어이구! 내 새끼!"

어찌나 기뻤던지 군나르는 덩실덩실 춤을 추었다.

그 모습을 보면서 하라간도 활짝 웃었다. 하라간은 다른 무엇보다 군나르를 기쁘게 해 준 것이 좋았다.

Chapter 6

그 날 이후로 군나르와 하라간은 매일 아침 머리를 맞대고 실험을 함께했다. 세상에서 타이밍 독을 만들 수 있는 사람은 하라간뿐이었다. 타이밍 독 제작을 위해서는 다음 네 가지 조건이 반드시 필요하기 때문이었다.

첫째, 족 분류법을 포함한 독에 대한 방대한 지식

둘째, 마물독을 포함해 극독을 자유롭게 다룰 수 있는 능력

셋째, 독에 대한 강력한 내성

넷째, 정교하게 냉기를 컨트롤할 수 있는 능력

이 네 가지가 합쳐지지 않고서는 타이밍 독 제조는 불가능했다.

군나르도 첫 번째와 두 번째, 세 번째 조건은 만족하지만 네 번째는 역부족이었다. 그러니 세상에서 타이밍 독을 만들 수 있는 존재는 오직 하라간뿐이었다.

대신 군나르는 하라간보다 독에 대한 지식이 더 많고 경험이 풍부했다. 그 경험이 하라간에게 도움이 되었다.

처음에 하라간은 마물독 여덟 종류를 혼합해서 투명한 액체를 만들었다.

군나르는 여기에 몇 가지 독을 첨가해 완벽성을 높였다. 군나르의 손을 거친 투명한 액체는 더 이상 아무런 독성도 남지 않았다.

하라간이 군나르를 향해 엄지를 치켜들었다.

"이야호! 할아버님 덕분에 완성도가 높아졌습니다. 아무리 민감한 사람이라도 이 액체를 마시면 물로 착각할 것이 분명해요."

"그렇지? 이 정도면 정말 물과 똑같지? 할아비도 이걸 주고 마셔 보라고 하면 물로 착각할 게다. 그만큼 잘 만들어졌어. 어허허허!"

군나르와 하라간은 서로 손뼉을 맞부딪치며 기뻐했다.

"이젠 첨가할 독을 좀 더 가다듬어야겠네요. 제가 만든 65족의 독은 독성이 너무 강하거든요."

"그렇지? 할아비도 동의한다. 하라간, 네가 만든 독을 사용하면 증거를 남기지 않는 암살은 가능할 테지만, 그것 만으로는 활용도가 떨어져. 독의 활용도를 높이려면 독성을 많이 약화시킬 필요가 있어."

하라간과 군나르가 바라는 것은 상대를 단숨에 죽일 극독이 아니었다. 상대방에게 지독한 고통과 공포를 안겨 주되, 생명은 끊지 않는 독을 원했다.

"하라간, 할아비에게 조금만 시간을 더 주렴. 그럼 반드시 좋은 독을 만들어 보이마. 한번 경험하면 지옥을 맛볼 수 있는 그런 극악한 독! 지독한 공포에 사로잡혀 하라간, 네가 내리는 명령이면 무엇이든 다 따를 만큼 지독한 독! 하지만 단숨에 생명이 끊어지지는 않는 독! 그리고 세상에서 오직 너와 이 할아비만 해독할 수 있는 그런 독을 만들 것이야."

독으로 살인을 하는 것은 그다지 어려운 일이 아니었다.

군나르와 하라간에게 있어서 이건 누워서 식은 수프 마시기나 다름없었다.

하지만 하라간과 군나르는 그 이상을 꿈꿨다. 독으로 사람을 죽이는 것이 아니라, 상대를 굴복시키고, 노예로 만들어 평생 부리기를 원했다. 하라간과 군나르의 손에서 그 꿈이 차근차근 결실을 맺어 갔다.

배가 불뚝한 베이지색 대리석 기둥이 줄지어 늘어선 실내.

선선히 부는 바람에 반투명한 침대 커튼이 펄럭펄럭 소리를 내며 휘날렸다. 침대 옆에 놓인 무쇠 화로에서는 시뻘건 모닥불이 타닥타닥 타올랐다.

침대 밑에는 귀가 쫑긋하고 꼬리가 짧은 사냥개 두 마리가 좌우로 나눠서 앉아 있었다. 사냥개의 눈은 노랗게 번들거렸으며, 주둥이는 뾰족하고, 가슴 근육은 탄탄했다. 덩치는 송아지만 했으며, 털 색깔이 검어 으스스한 느낌을 주었다. 두 마리 사냥개는 단 한 번도 눈꺼풀을 깜빡이지 않아 마치 조각상처럼 보였다.

침대 위에선 대낮부터 낯 뜨거운 장면이 펼쳐졌다. 새하얀 피부에 잔근육이 섬세한 미녀가 침대에 엎드려 있었고, 금발의 어린 소년이 손에 오일을 잔뜩 묻혀 그녀의 허벅지를 마사지 중이었다.

"흐응! 조금 더 위로."

여인의 입에서 감미로운 비음이 흘러나왔다.

"네, 아가씨."

소년은 배시시 웃으며 손을 위로 옮겼다. 탄탄한 허벅지를 마사지하던 손이 봉긋하게 솟은 여인의 엉덩이로 접근했다.

여인은 몸에 실오라기 하나 걸치지 않았기에, 소년의 눈에는 결코 보아서도 안 되고 상상해서도 안 될 금기처가 들어왔다.

"후욱!"

소년의 얼굴이 후끈 달아올랐다. 금발의 미소년은 핏발선 눈으로 여인의 허벅지에 올라탄 뒤, 손으로 여인의 엉덩이를 잡고 둥그런 원을 그렸다. 여인의 탄력적인 엉덩이가 소년의 손에 눌려 빙글빙글 일그러졌다.

소년은 미끄러운 오일을 여인의 엉덩이에 주르륵 따라 붓고는 그 오일이 피부에 스며들 때까지 계속 마사지했다.

"으으음, 시원하구나!"

여인의 입에서 또다시 감미로운 콧소리가 흘러나왔다.

소년이 할딱이며 물었다.

"아가씨, 이제 다음 단계로 넘어갈까요?"

"다음 단계?"

여인이 슬쩍 고개를 돌렸다. 침대에 엎드린 자세에서 고개만 뒤로 돌린 모습이 지독히도 매혹적이었다.

흥분한 소년이 힘차게 머리를 끄덕였다.

"네, 다음 단계요."

여인이 피식 웃었다.

"너, 그 말 어디서 들었니? 다음 단계의 마사지 말이야."

"형들이요. 형들이 이야기해 줬어요. 아가씨께서 받는 마사지에는 다음 단계가 있다고요."

소년이 냉큼 출처를 밝혔다.

여인의 웃음이 좀 더 짙어졌다.

"호호호! 그래? 형들이 우리 꼬맹이에게 그런 이야기를 해 줬어?"

꼬맹이라는 말에 소년이 발끈했다.

"전 꼬맹이가 아니에요. 그리고 저, 잘할 수 있어요."

"잘해? 뭘?"

"다음 단계의 마사지요."

소년이 얼굴을 붉히며 말했다.

여인이 빙글빙글 웃었다.

"진짜?"

"네, 연습도 해 봤어요."

"연습? 호호호! 누구랑?"

"호, 혼자서요. 그래도 잘할 자신이 있어요. 아가씨께서도 만족하실 거예요."

발정이 난 소년의 눈에는 아무것도 보이지 않았다. 그저 눈앞에 엎드려 있는 관능적인 연상의 여인에게 온 정신이 홀려 있을 뿐이었다.

그렇게 마음이 엉뚱한 곳에 가 있는 탓에 소년은 보지 못했다. 하얀 침대보 위에서 S자를 그리며 다가오는 녹색의 파충류를!

Chapter 7

캬악!

1미터 정도 길이에 몸체가 가느다란 녹색 뱀이 아가리를 180도로 벌려 독액을 쏘았다.

"끄악!"

눈에 독이 들어간 소년은 양손으로 얼굴을 감싸며 비명을 질렀다.

쉬쉬쉿!

흥분한 독사가 그대로 달려들어 미소년의 목덜미를 물었

다.

"끄악! 끄어억! 살려 주세요! 꾸억! 꾸르르륵!"

금발의 어린 소년은 입에서 거품을 물며 고꾸라졌다.

하지만 도와주는 손길은 없었다. 오히려 여인은 발로 소년을 걷어차 침대 아래로 떨어뜨렸다.

크왕! 크르렁!

조각상처럼 꿈쩍도 않던 사냥개 두 마리가 동시에 달려들어 소년의 머리와 배를 집중적으로 물어뜯었다.

독에 중독되어 몸이 굳은 소년은 비명도 지르지 못하고 그대로 사냥개에게 뜯어먹혔다. 베이지색 대리석 바닥이 이내 시뻘건 피로 물들었다.

크와왕! 크와와왕!

여인은 그 끔찍한 모습을 흥미롭게 내려다보다가 입꼬리를 비틀었다.

"그리 억울해할 것 없어. 네게 엉뚱한 소리를 해 댄 형들도 이미 다 죽었으니까. 이제 때가 되었으니 주변의 노리개들을 정리해야지. 그래야 나 베레니케가 깨끗한 몸과 마음으로 하라간 님의 신부가 될 수 있지."

그녀의 이름은 베레니케.

남부 명문가의 여식으로 미모가 뛰어나고 고귀한 품격을 갖추었으며, 무엇보다 심성이 곱다고 알려진 여인이었다.

침대에서 벗어난 베레니케는 핏물을 찰박찰박 밟으며 창가로 다가갔다. 하얀 대리석 바닥에 그녀의 발바닥으로 만든 피의 도장이 찍혔다.

촤악!

창문에 드리운 커튼을 열어젖히자 따사로운 태양 빛이 방 안으로 들어왔다.

"흐응!"

베레니케는 두 눈을 살포시 감았다.

고혹적으로 뻗은 긴 속눈썹이 베레니케의 새하얀 피부 위로 가볍게 내려앉았다. 선선한 바람은 그녀의 윤기 나는 머리카락을 휘감아 희롱했다.

"아! 개운하다."

베레니케는 양팔을 활짝 벌려 알몸으로 태양 빛과 바람을 품었다.

"흐으응! 라라랄라!"

베레니케의 빨간 입술 사이로 가느다란 노랫가락이 흘러나왔다. 베레니케는 머리를 천천히 좌우로 흔들며 음률에 몸을 맡겼다.

와드득 와드득! 그녀의 등 뒤에서 들리는, 사냥개가 뼈를 발라 먹는 소리만 제외한다면 참으로 평화로운 오후였다.

왕궁의 재정 대신이자 하라간의 외조부인 카팁이 남부의 토후들에게 서신을 돌렸다.

> 하라간 님의 배필을 추천할 것이오. 뛰어난 재녀를 둔 토후들은 딸들을 수도로 올려 보내시오.

간단하게 이 한 줄이 적힌 서신이었다.

결혼 적령기의 딸을 둔 남부의 토후들은 카팁의 서신을 받자마자 끓는 기름에 뛰어든 물방울처럼 격렬한 반응을 보였다.

"우리 셋째 아이야말로 하라간 님께 어울릴 법한 재녀 중의 재녀지. 미모면 미모, 학문이면 학문, 교양이면 교양! 어디 하나 뒤떨어지는 바가 없어. 어허허! 내가 이러고 있을 때가 아니지. 셋째를 수도로 올려 보내는 김에 내가 따라가서 카팁 님을 직접 만나 뵈어야겠어."

카팁과 가까운 사이인 토후·무루가 서둘러 여행 준비를 했다. 왕궁의 대신이 되지 못한 무루는 평소엔 남부의 영토에 머물렀지만, 수도에도 대저택을 소유하고 있었다.

무루의 부인도 딸의 치장을 위해 여행에 동참했다. 그녀는 자신의 셋째 딸이 남부에서 제일 아름답다고 자신했다.

무루와 경쟁 관계인 토후 부운도 자신의 조카딸을 동원

했다.

"비록 내 딸들은 모두 시집을 갔지만, 그래도 내게는 아리땁고 영리한 조카딸이 있지. 어떻게든 내 조카를 하라간 님의 배필로 올려야 해. 자칫하다가 무루 녀석이 하라간 님의 장인이라도 되는 날에는! 으으으! 도저히 그 꼴을 볼 수는 없다고."

부운은 성대한 가마를 준비하여 수도로 진격했다.

무루와 부운 외에도 무수히 많은 남부의 토후들이 하라간의 처가가 될 꿈에 부풀었다. 그들은 먹이를 찾아 이동하는 개미 떼처럼 긴 행렬을 만들며 수도로 모여들었다.

카팁이 남부의 토후들을 반겨 맞았다. 남부는 원래 땅이 비옥하고 부유하며, 미인이 많기로 유명한 지역이었다.

"그러니 분명 우리 남부에서 하라간 님의 배필이 나올 게야."

카팁은 이렇게 자신했다.

구름처럼 모인 후보자들 가운데 카팁은 우선 30명을 뽑았다.

카팁에게 주어진 추천 인원은 10명.

카팁은 30명의 여인 가운데 가장 뛰어난 10명을 추려서 왕궁으로 데려갈 요량이었다.

"위대하시고 또 위대하신 분께선 하라간 님을 잘 보살필 수 있는 연상의 여인을 원하신다. 그러니 배필감의 나이는 20대 중반은 넘어야 해. 하지만 하라간 님의 후손을 되도록 많이 잉태해야 하니 나이가 너무 많아도 곤란하지."

카팁은 우선 나이를 기준으로 스물넷 이상, 서른다섯 이하의 여인들만 선별했다. 너무 어리거나 너무 나이가 많은 후보자들은 탈락이었다.

이어서 두 번째 기준!

"다음으로는 가문이 좋아야 해. 장차 하라간 님의 처가가 될 가문은 외가인 우리와 궁합이 잘 맞아야 하지. 그래야 함께 하라간 님을 보필하고 국정을 이끌 수 있잖아?"

이렇게 생각한 카팁은 자신에게 도전적인 가문들은 후보에서 제외했다. 다루기 힘든 가문도 X 표를 쳤다.

그렇게 대상자를 줄이자 39명이 남았다.

카팁은 39개의 명단을 꼼꼼히 살핀 다음, 평소 친분이 약하던 가문 아홉 곳을 골라내 후보에서 배제했다.

카팁이 둘째 아들 페피에게 명을 내렸다.

"이 여인들을 모아라. 이제부터는 내가 배필감들을 직접 보고 그중 10명을 고를 것이니라."

"네, 아버님."

리안 강의 치수관이자 하라간의 둘째 외삼촌인 페피가

부친의 명을 받들었다.

이튿날이 되자 30명의 미녀와 그들의 후견인들이 카팁의 대저택을 방문했다.

왕궁과 가까운 곳에 위치한 카팁의 저택은 크게 4개의 구역으로 나눠져 있었는데, 이 가운데 남쪽에 위치한 3개의 건물이 카팁의 거처였다. 이 건물들은 긴 회랑으로 연결되어 있었다. 이어서 동쪽의 세 건물은 카팁의 큰아들인 메렌레가 사용했고, 서쪽의 건물 3개는 둘째 아들 페피의 차지였다.

마지막으로 북쪽의 건물 4개는 손님을 위한 용도.

카팁은 둥근 지붕의 북쪽 건물에 후보자들을 모았다.

잘 가꾸어진 정원이 한눈에 내려다보이는 건물 내부, 벽이 없이 둥근 기둥과 원형 지붕으로만 둘러싸인 넓은 홀에 30명의 미녀가 모였다. 그녀들은 모두 아름다운 옷을 입고 화려하게 치장한 모습이었다.

여인들 가운데 중 몇 명은 안면이 있는 친구들과 모여서 수다를 떨었고, 몇 명은 평소답지 않게 책을 꺼내 들어 최대한 우아한 자세로 읽었으며, 나머지 여인들은 서로를 의식하며 '나보다 더 예쁜 여자가 어디 있나?'를 살폈다.

이곳 옆에 위치한 또 다른 홀에는 남부의 토후들이 모여 카팁의 환대를 받았다.

"다들 먼 길 오시느라 수고가 많았소. 허허허! 고향에서 뵙던 분들을 이렇게 수도에서 보니까 기분이 남다르구려. 어허허허!"

카팁과 친한 무루가 냉큼 허리를 숙였다.

"카팁 님! 저희에게 이런 좋은 기회를 주셔서 감사합니다."

무루와 경쟁 관계인 부운도 서둘러 인사를 했다.

"저희 아이가 선발이 되건 안 되건, 카팁 님께 받은 이 은혜는 결코 잊지 않을 것입니다. 카팁 님은 역시 우리 남부의 큰 어른이십니다. 남부를 지탱하는 거목이십니다."

무루와 부운이 선수를 치자 다른 토후들도 이에 질세라 한 마디씩 보탰다.

"저도 그 말을 하려고 했습니다. 카팁 님! 부디 저희를 잘 이끌어 주십시오."

"옳습니다. 카팁 님께서 우리 남부의 구심점이 되어 주셔야 합니다. 그래야 우리 남부인들이 정계에 많이 진출을 하지요."

"그렇지 않아도 요새 환관들이 상인 조직을 마구 들쑤시고 다녀서 여간 귀찮은 게 아닙니다. 이럴 때일수록 우리에게는 구심점이 필요합니다. 그리고 카팁 님이 바로 우리를 이끌어 주실 구심점이십니다."

토후들이 마구 빨아 대자 카팁은 우쭐한 기분이 들었다. 하지만 노련한 정치인답게 내색하지 않고 일을 진행했다.

"험험! 그런 낯간지러운 소리는 그만하시구려. 자! 일단 오늘은 점수를 매기거나 선발을 하지 않을 거외다. 그저 먼 길 오신 분들을 위해 이 카팁이 연회를 준비한 것뿐이니 다들 허리띠를 풀고 편하게 즐겨 주시오. 허허허!"

"하하하하! 그렇습니까?"

"어휴! 저는 오늘부터 선발전이 시작인 줄 알고 무척 긴장했습니다. 와하하!"

남부의 토후들은 반색을 하며 웃었다.

Chapter 8

흥겨운 연회가 곧 시작되었다. 토후들과 그 딸들이 함께 연회석에 앉자 요리사들이 음식을 내왔다. 군나르 왕국의 부호들은 대부분 씀씀이가 큰데, 남부 지방은 그 정도가 더 심했다. 카팁은 군나르가 주최하는 왕궁 연회에 비견될 만큼 성대한 파티를 열었다.

카팁의 자리 근처엔 토후 30명이 집중 배치되었다.

"와하하하! 이거 정말 연회가 흥겹습니다."

"카팁 님, 이런 좋은 자리에 초대해 주셔서 고맙습니다."

황무지를 지나 먼 길 올라온 토후들은 고급술을 마시고 맛있는 음식을 먹으며 수도에서 유행하는 파티 분위기를 마음껏 만끽했다. 악사들이 연주하는 감미로운 남부의 음악이 토후들의 귀를 간지럽혔다.

그보다 약간 떨어진 테이블에는 배필 선발전에 뛰어든 후보자와 그 모친들이 함께 앉았다.

처음에 눈치를 보던 미녀들도 연회가 계속되자 차츰 경계심이 누그러졌다. 그 가운데는 배필 선발전을 앞두고 급하게 다이어트에 돌입한 여인들도 많았는데, 혀에서 사르륵 녹는 고급 음식을 접하자 자신도 모르게 계속 먹게 되었다. 또 몇 명의 여인들은 남몰래 홀짝홀짝 술을 마시다가 엄마에게 손등을 얻어맞기도 했다.

"얘가 어디서 술이야? 그러다 카팁 님의 눈 밖에 나면 어쩌려고?"

"너, 정신 똑바로 못 차려? 네 행동에 우리 가문의 미래가 달렸어."

역시 딸보다는 엄마들이 더 노련했다. 그녀들은 철부지 딸의 귀를 잡아당겨 가며 이렇게 윽박질렀다.

"윽! 엄마, 미안해요."

"하지만 이거 너무 맛있는걸."

혼이 난 딸들이 울상을 지었다.

엄마들이 서둘러 카팁의 눈치를 보았다.

다행히 카팁은 토후들과 정치 이야기를 나누느라 바빴다. 카팁의 주변에선 연신 술이 돌고 웃음소리가 그치지 않았다.

그런 일이 반복되자 엄마들도 슬슬 긴장이 풀렸다.

평소 듣도 보도 못한 고급 음식으로 입이 호강하고, 좋은 선율로 귀가 호강하고, 목구멍에 착착 감기는 술이 몇 잔 넘어가자 엄마들도 느슨해졌다.

연회는 무려 세 시간이 넘도록 계속되었다. 새로운 요리가 쉴 새 없이 나오고, 점점 더 도수가 높은 술이 제공되었다.

교양? 체면?

이런 덕목들이 먼저 무너졌다.

카팁은 그때까지도 후보자들에게 눈길 한 번 주지 않았다.

'오늘은 정말 마음껏 먹고 마시는 날인가 보구나.'

'에라, 모르겠다. 지금이 아니면 언제 이런 걸 먹어 보겠나?'

여인들의 눈이 먼저 몽롱하게 풀렸다.

엄마들의 눈이 그 뒤를 이어 돌변했다.

마음이 무장해제 되자 그녀들의 본성이 드러났다.

"에이 쌍! 나보다 못생긴 것들이 어디서 후보로 나오고 지랄들이야? 엄마, 그지? 엄마 딸이 젤 예쁘지?"

드디어 술주정이 시작되었다.

"애!"

주사를 부린 여인의 엄마가 퍼뜩 놀라 카틉의 테이블을 돌아보았다.

카틉은 전혀 눈치를 채지 못했다. 눈치를 채기는커녕 카틉도 토후들과 술을 잔뜩 퍼마셔 눈이 몽롱하게 풀렸다.

여인들이 앉은 테이블들은 그렇게 조금씩 소란스러워졌다.

하지만 그녀들은 꿈에도 몰랐다. 요리를 나르는 하녀들이 연회장에서 벌어지는 모든 일을 꼼꼼히 기록하고 있다는 사실을!

연회가 무르익어 자정이 가까워질 무렵, 사고가 하나 터졌다. 커다란 술독을 머리에 이고 나르던 어린 하녀 한 명이 발을 헛디뎌 고기를 굽는 모닥불에 쓰러졌다. 평소라면 화상을 좀 입는 정도였을 텐데, 독한 술이 불을 만나자 일이 커졌다.

화르륵!

거세게 일어난 화염이 하녀의 몸을 휘감았다.

"아아악! 살려 주세요!"

어린 하녀가 찢어지는 비명을 질렀다.

"어엇?"

"저, 저!"

갑작스러운 사고에 다들 눈을 크게 떴다.

하지만 아무도 하녀를 구하려고 나서지 못했다. 워낙 갑작스러운 일이기도 했거니와, 다들 술을 불콰하게 마셔 행동이 느릴 수밖에 없었다.

그때 아름다운 여인 한 명이 후다닥 달려 나왔다.

"안 돼!"

비교적 모닥불과 가까이 앉아 있던 여인은 몸을 돌보지 않고 뛰어들어 화염에 휩싸인 어린 하녀를 모닥불 밖으로 끌어내었다.

"아악! 아아악!"

불을 뒤집어쓴 어린 하녀가 악을 썼다.

"어서 땅바닥에 몸을 뒹굴러. 그래야 불이 꺼져."

여인이 하녀에게 소리를 질렀다. 단지 입으로만 떠든 것이 아니라 여인은 직접 손을 써서 불덩어리가 된 하녀를 땅에 굴리고 그 위에 모래를 뿌려 불을 꺼 주었다. 그러는 사이 카팁의 부하들이 달려와서 어린 하녀의 몸에 물을 들이 부었다.

그렇게 몇 차례를 반복하자 화염이 겨우 가라앉았다.

"아으으으! 흐흐흑!"

온몸에 화상을 입은 하녀가 땅에 누워 바들바들 떨었다. 겨우 목숨은 건졌지만, 어린 하녀의 몸엔 평생 남을 흉터가 생겼다.

하녀의 목숨을 구한 여인이 울상을 지었다.

"아아아! 이 어린 것이 얼마나 아팠을까? 불쌍한 것."

여인의 눈에 눈물이 그렁그렁 어렸다. 급하게 하녀를 구하느라 그녀의 의복 절반 이상이 찢어졌고, 얼굴과 손에는 그을음이 잔뜩 묻었지만, 그런 그을음은 여인의 아름다운 용모와 고운 마음씨를 가리지 못했다.

"와아아! 저 아가씨는 누구지?"

"그러게 말이야. 대단한데?"

사람들은 휘둥그레진 눈으로 이 용감한 여인을 바라보았다.

Chapter 9

카팁이 사람들 사이를 뚫고 앞에 나섰다.

"그대는 누구의 딸인고?"

"저, 말씀이옵니까?"

카팁의 물음에 여인이 고개를 들었다.

비로소 이 용감한 여인의 얼굴을 가까이 보게 된 카팁은 자신도 모르게 탄성을 흘렸다.

"오!"

여인의 용모는 카팁이 놀랄 만큼 기품이 넘치고 고혹적이었다. 여인의 붉은 입술이 나풀나풀 움직여 대답했다.

"소녀, 남부의 토후이신 부운 님의 수양딸, 베레니케라 하옵니다."

"베레니케? 부운의 수양딸이라고?"

카팁이 고개를 돌려 부운을 쳐다보았다.

부운이 호탕하게 외쳤다.

"와하하! 그 아이의 말이 맞습니다. 원래 베레니케는 제 조카딸인데, 이번에 아예 제 양녀로 들였습니다. 와하하하하!"

"그런가? 허허허!"

무루와 부운은 카팁이 가장 신뢰하는 심복들이었다. 만약 이들 가문 가운데 하나를 하라간과 이어 준다면 장차 카팁에게 큰 힘이 될 것이 분명했다. 가문의 탄탄한 미래를 생각을 하자 카팁의 입에 함박웃음이 걸렸다.

"어허허허!"

"와하하하하!"

부운도 기분 좋게 따라 웃었다.

"쳇!"

부운과 경쟁 관계인 무루가 눈을 찌푸렸다. 하지만 무루를 제외한 나머지 사람들은 다 함께 껄껄거리며 웃었다.

"아이 참!"

베레니케는 부끄러운 듯 살포시 고개를 숙였다. 그 모습이 풋풋하고 사랑스러워서 사람들이 거듭 탄성을 흘렸다.

'되었다!'

베레니케가 고개를 숙인 채 배시시 웃었다.

'저 애를 모닥불에 처박은 보람이 있어.'

베레니케는 온몸에 화상을 입은 어린 하녀를 힐끗 곁눈질했다. 조금 전, 술동이를 운반하던 어린 하녀를 모닥불에 쓰러뜨린 장본인은 다름 아닌 베레니케였다.

베레니케가 결합한 마물은 일리아!

연해 3층에 주로 서식하는 이 마물은 사람의 정신을 혼미하게 만들고 현혹시키는 것이 주특기였다. 그런데 베레니케의 일리아는 일반 일리아보다 환각을 일으키는 능력이 더 뛰어난 특이종이었다. 베레니케는 특이종 일리아를 이용해서 어린 하녀의 시각에 혼란을 주었고, 그 결과 하녀가 모닥불 위로 넘어졌다.

어린 하녀의 몸에 불이 옮겨붙자 베레니케는 용감하게 모닥불에 뛰어들었다. 그녀의 재빠른 조치 덕분에 어린 하녀는 겨우 목숨을 건졌다.

덕분에 베레니케도 목표 달성!

한바탕 가증스러운 연극 덕분에 베레니케는 카팁의 마음을 얻었고, 하라간의 배필이 되기 위한 첫발을 성공적으로 내디뎠다.

마이림의 후계자이자, 마이림이 '절대 상종 못 할 천하의 대악녀'라 평가한 그녀가 드디어 군나르 왕궁에 입궁할 발판을 마련한 것이다.

한 달 뒤.

카팁이 마련한 각종 테스트를 통해 3대 1의 경쟁을 뚫은 미녀 10명이 일렬로 늘어섰다. 그 앞에서 카팁이 흐뭇한 표정을 지었다.

"좋구나!"

카팁은 30명 가운데 고르고 고른 이 10명의 후보자가 마음에 쏙 들었다.

"이만하면 되었다. 대학사 칼리프나 대사제 아바는 결국 헛물만 켜게 될 게야. 내가 고른 이 아이들 가운데 우리 하라간 님의 배필이 정해지게 될 게라고. 어허허허허!"

카팁은 승리를 자신했다.

그도 그럴 것이, 지금 카팁의 눈앞에 열 지어 늘어선 10명의 후보자들은 카팁이 자부심을 느낄 만큼 아름답고 총명했다.

카팁은 뿌듯한 시선으로 후보자들을 둘러보았다. 그의 눈길이 한 명 한 명을 훑고 지나가다가 베레니케에게서 잠시 멎었다.

'흐음! 역시 이 아이가 가장 뛰어나군.'

카팁의 눈이 반짝 빛났다.

베레니케는 10명의 후보자들 가운데 확실히 눈에 띄었다.

'게다가 이 아이는 용감하고, 자애롭고, 심성도 곱고, 순수하지. 그러니 위대하시고 또 위대하신 분의 눈에 들 가능성이 높아. 앞으로 부운에게 잘해 줘야겠어. 허허허!'

카팁은 속으로 이렇게 다짐했다.

베레니케는 부운의 수양딸이었다. 그것도 아무 곳에서나 막 데려온 수양딸이 아니라, 부운의 친조카였다. 부운의 동생은 남부 상계에서 손가락으로 꼽을 만한 거목이었는데, 베레니케는 바로 그 집안의 혈육인 것이다.

'베레니케 정도면 혈통도 좋고 믿을 만해. 그러니 설령 이번에 배필 선발전에서 낙마한다고 해도 괜찮아. 하라간 님은 앞으로 여러 명의 부인을 두게 될 것이고, 내가 계속해서 뒤를 밀어 주면 언젠가 베레니케는 하라간 님의 배필이 될 게라고.'

카틸이 볼 때 베레니케는 충분히 그럴 만한 자격을 갖췄다. 카틸은 베레니케를 상당히 높게 평가했지만, 다른 후보자들 앞에서 그녀를 편애하는 티를 내지는 않았다.

'미래 일은 아무도 모르지. 혹시 베레니케가 아니라 다른 후보자가 하라간 님의 마음을 빼앗을 수도 있으니까 굳이 여러 사람이 보는 앞에서 편애를 할 필요는 없어.'

카틸은 역시 노련했다.

하지만 베레니케가 한 수 위였다.

'어머, 요 앙큼한 늙은이 좀 봐라? 지금 10명의 여자들을 손에 쥐고 저울질을 하겠다는 거야? 감히 나까지 그 손에 쥐고서? 오호호호! 여우 같은 늙은이! 그러다 한 방에 골로 가는 수가 있는데, 그걸 모르시나 봐?'

베레니케는 요악하게 눈을 빛냈다.

Chapter 10

카팁은 10명의 후보자들의 뒤를 캐는 데 공을 들였다.

'하라간 님의 배필로 추천을 했는데, 나중에 덜컥 흠이라도 발견되는 날에는 내가 큰 곤욕을 치르겠지. 그 전에 흠이 있는 여자들은 미리 걸러 내야 해.'

카팁은 후보자들의 고향으로 사람을 보내 뒷조사를 시켰다. 후보자들의 평소 성품, 남자관계, 친구 관계, 취미에 이르기까지, 사소한 모든 것들이 카팁의 귀에 전달되었다.

다행히 특이한 약점이 발견된 경우는 없었다.

"명문가의 여자들이 이래서 좋다니까. 평소에 부모들이 딸에 대한 이상한 소문이 돌지 않도록 미리 관리를 하니까 이렇게 조사 결과가 깨끗할 수밖에. 허허허! 이만하면 위대하시고 또 위대하신 분께 추천을 올려도 되겠구나."

카팁은 추천자 명단을 깔끔하게 정리하고, 그 뒤에 개개인에 대한 뒷조사 결과를 추가했다.

그즈음 반가운 소식이 들렸다. 카팁의 큰아들 메렌레가 카팁에게 하라간의 방문 소식을 전한 것이다. 메렌레는 왕궁 수비대장이자 하라간의 큰외삼촌이었다.

"그게 정말이냐? 하라간 님께서 우리 집을 손수 방문하신다고?"

카팁이 크게 기뻐했다.

메렌레는 힘차게 고개를 주억거렸다.

"네, 정말입니다. 제 아들 테티가 제게 이 기쁜 소식을 전했습니다."

하라간의 친위대원인 테티의 말이라면 틀림없는 사실이었다. 카팁이 메렌레를 다그쳤다.

"언제냐? 하라간 님이 언제 우리 집에 오셔?"

"내일 저녁을 함께하자고 하셨답니다. 하라간 님뿐 아니라 그분을 모시는 친위대원 6명이 함께 방문할 것 같습니다."

"내일이라고? 허어! 이거 정신이 없구나. 하루 만에 하라간 님을 만족시킬 만한 성대한 연회를 준비하려면 무척 바쁘겠어. 허허허허!"

카팁은 "무척 바쁘겠구나."라는 말을 되풀이하며 활짝 웃었다.

메렌레가 카팁에게 물었다.

"내일 테티뿐 아니라 네페르도 함께 올 것입니다. 당연히 페피도 불러야겠지요?"

페피는 하라간의 둘째 외삼촌이었다. 그리고 네페르는 페피의 딸이자 하라간의 친위대원들 가운데 하나였다.

카팁이 반색을 했다.

"그걸 말이라고 하느냐? 하라간 님은 죽은 네 여동생 이만의 아드님이시니라. 마땅히 너희 집과 페피의 집이 한자리에 모여 하라간 님을 성대히 맞아야 할 것이야."

"알겠습니다, 아버님. 제가 페피에게도 전하겠습니다."

"그래, 그래. 나는 서둘러 연회를 준비해야겠구나. 허허허! 무척 바쁘겠어. 어허허허!"

카팁의 입에선 연신 웃음소리가 흘러나왔다.

메렌레가 물러나고, 카팁은 방 안을 서성거렸다. 그렇게 연회 준비를 고민하던 카팁이 갑자기 손뼉을 딱 쳤다.

"그렇지! 이번 기회에 내가 뽑은 후보자 10명을 하라간 님께 선보여야겠다. 비록 이번 선발전은 하라간 님이 아니라 위대하시고 또 위대하신 분께서 최종 배필감을 정하시겠지만, 그래도 하라간 님께 미리 선을 보여서 나쁠 것은 없지. 혹시라도 하라간 님께서 눈여겨보시는 아이가 있으면, 내가 그 아이를 좀 더 밀어 줄 수도 있고 말이야. 허허허! 이거 일이 술술 풀리는걸! 허허허허허!"

카팁의 입가에서 싱글벙글 미소가 끊이질 않았다.

2월 22일.

북부에서는 2자가 세 번 겹친 이 날을 '어머니의 날'로 지정하여 기념했다. 신인이신 욘 아르네의 어머니가 태어난 날짜가 바로 2월 22일이기 때문이었다.

신인을 섬기는 군나르 왕국도 2월 22일을 어머니의 날로 지정해 각종 행사를 진행했다. 이른 아침 하라간은 군나르와 함께 왕궁 안에 설치된 신전에 들러 예물을 봉헌했다. 오래전에 세상을 뜬, 군나르의 모친께 올리는 예물이었다.

왕궁 대사제 아바가 직접 예물을 받아 정성껏 제사 의식을 치렀다.

오후가 지나 저녁 무렵이 되자 하라간은 황금으로 치장된 마차를 타고 왕궁을 나섰다. 물론 하라간은 출궁 전에 먼저 군나르에게 인사부터 올렸다.

군나르의 표정은 그리 밝지 않았다.

"굳이 외가에 나갈 것이 있느냐? 차라리 카팁과 메렌레, 페피를 왕궁으로 부르지 않고?"

군나르는 하라간이 궁 밖으로 나가는 것을 싫어했다. 또한 하라간이 카팁에게 휘말리는 꼴은 더더욱 용납할 수 없었다.

하라간이 군나르의 마음을 헤아렸다.

"저도 매년 외가에 나갈 생각은 없습니다. 하지만 한 번은 가 봐야겠다는 생각을 했습니다. 카팁에게 경고할 것도 있고요."

스쳐 지나가는 말투로 툭 던진 이야기가 군나르의 눈을 휘둥그레지게 만들었다.

"경고? 네가 카팁에게 경고를 하겠다고?"

"요새 카팁이 좀 과하게 세력 과시를 하는 것 같아서요. 한번 경고를 하여 자중시킬 필요가 있을 것 같습니다."

"그래?"

군나르가 손으로 수염을 쓰다듬었다.

"네. 이대로 내버려 두었다가는 언젠가 제 손에 외조부의 피를 묻힐 수 있겠다 싶습니다."

"호오?"

하라간은 "손에 외조부의 피를 묻힌다."는 말을 아무렇지도 않게 내뱉었다. 그런 섬뜩한 말을 하는 하라간의 표정이 너무도 평온하여 군나르는 오히려 소름이 끼쳤다.

다른 한편으로 군나르는 하라간이 무척 기특했다.

'무릇 제왕이 된 자, 범인과는 모든 것이 달라야 하느니! 외척에게 흔들리는 줏대 없는 자는 결코 제왕의 재목이 아니다.'

군나르는 이런 신념을 가진 사람이었다. 그런 군나르에게 하라간의 냉혹한 태도는 아주 바람직해 보였다.

"너도 그리 생각하느냐? 요새 카팁이 좀 과한 것 같디?"

군나르가 은근하게 물었다.

하라간이 눈을 동그랗게 떴다.

"엇? 할아버님도 그리 생각하셨습니까?"

물론 군나르는 카팁에게 칼을 한번 빼어 들 생각이었다.

하지만 그런 내색을 하지 않고 의뭉스럽게 대꾸했다.

"글쎄다. 카팁이 아직 선을 넘은 것은 아니지. 하지만 그냥 내버려 두었다가는 언젠가 선을 넘겠구나 싶더라."

"혹시 수비대장 메렌레나 치수관 페피도 그런 기미가 보였습니까?"

하라간의 카팁의 아들들을 걸고넘어졌다.

군나르는 천천히 고개를 가로저었다.

"아니, 그 둘은 변함없이 충직해 보이더구나. 아직까지는 말이다."

"그렇다면 더더욱 카팁에게 경고를 해야겠군요. 메렌레나 페피와 같은 충신들을 물들이기 전에 말입니다."

하라간은 외조부인 카팁뿐 아니라 외삼촌인 메렌레, 페피도 철저하게 신하로 대했다.

덕분에 군나르는 외척에 대한 걱정을 덜었다.

'하라간은 결코 외척 따위에게 휘둘릴 아이가 아니야. 여자에게 푹 빠져서 왕국의 기틀을 무너뜨릴 염려도 없어. 허허허! 내가 증손자 하나는 정말 잘 두었구나! 타고난 제왕의 재목이야. 허허허허!'

이렇게 생각한 군나르는 기꺼이 하라간의 뜻을 존중해 주었다.

"그러냐? 하라간, 네 말을 들어 보니까 네가 직접 카팁에게 경고를 하는 것도 나쁘지 않겠구나. 뜻대로 하거라."

"네, 할아버님."

하라간은 공손히 대답했다.

옷전에서 물러 나온 하라간은 마차를 타고 왕궁을 나섰다.

석양에 물든 도로는 온통 주홍빛 천지였다.

우두두두두—!

도심을 향해 일직선으로 뻗은 주홍빛 도로에 황금색 마차가 내달렸다. 마차의 앞과 뒤에는 중무장한 병력이 호위를 맡았는데, 그 수가 200명은 족히 넘었다.

행렬의 선두는 하라간의 친위대원인 테티의 차지였다. 테티는 등에 5미터 높이의 황금빛 깃대를 꽂고 있었다.

"위대하시고 또 위대하신 분의 과업을 물려받으실 분! 하라간 님의 행차시다. 모두 자리에 엎드려라!"

테티가 배에 힘을 딱 주고 우렁차게 외쳤다.

"오오! 하라간 님!"

도로에 지나다니던 백성들이 모두 그 자리에 엎드렸다. 그들은 하라간의 마차가 눈앞에서 사라질 때까지 허리를 펴지 못했다.

"위대하시고 또 위대하신 분의 과업을 물려받으실 분!

하라간 님의 행차시다. 모두 자리에 엎드려라!"

테티가 한 번 더 소리를 질렀다.

테티의 머리 위에서 하라간의 깃발이 힘차게 펄럭였다.

제4화
베레니케의 오해

Chapter 1

카팁은 저택 문 앞까지 나와 하라간을 맞았다. 카팁의 뒤에는 메렌레와 페피가 섰고, 그 옆으로 카팁 가문의 여인들이 보였다.

하라간은 마차의 휘장 사이로 외가 사람들을 보았다. 그중에서도 특히 한 여인이 하라간의 눈에 들어왔는데, 그녀는 바로 카팁의 첫 번째 부인이자 하라간의 외할머니였다.

'나와 닮았구나!'

곱게 늙은 외할머니를 보면서 하라간은 문득 혈통에 대해 생각했다. 하라간은 어머니인 이만과 판박이였다. 그런데 인제 보니 그의 미모는 외할머니로부터 비롯된 것 같았다.

카팁 가문의 노예가 달려 나와 하라간의 마차 아래 엎드렸다.

하라간은 노예의 등을 밟고 황금 마차에서 내렸다.

칠보로 장식된 황금 투구를 머리에 쓰고, 새끼손가락 굵기의 황금 띠에 일곱 색깔 유리를 녹여 붙여 만든 칠보 팔찌를 양쪽 팔뚝에 차고, 핑크빛 다이아몬드가 박혀 있는 하얀 지팡이를 손에 들고, 황금빛 칼라시리스(중앙에 둥그런 구멍이 뚫린 직사각형의 천으로, 구멍에 머리를 집어넣어 어깨에 두르는 복장)을 두른 하라간의 모습은 화려함의 극치였다.

"오오오! 하라간 님!"

카팁이 한 걸음 앞으로 나와 무릎을 꿇었다.

"하라간 님, 어서 오십시오. 누추한 소신의 집을 이렇게 직접 방문해 주시니 참으로 큰 영광입니다."

"하라간 님, 참으로 큰 영광이옵니다."

메렌레와 페피를 비롯한 나머지 식솔들도 모두 무릎을 꿇고 한목소리로 환대했다.

하라간은 카팁의 손을 잡아 일으켰다.

"그만 일어나세요. 안으로 들어갑시다."

"네, 하라간 님."

카팁은 냉큼 일어나 하라간을 집 안으로 안내했다.

척척척!

200명이 넘는 호위병들이 하라간을 쫓아 카팁의 저택 안으로 들어갔다. 카팁은 호위병들을 위해 술과 음식을 내오도록 지시했다.

"술은 안 됩니다."

"식사도 따로 챙겨 왔습니다."

호위병들은 술과 음식을 거절하고 미리 챙겨 온 곡물 빵으로 배를 채웠다. 군기가 바짝 든 그들의 모습에 카팁이 감탄했다.

하라간의 호위병들이 만찬장 주변을 둘러싼 가운데 악사와 요리사가 안으로 들어왔다. 하라간을 섬기는 환관이 음식 하나하나를 꼼꼼히 살피는 동안, 하라간은 외가 사람들과 대화를 나누었다.

대화의 주제는 주로 테티와 네페르였다.

하라간이 테티의 칭찬을 해 주자 그의 부모인 메렌레 부부가 귀를 쫑긋 세우고 들었다. 네페르를 치켜세울 때면 페피 부부가 경청했다.

낯간지러운 칭찬에 테티와 네페르는 어쩔 줄 몰라 했다. 특히 네페르가 부끄러움을 심하게 탔다.

"어우, 하라간 님, 저 어지러워서 속이 뒤집힐 것 같아요."

"하하하하!"

"호호!"

네페르의 엉뚱한 말에 사람들의 웃음보가 터졌다.

한번 웃음이 터지자 만찬 분위기는 더욱 좋아졌다. 하라간은 자연스러우면서도 기품 있게 대화를 이끌었다.

그사이 카팁의 부인은 하라간의 얼굴에서 눈을 떼지 못했다.

'정말 쏙 닮으셨구나! 죽은 이만을 쏙 닮으셨어. 흐흐흑!'

그녀의 눈에는 하라간이 죽은 딸과 겹쳐 보였다. 덕분에 눈물이 왈칵 쏟아져 잠시 자리를 뜰 수밖에 없었다.

"죄송해요. 잠시만 나갔다 올게요."

부인이 손수건으로 얼굴을 감싸며 자리를 뜨자 카팁의 눈시울도 붉어졌다.

'이만! 이 못된 녀석! 아비와 어미를 두고 네가 먼저 저세상으로 가다니! 크흐흑!'

카팁은 잠시 죽은 딸을 생각했다.

메렌레와 페피도 자연히 숙연해졌다.

하라간은 외할머니의 빈자리를 물끄러미 바라보다가 카팁에게 시선을 돌렸다.

"제 어머니가 생각나셨나 보네요."

"휴우우! 아무래도 그런 듯합니다. 하라간 님 앞에서 주책을 떨어서 송구합니다. 하지만 하라간 님의 얼굴을 뵐 때면 저도 이만의 얼굴이 생각나 깜짝깜짝 놀라곤 합니다. 그러니 제 안사람의 무례함을 용서해 주십시오."

"무례라니요? 마땅히 그러실 수 있지요."

잠시 후 카팁의 부인이 다시 돌아와 자리에 앉았다.

"한 잔 따라드리겠습니다."

하라간은 자리에서 일어나 외할머니의 잔에 포도주를 직접 따라 주었다.

이건 카팁에게도 해 주지 않은 일이라 다들 깜짝 놀랐다. 하지만 하라간의 파격적인 행동에 대해서 카팁은 서운해하지 않았다. 오히려 그는 하라간의 행동을 반겼다.

'하라간 님이 속정이 깊으시구나! 우리 가문 입장에서는 잘된 일이지. 암! 잘된 일이고말고.'

카팁의 부인은 무척 황송해하면서 잔을 받는데, 그 잔을 다 비우기도 전에 다시 눈물이 터져서 손수건을 흠뻑 적셨다.

"으흐흑! 흐흐흐흑! 죄송합니다. 하라간 님, 망령이 난 늙은이가 이렇게 주책을 떨어서 정말 죄송합니다. 흐흑!"

"괜찮습니다. 마음껏 우세요."

하라간은 외할머니의 손등을 가만히 붙잡았다.

"으흐흐흑!"

감정을 주체하지 못한 카팁의 부인은 하라간의 손을 꼭 잡고 한참을 오열했다. 그러다 호흡 곤란이 왔다.

"감정이 너무 북받치시면 건강에 해롭지요. 두 분 외숙모께서 외할머니를 챙겨 주세요."

하라간은 메렌레와 페피의 부인을 외숙모라고 불렀다.

두 여인이 크게 기뻐하며 황송해하더니, 과호흡을 하는 시어머니를 모시고 먼저 자리를 떴다.

외숙모라는 말에 기뻐한 사람은 또 있었다. 메렌레와 페피도 가슴 뭉클한 표정을 지었다. 테티와 네페르도 싱글벙글 입이 귀에 걸렸다. 그들에게는 하라간이 높고 어렵기만 한 충성의 대상이었는데, 지금 이 순간만큼은 가족 같은 느낌이 들었다.

당연히 카팁도 좋아서 어쩔 줄 몰랐다.

'방금 내가 헛것을 들은 게 아니지? 하라간 님께서 분명 안사람을 외할머니라고 불렀지? 내 며늘아기들을 외숙모라고 불렀고! 그럼 내게도 외할아버지라고 불러 주실까? 어허허허! 그럼 소원이 없겠구나. 허허!'

하지만 카팁의 웃음은 오래가지 못했다.

가문의 여인들이 자리를 뜨자마자 하라간의 얼굴에서 웃음기가 싹 가셨다.

"카팁!"

"네넷?"

차가운 하라간의 말투에 카팁은 정신이 번쩍 들었다.

메렌레와 페피도 화들짝 놀라 자세를 바로 했다. 느슨하게 풀어져 있던 친위대원들도 황급히 정신을 차렸다. 그때 이미 실내엔 뼛속까지 얼어붙을 듯한 한기가 몰아쳤다. 사람들은 부르르 몸서리를 쳤다.

"카팁!"

하라간이 다시 한 번 카팁의 이름을 불렀다.

카팁이 엉거주춤하게 일어나 하라간 앞에 무릎을 꿇었다.

"말씀하십시오, 하라간 님."

"그대는 내 외조부이자 세상에 몇 사람 남지 않은 내 핏줄이오."

"황송하옵게도 그렇습니다."

"그런데 그거 아시오? 나에게 왕권은 대저택을 떠받치는 철 기둥보다 더 무겁고, 외가의 핏줄은 깃털보다도 더 가볍소."

'왕권은 철 기둥보다 더 무겁고, 외가의 핏줄은 깃털보다도 더 가볍다고? 아아아!'

카팁의 머릿속이 하얗게 물들었다. 그의 귀엔 하라간의 말이 웅웅 울렸다.

Chapter 2

‘으헉!’

‘하라간 님!’

카팁뿐 아니라 메렌레와 페피도 침을 꿀꺽 삼켰다. 그들의 맥박은 미친 듯이 요동쳤다. 피가 얼굴로 잔뜩 쏠려 머리가 어지러웠다.

하라간이 차갑게 말을 내뱉었다.

"아마 다들 알 거요. 오래전 위대하시고 또 위대하신 분께선 왕권을 약화시킬 수 있다는 의구심만으로 카디말 가문을 멸족시키셨소."

"억! 카디말!"

카팁의 입에서 외마디 비명이 튀어나왔다.

카디말 가문!

군나르가 딸 마이림을 시집보낸 그 명문가!

하지만 왕권에 방해가 된다는 이유로 철퇴를 맞아 지금은 혈통이 완전히 끊긴 비운의 가문!

카팁은 눈앞이 캄캄했다. 손이 부들부들 떨리고 하라간의 얼굴이 두세 개로 겹쳐 보였다.

하라간이 경고를 계속했다.

"굳이 오래전의 예를 들 것도 없지. 나는 최근 마이림 님과 관계된 자들을 모조리 잡아들였소. 가짜 마이림 사건! 과연 그것이 가짜 마이림 사건이겠소?"

"하, 하오시면?"

가짜 마이림 사건이 가짜 마이림 사건이 아니란다! 이 말뜻은, 하라간이 진짜 마이림을 쳤다는 이야기나 다름없었다. 외가가 아닌, 친가! 그것도 군나르의 친딸인 마이림을 하라간이 직접 공격했다는 의미였다.

카팁의 상식에 의하면, 하라간이 단독으로 이런 엄청난 일을 저지를 수는 없었다. 군나르가 허락을 한 것이 분명했다.

'아아아! 그분께서는 정말 무서우시구나! 왕권 강화를 위해 친딸마저 가지치기를 하시다니!'

두려움에 젖은 카팁이 이빨을 딱딱 맞부딪쳤다.

하라간이 손가락으로 카팁을 가리켰다.

"그분께서는 최근 이 가문을 눈여겨보고 계시오."

"어헉! 위대하시고 또 위대하신 분께서 말씀이십니까?"

카팁이 펄쩍 뛰었다.

"그렇소. 그러니 쥐 죽은 듯이 엎드리기 바라오. 권력에 욕심을 내지 말고, 나를 핑계로 세력을 만들 생각도 말고,

매사에 현명하게 행동하시오. 그렇지 않으면 나는 외가를 잃게 될 거외다. 아니면 내 손으로 외가를 지워 버리게 될 수도 있고."

"허억!"

놀란 카팁이 바닥에 납죽 엎드렸다. 하라간의 말뜻은 몸을 써서 엎드리라는 것이 아니었지만, 지금 카팁의 머릿속은 백지장처럼 하얗게 변해서 아무런 사고도 할 수 없었다.

"하라간 님! 저희의 불충을 용서하여 주시옵소서."

"하라간 님! 저희가 큰 죄를 저질렀사옵니다."

메렌레와 페피가 카팁 옆에 엎드려 이마로 바닥을 쿵쿵 찧었다. 둘의 이마가 곧 터지고 바닥이 피로 물들었다.

깜짝 놀란 테티와 네페르가 부친의 옆에 함께 엎드리려고 들었다.

라티파가 말렸다.

[안 돼! 너희들은 끼지 마.]

라티파의 다급한 목소리가 테티와 네페르의 뇌에 동시에 전달되었다.

네페르가 펄쩍 뛰었다.

[왜 끼지 말라는 거야? 우리도 마땅히 하라간 님 앞에 엎드려 죄를 빌어야지.]

[아니. 죄를 비는 순간 너희는 카팁의 가문 사람이 되는

거야. 너희의 현재 위치는 뭐야? 카팁 일가야? 아니면 하라간 님의 친위대야?]

[아!]

라티파의 말이 옳았다. 테티와 네페르는 가문을 떠나 하라간의 친위대에 가입한 상태였다. 그러니 가문의 죄를 빌 필요가 없었다.

라티파가 단호하게 말했다.

[우리 하라간 님의 친위대원들은 각자의 가문과 연결된 끈을 모두 단절해야 해. 그러고는 오직 하라간 님만 바라봐야 한다고.]

이번 음성은 친위대원들 전원의 뇌에 동시에 들렸다.

성격이 급한 레다가 곧바로 맞장구를 쳤다.

[당연하지. 만약 라티파의 말에 토를 다는 녀석이 있다면 내 창이 가만두지 않아.]

굳이 레다가 나서지 않더라도, 친위대원들은 모두 라티파의 말에 동의했다. 테티와 네페르도 가문보다 하라간의 명이 더 중요하다고 생각했다.

그렇다고 해도 부친이 부들부들 떨면서 바닥에 이마를 찧는 모습을 보자 마음이 아플 수밖에 없었다.

'크흑!'

'이걸 어쩜 좋아!'

테티와 네페르는 차마 그 모습을 지켜보지 못하고 고개를 돌렸다.

하라간이 다시 나섰다.

"그만!"

"하라간 님!"

메렌레와 페피는 거짓말처럼 동작을 멈추고 하라간을 올려다보았다.

"두 분 외숙부는 그만하셔도 됩니다."

하라간은 메렌레와 페피를 다시 외숙부라고 불렀다.

"하라간 님!"

"크흐윽! 하라간 님!"

메렌레와 페피가 감격에 겨워 눈물을 보였다.

하라간은 메렌레를 지목해 말했다.

"위대하시고 또 위대하신 분께서 외조부께 명하신 일이 있습니다."

"그건 저희도 알고 있사옵니다. 하라간 님의 배필을 추천하는 일이 아닙니까?"

메렌레가 답변을 했다.

"맞습니다. 그 일을 마친 뒤 외조부께서는 몸이 많이 아프셔서 당분간 궁 안팎의 책무를 돌보기 어려울 겁니다. 기력을 회복할 때까지는 일선에서 물러나야겠지요."

하라간은 미래를 예언하는 듯한 말투로 카팁의 은퇴를 강요했다.

"아!"

메렌레와 페피가 하라간의 말뜻을 알아차렸다.

하라간은 카팁에게 곁눈질을 한 번 준 다음, 다시 메렌레에게 시선을 돌렸다.

"그러니 가문은 큰외숙께서 돌봐 주셔야겠습니다. 작은외숙도 곁에서 도와주시고요."

"물론입니다."

"저희 형제가 성심을 다해 가문을 보존하고 하라간 님의 뜻을 받들겠습니다."

하라간이 검지를 들어 1자를 만들었다.

"노파심에서 다시 한 번 강조합니다. 제가 외숙들께 바라는 것은 하나입니다. 자중할 것! 요망하게 혀를 놀리는 자들에게 둘러싸여 망령되게 굴지 말고 자중하고 또 자중할 것! 그래야 위대하시고 또 위대하신 분의 노여움을 피할 수 있습니다. 그래야 제 외가가 멸족을 당하지 않습니다. 부디 두 분 외숙께서는 테티와 네페르의 앞날을 생각해 주세요."

하라간의 담담한 말 속에는 서늘한 비수가 담겨 있었다. 메렌레와 페피는 등골이 오싹하다 못해 축축이 젖어드는 것을 느꼈다.

메렌레가 황급히 이마를 바닥에 대었다.

"신 메렌레, 충심으로 하라간 님의 뜻을 받들 것이옵니다."

페피도 옆에서 함께 머리를 조아렸다.

"신 페피, 하라간 님의 뜻에 따라 자중하고 또 자중할 것이옵니다."

"좋습니다."

하라간이 비로소 웃음을 다시 입에 걸었다. 실내를 차갑게 짓누르던 한기가 스르륵 물러났다.

'휴우!'

'살았다.'

메렌레와 페피는 놀란 가슴을 겨우 쓸어내렸다.

'어구구! 놀래라.'

'큰일 터지는 줄 알았네. 휴우우!'

네페르와 테티도 안도의 한숨을 쉬었다.

카팁은 그때까지도 정신을 차리지 못하고 벌벌 떨었다. 그러다 하라간와 시선이 마주치자 후들거리는 머리로 하라간에게 연신 꾸벅거렸다.

"하, 하라간 님, 저희 가문을 멸족에서 벗어나게 해 주셔서 정말 고맙습니다. 으허허헝! 하라간 님! 으허허헝!"

카팁은 요 몇 분 사이 십 년은 더 늙은 듯했다.

Chapter 3

하라간은 카팁의 저택에서 하룻밤을 묵었다.

카팁의 부인은 예전 이만이 처녀 때 사용하던 방을 다시 잘 치장해 놓았다. 그러곤 이 방에 가끔씩 들러서 딸에 대한 추억을 되새기곤 했다.

네페르로부터 이 이야기를 전해 들은 하라간은 카팁이 제공한 독립 건물을 거부하고 이 방에 숙소를 정했다.

'여기가 얼굴 한 번 본 적이 없는 어머니의 옛 방이란 말이지?'

하라간은 감상적인 사람이 아니었다. 그래서 어머니가 쓰던 옛 방을 보아도 아무런 감정을 느끼지 못했다. 하지만 오늘만큼은 이 방에 머물러야 할 것 같았다.

이만의 방은 꽤 넓고 아기자기했다. 카팁의 부인은 생전에 딸이 좋아하던 장식품과 미술품으로 방을 예쁘게 치장했는데, 그 가운데는 흙으로 빚어 불에 구운 조각상들이 많았다.

'사람의 몸에 부엉이의 머리, 그리고 황조롱이의 머리가

달린 조각상들…….'

하라간은 방 안을 휙 둘러본 다음 욕실부터 찾았다.

"욕실로 안내하라."

"네, 하라간 님."

하라간의 시중을 위해 대기 중이던 하녀 2명이 하라간을 욕실로 안내했다. 이들은 보기 드문 미인들이었으나 하라간은 눈길조차 주지 않았다.

욕실 입구에서 하녀들이 하라간의 옷을 벗겨 주었다. 하지만 왕궁의 시녀들과 달리 그녀들은 하라간의 로인클로스에 손을 대지 못했다.

왕궁의 시녀들은 평민, 혹은 귀족 출신이 섞여 있어 비교적 고귀한 신분인 반면, 이곳의 하녀들은 천민들이었다.

천민이 왕족의 피부에 직접 손을 접촉하는 것은 금기. 하녀들은 하라간의 신체에 손이 닿지 않도록 조심스럽게 겉옷만 벗겼다.

마른 듯 탄탄한 가슴 근육이 드러나고, 잔근육이 오밀조밀 붙은 하라간의 팔뚝이 그 모습을 보이자 하녀들의 눈이 살짝 커졌다.

꿀꺽!

하녀들의 목에서 마른침을 삼키는 소리도 들렸다.

하지만 그뿐이었다. 하녀들은 황급히 눈을 내리깔았다.

하라간은 윗도리만 벗고 하체에 로인클로스를 착용한 채 욕실에 들었다. 카팁 저택의 욕실은 일반 욕실과는 차원이 달랐다. 열대림에서 운반해 온 식물들이 무성한 잎사귀를 뽐내며 하라간을 맞았고, 온갖 특이한 모양의 돌들이 열대식물의 주변을 장식했다. 게다가 이 욕실은 특이하게도 실외로 이어져 있었다.

"노천탕인가?"

"그러하옵니다. 노천탕이옵니다."

하라간의 물음에 하녀들이 공손히 대답했다.

"여긴 어머니께서 사용하시던 욕실일 텐데 노천탕이 있다고?"

군나르 왕국은 개방적이고 남녀 차별이 없지만, 그래도 귀족 여인이 노천탕을 사용하는 경우는 드물었다.

하녀가 사정을 설명했다.

"이만 님께서 계실 때는 이곳이 노천탕으로 연결되지 않았다고 들었사옵니다. 노천탕은 최근에 개조 공사를 한 곳이옵니다."

"그렇군."

하라간이 고개를 끄덕였다.

이만이 왕궁으로 시집을 간 이후, 이 방과 욕실을 사용하는 사람은 없었다. 그런데 이렇게 열대식물을 심고 화려하게 노천탕을 증축한 이유는 한 가지일 것이다.

바로 하라간 때문!

"외조부는 내가 여기에 종종 놀러 오기를 바랐나 보군."

"미천한 저희들이 그런 것까지는 모르겠사오나, 이것 하나만큼은 확실하옵니다. 하라간 님께서 이 노천탕을 사용하시는 첫 번째 귀빈이시옵니다."

"그렇겠지."

하라간은 성큼 걸어 실외 노천탕으로 나갔다.

말이 실외이지, 외부에서는 이곳 노천탕을 전혀 엿볼 수 없었다. 반대로 노천탕에서는 카팁의 대저택 앞에 펼쳐진 너른 정원이 한눈에 내려다보였다. 깜깜한 밤이지만 정원 곳곳에 횃불이 밝혀져 있어 야경이 기가 막혔다.

"경치가 괜찮군."

하라간은 따끈한 물에 몸을 담그고 야경을 즐겼다.

물속에 들어갈 때도 하라간은 로인클로스를 벗지 않았다. 군주의 후계자인 그가 비천한 하녀들 앞에서 알몸이 될 수는 없는 일.

당연히 하녀들도 옷을 벗지 못했다. 그녀들은 얇은 튜닉을 입은 채 노천탕 밖에서 하라간의 목욕 시중을 들 준비를 했다. 하녀들은 탕 옆의 간이침대에 푹신한 매트를 깔고 오일 테라피(Oil Therapy: 오일 마사지를 이용한 심신 안정 치료)를 위한 병들을 늘어놓았다.

그때 실외 노천탕 반대쪽 입구가 열렸다. 그곳으로부터 까만 생머리에 금빛 귀고리를 착용한 여인과 흑진주처럼 피부가 까만 10대 소녀가 서로의 손을 맞잡고 안으로 들어 왔다.

까만 머리카락의 여인은 다짜고짜 엄지를 들어 뒷문을 가리켰다. 하녀들더러 욕실 밖으로 나가라고 지시하는 동작이었다.

"누구⋯⋯세요?"

하녀들이 조심스레 물었다.

까만 머리카락의 여인은 대답 대신 조그만 나무패를 하나를 내보였다.

'뭐지?'

하라간이 그 모습을 흥미롭게 바라보았다. 하라간은 여인이 내민 나무패가 무엇을 의미하는지 알 수 없었다.

나무패를 본 하녀들이 까만 머리카락 여인에게 공손히 허리를 숙이고는 자리에서 물러났다.

하라간은 살짝 어이가 없었다.

'뭐야? 내 허락을 받지도 않고 밖으로 나가?'

하라간의 표정이 굳어지자 까만 머리카락의 여인이 대신 사과했다.

"하라간 님, 참으로 송구하옵니다. 하오나 저 아이들은 오일 테라피 기술이 미흡하여 하라간 님의 시중을 제대로 들 수 없사옵니다. 부디 저의 무례를 용서하시고, 제게 테라피를 받으시지요."

여인의 목소리는 나긋나긋하면서도 당찼다.

이렇게 당당할 법도 한 것이, 여인의 외모는 조금 전의 하녀들과는 비교도 할 수 없을 만큼 매혹적이었다. 그녀의 몸매는 숨이 막힐 정도로 관능미가 넘쳤고, 피부는 잡티 하나 없이 매끈했으며, 입술은 농익은 석류 빛깔이었다.

그 미모가 까만 머리카락의 여인에게 자신감을 심어 준 듯했다.

또한 여인과 손을 잡고 서 있는 검은 피부의 소녀는 잘빠진 흑마를 보는 듯 탄탄한 근육질에 앳된 얼굴을 지녔는데, 풍기는 분위기가 묘했다.

하라간은 이 의문의 여인들이 하는 수작을 가만히 지켜보기로 했다.

까만 머리카락의 여인이 반짝이는 눈으로 하라간을 응시했다.

'어머! 말로만 들었을 때보다 몇 배는 더 하구나! 도대체 무슨 남자가 이렇게 예쁘담?'

여인은 하라간의 아름다운 외모에 감탄했다. 그동안 그

녀가 보았던 그 어떤 미소년이나 미남자도 하라간과 비교할 수 없었다.

'솔직히 용모만 비교하면 나보다 훨씬 더 예쁜 것 같아.'

심지어 여인은 이런 생각까지 했다. 그동안 그녀는 외모에 대한 자부심이 굉장했는데, 하라간과 마주하자 살짝 자괴감까지 들었다.

여인과 동행한 검은 피부의 소녀도 넋을 놓고 하라간의 얼굴을 바라보았다.

한편 하라간도 까만 머리카락의 여인에게서 눈을 떼지 못했다. 조금 전까지 하라간은 이 여자의 얼굴을 제대로 보지 못했었다. 그러다 정면에서 여인의 얼굴을 보자 눈에서 불똥이 튀었다.

여인이 그 뜨거운 눈길을 알아차렸다.

'후훗! 그러면 그렇지! 하라간 님도 역시 남자였어. 내 얼굴과 몸에서 눈을 떼지 못하는 걸 보면 말이야. 좋았어! 오늘 이 어여쁜 귀공자를 나의 색으로 물들여 주지!'

자신감을 되찾은 까만 머리카락의 여인이 혀로 입술을 싹 핥았다.

Chapter 4

할짝!

여인이 혀가 붉은 입술을 축축하게 적시고 지나갔다.

하라간은 상대에게 시선을 고정한 채 물 밖으로 나왔다.

촤악!

사방으로 물보라가 튀고, 하라간의 탄탄한 상체가 드러났다.

'어쩜!'

여인의 눈동자에 순간적으로 탐욕의 빛이 감돌았다. 하라간을 눈으로 더듬던 흑인 소녀도 파르르 눈꺼풀을 떨었다. 두 사람 모두 하라간의 탄탄한 몸매를 감상하느라 바빴다.

그사이 하라간이 성큼 다가왔다.

"어머! 하라간 님."

여인이 하라간을 향해 생긋 미소를 지었다. 꽃이 화려하게 만발을 하는 듯, 혹은 밤하늘에 폭죽이 터진 듯, 그녀의 미소는 폭발적인 아름다움을 자랑했다.

하라간이 손을 뻗었다.

그 손에 여인의 가느다란 손가락이 들어왔다.

"아이 참! 하라간 님도……!"

까만 머리카락의 여인이 부끄러운 듯 속눈썹을 내리깔았다. 그녀의 눈꺼풀이 바르르 떨렸다.

이 미세한 떨림!

부끄러운 기색이 역력한 이 영롱한 목소리!

교묘하게 고개를 떨군 각도!

하라간의 눈높이에서 내려다볼 때 유난히 강조된 가슴골!

여인의 동작 하나하나는 정교하게 계산이 되어 있었다. 여인은 어떤 자세와 어떤 행동을 해야 사내들이 흥분을 하는지 너무나도 잘 알았다.

잠시 후 이어질 하라간의 행동은 뻔했다. 18세, 한창나이의 하라간은 흥분을 참지 못하고 여인의 잘록한 허리를 끌어안을 것이다.

그다음은 입술!

그다음은……!

"아악!"

갑자기 여인의 입에서 비명이 터졌다.

"꺄악!"

멍하게 서 있던 검은 피부의 소녀가 양손으로 볼을 감싸며 함께 비명을 질렀다. 황당하게도 하라간은 이 관능적인 여인의 손가락을 붙잡아 그대로 꺾어 버린 것이다.

"하, 하라간 님!"

영문도 모르고 가운데 손가락이 180도로 꺾인 여인은 당황한 표정을 지었다.

여인을 내려다보는 하라간의 눈에서 시퍼런 불똥이 튀었다.

"실비아!"

하라간의 푸들거리는 입술 사이로 '실비아'라는 이름이 새어 나왔다. 비록 그의 발음이 부정확하고 남부의 언어를 사용해서 여인은 알아듣지 못했으나, 하라간은 분명히 실비아라고 말했다.

실비아!

루잉 백작의 부인!

평소 남편 앞에서 온갖 정숙한 척을 다 하며 요망을 떨더니, 남편 몰래 왕세자와 바람을 피우고 결국 남편을 죽음으로 내몬 배덕녀!

지금 하라간의 눈앞에 등장한 까만 머리카락의 여인은 실비아와 꼭 닮아 있었다.

"으드득! 실비아!"

하라간은 성난 야수처럼 으르렁거렸다. 하라간으로부터 뿜어져 나온 차가운 냉기가 노천탕 주변을 싸늘하게 얼렸다. 뜨거운 수증기를 내뿜던 물 표면이 어느새 꽝꽝 얼어붙었다.

"으으으! 하라간 님!"

까만 머리카락의 여인이 눈물을 뚝뚝 흘렸다.

참으로 애처롭고 연약해 보이는 모습이었다. 남자의 보호 본능을 절로 불러일으키는 동작이었다. 하지만 여린 모습과 달리 여인은 속은 부글부글 끓었다.

'이런 미친 새끼! 난데없이 왜 내 손가락을 부러뜨려?'

속으로 이를 가는 여인의 이름은 베레니케!

하라간의 배필감 후보 가운데 한 명이자 마이림의 후계자인 바로 그 베레니케였다.

베레니케는 마이림의 예상보다 몇 배는 더 뛰어난 수완가였다. 그녀는 마이림으로부터 물려받기도 전에 외궁 조직 가운데 일부를 장악해 놓았다.

외궁 7호를 추종하는 상인 조직 일부.

그리고 외궁 4호의 조직원 약간.

아직은 이 정도만 포섭했지만, 조금 더 시간이 흐르면 베레니케는 외궁 조직의 대부분을 흡수할 자신이 있었다.

조금 전 베레니케가 카팁의 하녀들에게 보여 준 나무패는 외궁 4호의 조직에서 사용하는 비밀 신분증이었다. 비록 현재 외궁 4호의 조직은 게브의 환관들에게 공격을 받아 대부분 궤멸 상태였지만, 일부 조직은 아직도 건재했다.

'이 조직은 정말 쓸모가 많아. 대신들 저택에서 일하는 하녀나 하인들 가운데 조직원들이 많아서 활용성이 아주 높거든.'

카팁의 하녀들이 그 좋은 예였다. 베레니케는 조직의 비밀 신분증을 사용하여 하녀들을 물리고 하라간에게 직접 오일 마사지를 해 줄 기회를 잡았다.

'오호호호! 일단 한번 내 나긋나긋한 손길을 받게 되면 세상 그 어떤 남자도 헤어 나올 수 없지. 하라간 님도 예외는 아니야.'

하라간이 목욕을 즐긴다는 사실을 잘 알고 있는 호위병들은 베레니케의 접근을 막지 않았다. 하라간의 친위대원들도 그녀를 노천탕 안으로 그냥 들여보내 주었다. 이때까지만 해도 모든 일은 베레니케의 계획대로 흘러가는 것 같았다.

한데 웬걸?

하라간은 황당하게도 초면인 베레니케의 손가락을 붙잡아 뚝 분질러 버렸다.

아무런 이유도 없이!

그냥!

다짜고짜!

'이야아! 인제 보니 하라간 이거 이놈, 여자를 학대하는 변태였구나!'

베레니케는 하라간을 변태로 오해했다.

돌아가는 정황상 이렇게 오해할 수밖에 없었다. 실제로 베레니케가 아는 귀족들 가운데 여자 노예들을 학대하는 변태들이 꽤 많았다. 그녀는 주인을 잘못 만난 여자 노예들이 지옥의 구렁텅이에서 고통을 받으며 살아가는 모습을 종종 보아 왔다.

'그런데 내가 그 꼴이 될 줄이야!'

인제 보니 하라간은 가학성 변태 중에서도 아주 질이 나쁜 변태였다.

'으드득! 재수 없게 잘못 걸렸어.'

베레니케는 어금니를 꽉 물었다.

하지만 여기서 물러날 수는 없었다. 그건 베레니케의 자존심이 용납하지 않았다.

'얼굴만 번지르르한 이 변태 자식의 비위를 맞추면서 버텨야 해. 그래야 군나르 왕국의 권력을 내 손으로 거머쥐지.'

권력만 손에 넣을 수 있다면 베레니케는 그 어떤 고통이나 모욕도 참을 수 있었다. 그래서 자신의 손가락을 부러뜨린 하라간에게 싹싹 빌었다.

"하라간 님, 소녀가 잘못했사옵니다. 무엇을 잘못했는지
는 모르겠사오나 무조건 소녀가 잘못했사옵니다. 부디 소
녀를 마음껏 벌해 주소서."

가학적인 변태에게 벌을 청하는 것은 상대의 가학성에
불을 지피는 일이었다. 베레니키는 이 사실을 잘 알면서도
일부러 이쪽으로 몰아갔다.

하라간의 변태적 성향(?)을 만족시키기 위해서였다.

쫘악!

하라간의 손이 베레니케의 뺨을 후려쳤다.

베레니케의 턱이 돌아가고 입에서 핏줄기가 뿜어졌다.
강렬한 따귀에 눈앞에서 불똥이 튀는 듯했다. 심지어 베레
니케는 고막까지 다쳐 귀가 멍했다.

Chapter 5

그렇게 대차게 따귀를 얻어맞고도 베레니케는 헤죽 웃었
다.

'햐아! 거 봐! 내 짐작이 맞았지? 하라간, 이 자식은 여
자를 때리면서 쾌감을 느끼는 변태 새끼가 틀림없어. 이야!
왕국 꼴이 잘 돌아간다. 어린놈의 새끼가 벌써 이런 가학성

변태나 되고 말이야. 좋아! 이렇게 된 거, 이 변태 새끼에게 철저하게 맞춰 준다. 이 어린 변태 놈이 만족해서 질질 쌀 때까지 얼마든지 처맞아 주겠어. 때려! 더 때려 보라고, 이 쌍놈아.'

베레니케가 웃는 얼굴로 독기를 품었다.

퍽!

이번엔 하라간의 주먹이 베레니케의 복부에 꽂혔다.

어찌나 무섭게 날아오던지, 베레니케는 하라간의 주먹을 제대로 보지도 못했다. 그저 맞고 나서 상대의 주먹이 배를 뚫고 등으로 튀어나올 것 같다는 생각을 했을 뿐이었다.

"우욱! 우웨에엑!"

베레니케가 뒤늦게 구역질을 했다.

콰악!

하라간은 베레니케의 머리카락을 꽉 쥐고 그대로 물속에 처박았다. 꽝꽝 언 물의 표면을 얼굴로 뚫고 들어가는 바람에 베레니케의 안면은 피투성이가 되었다.

하지만 지금 얼굴이 문제가 아니었다.

"우우웁! 어푸! 어푸!"

노천탕의 돌에 목젖이 꽉 눌린 상태에서 물속에 머리를 처박자 베레니케는 숨이 턱 막혔다. 그녀는 뜨거운 물 속에서 눈물 콧물 다 쏟으며 발버둥 쳤다.

'안 돼! 안 돼! 이러다 진짜 죽겠어. 이 미친 상똘아이 새끼! 나 같은 미녀를 정말로 죽일 셈이야? 어푸! 어푸푸! 살려 줘! 살려 줘!'

베레니케는 정말 필사적으로 몸부림을 쳤다. 학대나 수치심을 참으며 하라간의 비위를 맞춰 주겠다는 안일한 생각은 이미 베레니케의 머릿속에서 달아난 지 오래였다. 이러다가 진짜로 죽을 것 같았다.

하지만 베레니케가 아무리 발버둥 쳐도 하라간의 완력을 당해 낼 수는 없었다. 하라간은 철로 만든 사람처럼 단단했다.

꾸륵! 꼬르르륵!

미친 듯이 버둥거리던 베레니케가 마침내 혀를 쭉 빼물고 기절했다. 베레니케의 사타구니 사이에서 노란 물이 흘렀다.

하라간은 그제야 상대의 머리카락을 놓아주었다.

노천탕 저 구석에선 흑인 소녀가 쪼그려 앉아 있었다. 베레니케의 손에 이끌려 이곳에 따라온 소녀는 눈물을 펑펑쏟으며 울었다.

하라간의 시선이 흑인 소녀를 향했다.

소녀가 하라간을 향해 싹싹 빌었다.

"살려 주세요. 제발 살려 주세요, 목숨만 살려 주시면 뭐든지 다 할게요. 으흐흑!"

이곳에 오기 전까지만 해도 흑인 소녀는 베레니케가 세상에서 가장 무서운 사람이라고 생각했다.

지금은 하라간이 훨씬 더 무서웠다.

하라간이 베레니케를 구타하는 소리는 노천탕 밖에서도 잘 들렸다.

"뭐, 뭐야?"

화들짝 놀란 우세르가 빵을 땅에 떨어뜨렸다.

소금과 후추로 간을 한 돼지고기를 곡물 빵 사이에 끼운 간식은 우세르가 세상에서 가장 좋아하는 것 가운데 하나였다. 평소 우세르는 이 맛있는 빵을 땅바닥에 떨어뜨린 적이 단 한 번도 없었다.

하지만 지금은 예외.

노천탕 안에서 들리는 구타 소리와 비명 소리는 뚱보 소년 우세르의 식욕을 앗아갈 정도로 찰지고 섬뜩했다.

"으으으!"

우세르뿐 아니라 융도 바짝 긴장했다.

삼지창과 그물을 능숙하게 사용하는 융은 하라간의 친위대원들 가운데 레다를 제외하면 가장 용감한 소년이었다.

그런 강심장 융도 노천탕 안에서 들리는 구타 소리에 몸서리를 쳤다.

"하라간 님의 심기가 많이 불편하신가 봐."

융이 조심스럽게 속삭였다.

우세르는 빵을 줍는 것도 잊어버린 채 고개를 끄덕였다.

"융, 우리 조심하자. 아까 만찬장에서도 하라간 님께서 살벌한 분위기를 조성하셨잖아? 아무래도 심상치 않아."

"그래, 우세르. 네 말이 맞아."

"자칫하다가 하라간 님의 분노가 우리에게 날아들지도 몰라. 우우웅!"

우세르가 부르르 몸을 떨었다.

원래 우세르는 매사에 낙천적인 성격이었다. 친위대원이 된 이후에도 그는 다른 사람의 눈치를 본 적이 드물었다.

하지만 최근엔 우세르도 많이 달라졌다. 그의 할아버지인 아바가 게브의 환관들에게 끌려가고, 거의 초주검이 되어서 나오는 모습을 보자 이 천진난만한 소년의 간도 조그맣게 쭈그러든 것이다.

"으으으! 하라간 님은 정말 무서우신 분이야. 우으으으!"

우세르는 손가락으로 자신의 배꼽 아래 두툼한 살을 조몰락거리며 조그맣게 중얼거렸다.

하라간에게 겁을 먹은 사람은 비단 우세르만이 아니었

다. 카팁도 두려움에 젖어 당초 계획을 취소했다.

원래 카팁은 10명의 배필 후보자들을 하라간에게 미리 선보인 다음, 하라간이 관심을 받는 여자가 누구인지 파악할 생각이었다.

그런데 만찬장에서 받은 경고에 놀라 카팁은 모든 계획을 뒤집어엎었다. 덕분에 10명의 후보자들은 하라간의 얼굴을 볼 기회조차 빼앗겼다.

유일하게 하라간과 대면한 베레니케는 얼굴을 붕대로 칭칭 감고 앓아누운 상태.

만신창이가 된 채 의식을 잃은 베레니케를 내려다보면서 카팁이 물었다.

"이게 어찌 된 일이냐? 베레니케가 어쩌다 이렇게 되었어?"

"그, 그것이 저······."

베레니케를 섬기는 흑인 소녀가 벌벌 떨면서 대답을 망설였다.

소녀의 이름은 아이린.

그녀는 원래 노예 출신이었는데, 강단이 있고 눈치가 빨라 베레니케가 곁에 두고 부리는 아이였다. 그런 아이린이 어젯밤의 충격적인 사건 이후로 정신을 못 차렸다.

카팁이 버럭 성을 내었다.

"어서 대답하지 못해? 누가 감히 이 아이를 이 꼴로 만들었단 말이냐?"

"하라간 님이옵니다."

아이린은 대답과 동시에 두 눈을 질끈 감았다.

카팁이 화들짝 놀랐다.

"하라간 님께서? 대체 언제? 아니 왜?"

"으흐흑! 어젯밤 베레니케 님께서는 소녀를 데리고 하라간 님의 숙소를 몰래 찾아가셨습니다."

"뭣? 베레니케가 하라간 님의 숙소를 찾아갔다고?"

베레니케의 맹랑한 행동에 카팁이 주먹을 꽉 움켜쥐었었다.

아이린이 펑펑 울면서 말을 이었다.

"으흐흑! 베레니케 님께선 하라간 님께 오일 테라피 시술을 해 주면서 그분의 마음을 사로잡으실 생각인 듯했사옵니다. 하온데 하라간 님께서 베레니케 님이 마음에 들지 않으셨는지 다짜고짜 손가락을 부러뜨리시고, 따귀를 때리시고, 주먹으로 배를 때리시고, 얼굴을 물속에 처박아 죽이려고 하셨습니다. 흑흑흑흑! 저는 어찌나 무서웠는지 아무런 행동도 하지 못했사옵니다. 흑흑흑흑! 하라간 님은 정말 무서우신 분이십니다. 흑흑!"

"아무런 이유도 없이 하라간 님이 베레니케를 구타하셨

다고? 서, 설마!"

카팁의 입술이 파랗게 질렸다.

'설마 나 때문인가? 나는 배필 후보자들을 군나르 님께 곧바로 추천하지 않고 하라간 님께 먼저 선보여서 그분의 마음을 떠보려고 했었지. 그런데 이 사실을 하라간 님께서 알아차리신 겐가? 맞아! 그 이유가 아니라면 하라간 님께서 난생처음 만난 베레니케를 이토록 모질게 구타하실 리 없어. 나 때문이야. 이건 베레니케가 아니라 내게 경고를 하신 게야. 너도 이렇게 죽어 나갈 수 있으니 납죽 엎드려라! 바로 이 뜻이야! 으으으으으! 어제 만찬장에서 하신 이야기가 결코 빈 말씀이 아니었구나. 이거 진짜로 우리 가문이 멸족을 당할지도 모르겠어. 으어어어!'

카팁은 다리가 후들거려 제대로 서 있기도 힘들었다.

"으어어! 으어어어어!"

정신적 공황에 빠진 카팁은 괴상한 소리를 내면서 자리를 떴다.

카팁의 넋 나간 행동이 아이린을 더더욱 겁먹게 만들었다.

"으흐흑! 무서워."

아이린은 조그맣게 몸을 웅크리고는 무릎 사이에 얼굴을 묻었다. 그녀는 어서 이 무서운 곳을 벗어나 남부의 고향으로 돌아가고 싶을 뿐이었다.

Chapter 6

카팁이 돌아가고 얼마 후, 베레니케가 정신을 차렸다.

"베레니케 님! 정신이 드셨습니까? 흐흐흑!"

아이린이 후다닥 달려왔다.

"호자 이꼬 시프니까 거져!"

베레니케가 날카롭게 쏘아붙였다. 원래 베레니케가 하려던 말은 "혼자 있고 싶으니까 꺼져!"였는데, 이빨이 부러지고 턱이 부어 발음이 뒤틀려 나왔다.

"으흐흑! 베레니케 님."

아이린이 눈물을 펑펑 쏟았다.

애처롭게 흐느끼는 소리에 베레니케는 짜증이 났다.

"아, 저신 사나우니가 우지 마고 거지라니가!"

웅얼거리는 베레니케의 말을 아이린은 잘도 알아들었다.

"정신 사나우니까 울지 말고 꺼지라고요? 알겠습니다. 흐흑! 저는 잠시 물러나 있을 것이니 필요하면 다시 불러 주십시오."

아이린은 이 말을 남기고 자리에서 물러났다.

홀로 남은 베레니케는 욱신거리는 통증을 억누르며 머리

를 굴렸다.

'처음 본 나를 보자마자 팼어. 왜 그랬을까? 평소에도 하라간 님은 목욕 시중을 드는 시녀를 잘 패나?'

베레니케는 외궁 조직에서 수집한 하라간에 대한 정보를 머릿속으로 되새겨 보았다.

하라간이 딱히 폭력적이라는 기록은 없었다. 하지만 왕궁의 시녀나 환관들이 하라간을 무척 어려워한다는 정보는 읽은 것 같았다.

'왜 시녀들이 하라간 님을 어려워하겠어? 역시 하라간 님은 가학 성향의 변태가 분명해. 원래 그렇고 그런 성향이 었는데, 왕궁의 시녀들보다 훨씬 더 아름답고 매력적인 나를 보자 하라간 님이 잔뜩 흥분하신 거야. 그래서 무식하게 달려들어 주먹을 휘두르신 거지.'

이렇게 추리하자 앞뒤가 딱딱 맞았다.

베레니케는 또 생각했다.

'그런데 왜 나만 팼을까? 아이린, 고년은 내버려 두고 왜 나만?'

답은 뻔했다.

'하라간 님은 성숙한 여자가 취향이야. 젖비린내 나는 애송이 흑인 소녀는 관심이 없으셨던 거지. 그래서 유독 내게만 반응을 보이신 거야. 틀림없어.'

베레니케의 엉뚱한 추리는 계속되었다.

'그런데 이상하다? 가학 성향의 변태 귀족들은 대부분 여자 노예를 힘껏 채찍질하고 괴롭힌 다음에 자신들의 욕망을 채우던데, 왜 하라간 님은 나를 때리기만 하시고 그냥 두셨지?'

어젯밤 하라간은 베레니케를 죽도록 두드려 팼다.

그러고는 끝.

하라간은 베레니케에게 더 이상의 성적인 행동을 하지 않았다. 베레니케는 이 점이 마음에 걸렸다.

'이유가 뭐지? 내가 너무 일찍 기절해서 흥미가 식었나?'

생각해 보니 이것이 이유일 것 같았다.

'그래! 맞아! 가학성 변태들은 여자 노예들을 괴롭히면서 그 반응을 즐기잖아? 그런데 내가 그냥 기절해 버리니까 관심이 식으신 거지. 역시 난 똑똑해!'

자화자찬으로 마무리를 한 뒤, 베레니케는 곰곰이 대책을 생각했다.

'다음번엔 기절하지 말고 좀 더 버텨 봐? 하라간 님이 반응을 보이실 때까지 버텨? 으으으!'

베레니케는 '일단 기절은 하지 말자.'라고 결심했으나, 진짜로 하라간의 폭력을 견뎌 낼 수 있을지 자신이 없었다.

'또다시 그렇게 처맞기는 싫은데…… 무식하게 버티는 것 말고 하라간 님의 마음을 사로잡을 수 있는 다른 방법이 없을까?'

아무리 머리를 굴려도 그럴듯한 방법이 떠오르지 않았다. 베레니케는 머리를 감싸 안고 고민했다.

'나 말고 딴 여자를 데려가서 대신 때리라고 할까? 하라간 님보다 연상에, 성숙한 매력이 있으면서, 폭력에 대한 맷집도 좋은 여자! 어디 그런 여자 없나?'

베레니케는 대리녀(?)를 세울까 생각했다.

하지만 곧 고개를 가로저었다.

'아니지. 그러다가 하라간 님이 내가 아니라 그년을 총애하시면 곤란하지. 매를 맞아도 내가 맞아야 해. 아! 젠장! 두고 보라지. 일단 내 치마폭에 휘감은 뒤에 반드시 복수할 거야. 내가 받은 수모를 하라간 님께 다 갚아 줄 거라고. 하라간 님이 아끼는 부하들을 이간질시켜 다 찢어 죽이고, 총애하는 계집들은 싹 다 모가지를 뽑아 버릴 테다! 으으으윽!'

베레니케의 눈이 복수심으로 활활 불타올랐다.

어쨌거나 오늘 베레니케가 내린 결론은 두 가지였다.

첫째, 포기하지 말고 하라간 님께 계속 처맞자! 이대로 포기하기엔 어제 맞은 것이 아깝다.

둘째, 이 빚은 나중에 반드시 갚아 준다! 몇십 배의 이자를 붙여서 꼭 갚아 주고야 만다.

악녀 베레니케는 이 두 가지를 마음속 깊숙이 새겼다.

하라간은 왕궁으로 복귀하기 전 베레니케를 찾았다. 베레니케가 붕대를 칭칭 감고 누워 있는 가운데 하라간이 침실에 들어왔다.

베레니케의 시중을 들던 하녀들이 조용히 자리를 비켜주었다. 흑인 소녀 아이린도 벌벌 떨면서 방에서 나갔다.

실내엔 단 두 사람만 남았다.

하라간이 어렵게 입술을 떼었다.

"네 잘못이 아니다."

'뭐? 내 잘못이 아니라고?'

베레니케는 잠이 든 척하면서 하라간의 말에 귀를 기울였다.

'당연히 내 잘못이 아니지. 하라간 님의 독특한 취향이 문제일 뿐이지. 쳇! 누가 그걸 모르나.'

베레니케는 하라간 몰래 입술을 씰룩거렸다. 그러면서 실눈을 뜨고 몰래 하라간을 곁눈질했다.

희한하게도 하라간은 베레니케의 얼굴을 똑바로 바라보지 못했다.

'흥! 낮에는 부끄러움이 많은 소년이라는 건가? 밤이 되면 가학성 변태 야수로 돌변하고? 전형적인 낮져밤이 스타일이구면.'

낮져밤이란 낮에는 지고 밤에는 이긴다는 뜻으로, 군나르 왕국 남부 지방의 귀부인들 사이에서 즐겨 사용되는 속어였다. 남편 몰래 애인을 두는 귀부인들은 이 낮져밤이 스타일의 미소년들을 선호했다. 물론 베레니케도 그중 하나였다.

사실 하라간이 베레니케를 외면하는 이유는, 실비아를 연상시키는 이 저주스러운 얼굴을 보았다가는 또다시 짓뭉개 버리게 될까 봐 우려해서였다.

하지만 베레니케는 이 사실을 알지 못했다.

하라간의 독백이 이어졌다.

"네게 미안하다는 말은 하지 않겠다."

'어이구! 그러세요? 네게 미안하다는 말은 하지 않겠다고요? 이젠 나쁜 남자 스타일까지 보여 주시렵니까?'

베레니케가 속으로 콧방귀를 끼었다.

마나의 벽 4단계

Chapter 1

이번엔 하라간이 한숨을 내쉬었다.

"휴우우! 나도 아직 멀었군. 자제력으로 충분히 억누를 수 있다고 생각했는데, 이제는 흥분하지 않을 줄 알았는데, 어제는 도저히 참지 못하고 폭발을 했어. 지금은 그냥 간다만, 어쩌면 나중에…… 나중에 너를 다시 찾게 될지도 모르겠구나. 끓어오르는 이 울분을 풀 곳이 없으면 또다시 너를 찾아 어제와 같은 짐승으로 돌변할지도 모르겠어."

'오호라! 나만 보면 짐승이 되어 버린다고?'

베레니케가 귀를 쫑긋 세웠다.

그것도 모르고 하라간은 딴생각에 골몰했다. 하라간은

하루빨리 군나르 왕국을 안정시키고 남부 연합으로 내려가 실비아에게 복수를 할 생각이었다. 그런데 복수가 늦어지게 되면 분노가 임계점을 넘어서 또다시 끓어오를지 모른다고 판단했다.

'그때가 되면 나는 어젯밤처럼 이성을 잃을지도 몰라. 실비아와 쌍둥이처럼 닮은 이 여자를 또 찾아와서 야수와 같은 분노를 쏟아부을지도 모른다고.'

하라간은 입술을 질겅질겅 씹었다.

이렇게 이성을 잃고 폭발하는 것은 하라간이 가장 경멸하는 것 가운데 하나였다. 하라간은 언제나 냉철하고 이성적으로 행동해 왔다.

그런데 어젯밤에는 스스로가 통제되지 않았다.

'앞으로 이와 같은 일이 또 벌어지지 말라는 법이 없어. 그때는 내가 이성을 잃고 이 여자를 찾아내어 죽여 버리게 될지도 몰라.'

하라간은 힘겹게 다시 입을 열었다.

"네 얼굴을 보면 참지 못하고 또다시 폭발할지도 모른다. 그러니 멀리 떠나라. 내 눈에 닿지 않는 곳으로 멀리 떠나!"

그 말을 끝으로 하라간은 휙 돌아섰다.

베레니케가 숨죽여 웃었다.

'풋! 하라간 님도 참 귀엽네. 내 얼굴을 보면 어젯밤처럼 야수로 돌변할 것 같단 말이지? 어젯밤에도 도저히 참지 못하고 본능이 폭발한 거란 말이지? 억지로 억눌러 왔던 본능 말이야! 호호호! 그렇지. 완전히 매력 덩어리인 나를 만나면 그 어떤 사내라도 본능이 폭발할 수밖에 없지. 그래서 이성을 잃고 내게 가학적 변태 짓을 했는데, 막상 아침이 되니까 후회가 되었을 거야. 그래서 나더러 멀리 떠나라는 거겠지? 후후훗! 하라간 님이 내게 죄책감을 가지셨어.'

베레니케의 생각에 이건 아주 좋은 징조였다.

'내게 죄책감이 생겼다는 것은, 다시 말해서 내 소원은 다 들어준다는 뜻이 아닐까? 밤에 폭력을 행사하고 아침이 되면 지난밤의 행동이 너무 미안하고 부끄러워서 내가 원하는 것은 무엇이든 다 들어주고! 그럼 나는 앞으로 이걸 무기로 하라간 님께 무엇이든 요구할 수 있잖아? 내가 아끼는 이 신하를 동부 지방의 토후로 임명해 주세요. 이 신하는 꼴도 보기 싫으니 멀리 귀양을 보내 버려요. 하라간 님이 군주가 되신 후, 내가 이렇게 배후에서 조종을 하게 될 수도 있단 말이지. 오호호호호훗!'

하라간과 베레니케.

베레니케와 하라간.

오해의 골은 점점 더 깊어져만 갔다.

왕궁으로 돌아온 뒤에도 하라간의 마음은 진정이 되지 않았다.

"제길! 제길! 제길! 내가 이렇게 충동적인 사람이었다니! 내가 나 자신을 통제할 수 없다니! 제길! 제길! 제기랄!"

하라간은 머리카락을 쥐어뜯으며 자책했다.

베레니케에게 미안한 마음은 별로 없었다. 하라간은 루잉 백작이던 시절을 포함해서 늘 강자였다. 약자였던 기억은 거의 없었다. 그래서 일방적으로 두드려 맞은 사람이 얼마나 큰 고통을 겪는지 알지 못했다. 베레니케도 '좋은 의원을 붙여 주었으니 곧 나을 거야.'라고 마음 편하게 생각해 버렸다. 참으로 무책임하고 제멋대로인 태도였다.

어쨌거나 하라간은 베레니케 때문이 아니라 자기 자신 때문에 마음이 아팠다.

"내가 이렇게 나약했다니! 내 마음이 이토록 연약했다니! 안 돼! 이래선 안 돼! 난 더 강해져야 해. 더 단단해져야 한다고! 우아아아악!"

하라간은 악을 쓰며 발광을 하다가 무시무시한 눈으로 검을 노려보았다.

벽에 걸린 검이 휘리릭 날아와 하라간의 코앞에 날카로운 날을 들이밀었다. 하라간은 하나의 점으로 압축된 검 끝을 사납게 응시했다.

허공에 둥둥 떠 있는 검이 하라간을 날카롭게 겨냥했다.

하라간은 검 끝과 눈싸움이라도 하는 것처럼 굴었다. 눈한 번 깜빡이지 않고 검 끝, 그 한없이 작게 응축된 하나의 점에 집중했다.

하라간의 의식은 이미 사라지고 없었다.

고도의 집중력이 하라간의 주변 풍경을 모두 앗아 갔다. 세상이 백지가 되었다. 아무것도 없이 텅 빈 그 백색의 공간 안에는 오직 하라간과 검 끝만 존재했다.

'공간이란 무엇인가?'

하라간은 문득 이런 생각을 했다.

'내 눈앞에 보이는 이 하나의 점! 이 점은 과연 진짜 점일까? 아니면 아주 조그만 공간일까?'

당연히 공간이다. 아무리 예리한 검 끝도 면적이 전혀 없을 수는 없었다. 검 끝을 몇만 배로 확대해서 보면 분명 둥그런 산봉우리처럼 보일 것이 분명했다.

'그렇다면 점이란 무엇인가? 세상에 부피와 면적이 없는 진짜 점이라는 것이 존재하기는 할까?'

점과 공간!

하라간은 사고의 영역을 좀 더 넓혔다.

'그렇다면 선이란 무엇인가? 실제로 선이 존재할까? 펜으로 종이에 선을 쭉 그린다고 치자. 그 선은 정말로 선인

가? 크게 확대해 보면 선이 아니라 굵은 도로가 지나간 것처럼 느껴지지 않을까?'

하라간이 생각을 하는 동안 검이 방향을 틀어 검날을 보여 주었다.

하라간은 종잇장도 베어 낼 것 같은 그 예리한 검날에 집중했다. 크게 확대해서 보면 이 날카로운 검날도 뭉툭해 보일 것이 분명했다.

'검으로 사물을 벤다는 것은 무엇인가? 검날이 만들어 내는 선으로 공간을 잘라 2개로 나누는 것이 곧 사물을 베는 것인데, 이게 진짜로 가능한가?'

아니, 불가능했다. 검으로 물건을 베는 장면을 몇만 배확대해서 보면, 산맥처럼 뭉툭한 검날이 물체의 일부를 짓뭉개면서 지나갈 뿐, 선으로 물체를 가르는 것이 아니었다.

'그렇기 때문에 검으로 물건을 벨 때 저항감이 느껴지는 것이지. 뭉툭한 날이 물체의 일부를 뭉개면서 지나가니까 저항감이 느껴지는 것이 당연해. 하지만 진짜 선이 있다면 어떨까? 폭이 전혀 없는 선이 공간을 지나가면 물체를 베어도 아무런 저항이 없지 않을까?'

하라간의 생각은 점점 더 깊어졌다.

'검 끝으로 찌르는 것도 마찬가지야. 뭉툭한 면적으로 물체를 쑤시니까 저항력이 발생하지. 하지만 부피나 면적

이 없는 진짜 점이라면 어떨까? 그런 점이 쑤시고 들어오는데 저항이 발생할 수 있을까?'

저항력이 발생하려면 두 가지 요건이 필요했다.

첫 번째는 힘!

두 번째는 그 힘을 받는 면적!

'만약 면적 0인 점이 쑤시고 들어온다면 아무런 저항도 없지 않을까? 만약 내가 진짜 점과 진짜 선으로 공격한다면 그 어떤 방어막도 다 통과하게 되지 않을까?'

Chapter 2

진짜 점!

진짜 선!

결국 검이 추구하는 본질은 '점과 선을 어떻게 구현하는가?' 에 달렸다. 하라간은 이렇게 결론을 내렸다.

그렇다면 과연 진짜 점을 어떻게 만들 것인가?

또한 진짜 선은 어떻게 구현할 것인가?

'인간의 능력으로 이것이 가능하기는 할까?'

하라간은 선뜻 방법을 찾지 못했다. 하지만 머릿속으로 진짜 점과 진짜 선을 상상하는 것은 가능했다.

마나의 벽 1단계!

에너지, 즉 마나를 무기에 응집시켜 빛의 발현을 이루는 단계!

마나의 벽 2단계!

무기에 실체(에너지)와 정신(혼)을 실어 무기를 자유자재로 조종하는 단계!

마나의 벽 3단계!

마음으로 무기를 만들어 그 무기에 무한한 자유를 부여하는 단계!

쉽게 말해서 마나의 벽 1단계는 마나를 무기에 응집시켜 무엇이든 벨 수 있도록 무기를 강화하는 수법이고, 마나의 벽 2단계는 무기를 허공에 날려 의지대로 조종할 수 있는 수준을 뜻하며, 마나의 벽 3단계는 마음으로 무기를 만들어 내는 경지였다.

하라간은 불과 18세에 이 세 가지 단계를 모두 돌파했다.

남부 연합을 통틀어서 마나의 벽 3단계에 도달한 초인은 단 2명에 불과했다. 오직 이 2명만이 북부의 아홉 군주들과 맞서 싸울 자격을 갖추었다.

4년 전, 루잉 백작도 이 3단계를 밟았지만 아쉽게도 그의 육체는 소멸되었고 영혼은 하라간과 하나로 합쳐졌다.

중요한 점 또 하나!

마나의 벽 3단계에 도달한 초인 가운데 순수한 기사 출신은 루잉 백작 단 한 명뿐이었다. 나머지 2명의 초인은 각각 마법사와 몽크(Monk: 수도승) 출신이었다.

대륙의 역사를 살펴보면, 3단계 벽을 돌파한 초인들은 대부분 마법사나 몽크들이지 기사나 무사 출신은 드물었다. 왜냐하면 마법사와 몽크가 상대적으로 기사들보다 마음 수련을 많이 하기 때문이었다.

대신 기사나 무사들 중에 마나의 벽 3단계를 돌파한 초인이 탄생하면, 그는 동일한 단계의 마법사나 몽크보다 전투력이 더 뛰어났다.

하라간이 바로 이 상태!

하라간은 굳이 마물의 힘을 사용하지 않더라도 북부의 아홉 군주들과 어깨를 견줄 만큼 무력이 강했다. 그 지고한 깨달음이 하라간의 머리를 맑게 만들었다.

'그렇지! 내게는 마음의 검이 있다. 마음으로 만들어 낸 상상의 검! 그런 검이라면 진짜 점과 진짜 선을 구현할 수 있지 않을까?'

하라간은 도전을 망설이지 않았다. 마음속으로 곧 한 자루 검을 떠올렸다.

스르르룽!

하라간의 눈앞에 새하얀 빛이 뭉쳤다. 길쭉하게 자라난 빛은 이내 검의 형상을 갖추었다. 이건 하라간이 만들어 낸 마음의 검이었다.

하라간은 두 눈을 감고 검의 모양을 가다듬었다. 검 끝을 확대하고 또 확대해 가면서 점점 더 예리하게 뽑아냈다. 하라간이 머릿속으로 아무리 예리한 검을 상상해서 구현해도, 그 검의 끝 부분을 10,000배 이상으로 확대해서 보면 여전히 뭉툭해 보였다.

하라간은 수도 없이 검을 확대하면서 그 끝을 점점 더 날카롭게 가다듬었다.

하라간이 만들어 낸 마음의 검은 그 검 끝이 점점 더 하나의 점으로 좁혀져 갔다. 동시에 검날도 하나의 선으로 수렴해 갔다.

그렇게 하라간은 검날을 세우고, 다시 또 세웠다.

하라간이 온 마음을 다해 무한히 작은 면적과 무한히 작은 선을 상상해 내자 마침내 한 자루의 백색 검이 하라간 앞에 등장했다.

이 검은 조금 전 하라간이 뽑아내었던 마음의 검과 다를 바가 없어 보였다.

하지만 실제로는 하늘과 땅 차이였다. 이 검 한 자루를 상상해 내기 위해 하라간은 진땀을 흘리며 무한 소(小)로

수렴하는 작업을 반복해야 했다. 그 지독한 마음의 응집력이 마침내 한 자루의 검을 탄생시켰다.

이것은 하라간의 온 마음이 다 담긴 검이다!

하라간의 온 정성이 모두 응축된 검이다!

하라간은 이 검을 휘둘러 공간을 베었다.

썽둥!

상상 속의 공간이 잘려 나갔다.

아니, 이건 단순히 자른다고 표현할 수 없는 행동이었다. 하라간이 한 것은 그저 마음속의 선으로 공간을 둘로 구분 지었을 뿐이었다.

공간은 아무런 저항 없이 두 쪽으로 나뉘었다.

그 결과는 엄청났다.

구구구구궁!

하라간이 머무는 친전의 웅대한 건축물이 비스듬한 기울기로 잘려 스르륵 미끄러졌다. 건물뿐 아니라 왕궁 상공 전체가 거대한 원반으로 가른 듯 반듯하게 잘렸다. 공기가 잘리고, 구름이 잘리고, 날아가던 새가 두 쪽이 났다. 다만 군나르 왕궁에서 하라간의 거처가 가장 높은 곳에 있기에 다른 건축물에는 피해가 발생하지 않았을 뿐이다.

"으아아아악!"

"친전 건물이 무너진다!"

"하라간 님! 하라간 님이 위험하시다. 어서 하라간 님을 구해라!"

건물 하층부에서 환관들의 호들갑 소리가 귀청을 찢었다. 친위대원들도 깜짝 놀라 위층으로 뛰어올라 왔다.

쿠아아앙!

썽둥 잘린 건물 상층부가 그대로 미끄러져 지상에 처박혔다. 그 파편이 사방으로 튀고 먼지가 온 하늘을 뒤덮었다.

하라간은 몸이 서늘해지는 것을 느꼈다. 그의 방을 둘러싼 벽이 통째로 잘려 나가자 푸른 하늘이 그대로 하라간의 눈에 들어왔다. 폐허의 한복판에서 하라간은 두 눈을 지그시 감고 양팔을 스르륵 들었다.

자욱하게 솟구친 먼지는 하라간의 근처에 접근하지 못했다.

'아아아!'

한줄기 강렬한 희열이 하라간에게 찾아왔다. 하라간은 자신도 모르게 고개를 뒤로 젖혔다. 입을 딱 벌렸다.

화아악—!

눈을 뜨기 힘든 백색의 광채가 하라간의 몸을 감싸며 사방으로 퍼져 나갔다.

이것은 사람의 눈으로는 그 진체를 볼 수도 없고 사람의 귀로는 들을 수도 없는 이적의 순간이었다. 이 순간 우주는 하라간 단 한 명을 향해 미친 듯이 함몰되었다. 태양은 밝은 빛을 접고 구름 뒤에 숨었다. 대륙이 진동하고 마해와 천계가 뒤틀렸다. 먼 산속의 짐승들이 고개를 위로 치켜들고 마구 짖어 댔다.

후오오옹!

하라간은 백색의 광채 속에서 오롯이 다시 태어났다. 휘황찬란한 빛무리 속에서 하라간의 신체가 재구성되었다. 감각이 놀랍도록 발달했다.

마나의 벽 4단계 돌파!

역사상 그 누구도 밟지 못했던 경지였다. 세상에 이런 경지가 있다는 사실조차 아는 사람이 없는, 그런 아득한 수준이었다. 하라간은 아무도 알지 못하고 아무도 상상하지 못했던 세계에 첫발을 내디뎠다.

세상 그 누구도 인식하지 못했으나, 지금 이 순간 역사는 구시대의 모든 문을 닫고 하라간 시대의 새 문을 활짝 열었다.

Chapter 3

친전의 상층부가 썽둥 잘려 나간 뒤, 그 주변은 아수라

장이 되었다. 환관들과 호위병들이 이리저리 뛰어다니면서 사고의 뒷수습을 했다.

그사이 하라간은 군나르의 부름을 받고 웃전에 들었다.

"무슨 일이 있었더냐? 조금 전 친전이 붕괴되었다고 들었다. 혹시 어디 다친 것은 아니지?"

군나르가 하라간을 걱정했다.

하라간은 환한 웃음으로 답했다.

"저는 괜찮습니다. 반역이 일어나서 친전이 무너진 것도 아니었고요. 그저 제가 과하게 무언가를 실험하다가 친전 건물을 날려 먹었습니다. 할아버님께 걱정을 끼쳐드려서 죄송합니다."

"그러냐? 무슨 실험을 했기에 고층 건물이 통째로 날아간단 말이냐? 혹시 네 마물과 관련된 실험이었느냐?"

군나르는 하라간의 마물이 어떤 존재인지 정확하게 알지 못했다. 그저 심해저 레벨의 마물이라는 사실만 짐작할 뿐이었다.

2년 전 성인식을 마치고 마해에서 복귀한 뒤 하라간은 군나르에게 "제 마물은 도감에 나오지 않습니다. 아직까지 알려지지 않은 마물입니다."라고만 간단하게 고했다.

사실 심해저 레벨의 마물들은 거의 알려진 바가 없었다. 욘 아르네의 마물 키르샤가 거의 유일하게 세상에 알려진 심해저 레벨의 마물이었다.

군나르도 하라간의 마물에 대해서 깊이 캐묻지 않았다. 마물에 대한 정보는 그 어떤 군사 정보보다 더 중요한 보안 사항이기 때문이다. 군나르는 하라간을 위해서 하라간의 마물에 대한 비밀을 덮어 두기로 마음먹었고, 그 자신도 궁금증을 억눌렀다.

그런데 이번에 친전 건물이 날아가는 사고가 터지자 묻지 않을 수가 없었다.

하라간은 잠시 망설이다가 고개를 끄덕였다.

"그렇습니다. 제가 마물의 권능을 테스트하다가 그만 실수를 했습니다. 죄송합니다."

하라간은 거짓으로 마물 핑계를 대었다. 마나의 벽 4단계에 대해서 군나르에게 차마 털어놓을 수가 없었기 때문이다.

솔직히 하라간은 군나르를 속이고 싶은 마음은 없었다. 하지만 마나의 벽을 고백하면 루잉 백작에 대해서 이야기할 수밖에 없고, 그렇게 되면 일이 너무 커질 것 같았다. 그리고 무엇보다 군나르의 마음을 아프게 할까 봐 두려웠다.

'죄송합니다, 할아버님.'

하라간은 마음속으로 군나르에게 용서를 빌었다.

다행히 군나르는 하라간의 말을 의심하지 않았다.

"어허허! 네 마물이 대단한 것은 짐작하고 있었다만, 이 거 내 생각보다 훨씬 더 엄청나구나! 힘 조절을 잘못했을 뿐인데 건물 상층부를 박살 낼 정도야? 어허허허허!"

의심은커녕 군나르는 하라간의 무력이 강함을 기뻐했다.

"그깟 건물쯤이야 아무것도 아니다. 무너진 친전이야 다 시 지으면 그만이지. 그나저나 재건축을 할 동안 네가 머물 곳을 찾아봐야겠구나. 허허허!"

군나르는 연신 웃음을 터뜨렸다.

'죄송합니다. 정말 죄송합니다.'

하라간은 거듭 마음속으로 사죄했다.

하라간은 웃전에서 가까운 3층 건물을 임시 거처로 정했 다.

군나르 왕궁의 수많은 건축물들 가운데 가장 위엄이 넘 치는 곳은 군나르의 웃전이고, 가장 높은 고층 건물은 하라 간의 친전이었으며, 가장 아름다운 곳은 마이림의 궁전이 었다.

하라간의 임시 거처는 이 세 곳에 비하면 한없이 초라했 다. 아무런 장식 없이 직사각형의 밋밋한 형태에 방 24개 가 고작.

하지만 하라간은 개의치 않았다.

"숙소가 중요한 것은 아니야."

루잉 백작이던 시절 하라간은 거의 10년 이상을 들판에서 야영을 했다. 좁은 텐트를 치고 그 안에서 쪼그려 잠을 청하던 때를 생각하면 이 임시 거처는 대궐이나 마찬가지였다.

반면 대머리 환관들은 마음이 심란했다.

"흐흑! 고귀하신 하라간 님께서 이런 남루한 곳에서 머무시다니요. 이건 말이 되지 않사옵니다."

"마땅히 더 우아하고 화려한 곳에 머무셔야 하옵니다. 흐흐흑! 지금이라도 마음을 바꾸시어 좀 더 나은 건물을 고르소서."

대머리 환관들은 손수건으로 눈물을 찍으며 간청했다.

하라간이 손을 휘휘 내저었다.

"정신 사나우니까 그만 울어. 그리고 여기서 계속 살 것도 아니고. 친전을 재건축할 동안 임시로 머물 뿐이잖아. 그런 용도라면 이만하면 되었지. 침실도 적당한 크기고, 욕실도 적당하고, 주변에 산책로도 조성되어 괜찮네."

"하오나 하라간 님……."

"닥쳐!"

"네에?"

"그만 입 닥치라고. 나는 여기를 임시 거처로 정했으니까 이 건물이 싫으면 더 이상 나를 모시지 마."

하라간은 환관들이 찍소리도 하지 못하도록 면박을 주었다.

놀란 환관들이 그 자리에 풀썩 엎드려 빌었다.

"으헉! 하라간 님!"

"저희가 하라간 님을 모시지 않으면 누가 모시오리까? 그런 참담한 말씀은 거두어 주소서."

"그렇사옵니다. 저희는 시궁창에서 쪽잠을 자는 한이 있더라도 하라간 님을 끝까지 섬길 것이옵니다."

하라간은 그제야 화를 누그러뜨렸다.

"끝까지 나를 섬기겠다고?"

"물론이옵니다."

"저희가 죽는 날까지, 아니 죽고 난 이후에도 하라간 님을 섬길 것이옵니다."

대머리 환관들이 연신 허리를 굽실거렸다.

하라간은 손가락으로 3층 건물을 가리켰다.

"좋아. 그렇다면 딴소리 말고 짐부터 옮겨. 지금부터 여기가 내 임시 거처야."

그 단호한 말투에 환관들이 압도당했다.

"흑흑! 하라간 님의 명을 받들겠나이다."

"서둘러 짐을 풀고 하라간 님께서 편히 쉬실 수 있도록 준비하겠나이다."

대답은 번개처럼 했지만 환관들이 짐을 다 풀기까지는 꽤 오랜 시간이 걸렸다. 대머리 환관들은 무려 수백 명의 인력을 한꺼번에 동원해서 3층 건물 내부의 인테리어를 싹 뜯어고치고 화려하게 다시 꾸몄다. 하라간이 사용할 욕실도 미끈한 대리석 마감재로 뒤덮어 깔끔하게 손을 보았다. 건물 주변 산책로도 다시 정비했으며, 경비 초소도 일정 간격으로 세웠다.

이 모든 작업들이 불과 아홉 시간 만에 이루어졌다. 군나르 왕국의 건축 기술이 그만큼 발달한 덕분이었다.

느지막한 밤.

하루 일과를 마친 하라간이 임시 거처로 돌아왔다.

"어?"

화려하게 바뀐 건물 내부에 하라간이 눈을 동그랗게 떴다.

대머리 환관들이 조심스레 하라간의 눈치를 보았다.

"어떻사옵니까? 하라간 님의 마음에 드시옵니까?"

"건물이 비좁고 주어진 환경이 열악하여 많이 미흡하긴 하오나, 그래도 저희 나름대로 손을 좀 보았나이다."

"혹시라도 마음에 들지 않는 부분이 있으면 하명해 주시옵소서. 저희가 내일까지 싹 고쳐 놓겠나이다."

대머리 환관들은 조마조마한 마음으로 하라간의 평가를 기다렸다.

　하라간의 평은 긍정적이었다.

　"아니. 마음에 들어. 이 정도면 충분하니까 더 이상 쓸데없는 일에 손대지 마."

　"쓸데없는 일이라니요? 하라간 님의 숙소를 꾸미는 것보다 더 중요한 일이 어디 있단 말씀이시옵니까?"

　"황망하신 말씀을 거두어 주십시오."

　환관들이 펄쩍 뛰었다.

　"쓰읍! 그만하라니까!"

　하라간이 인상을 구겼다.

　놀란 환관들은 자라처럼 목을 웅크렸다.

　"네에, 요 방정맞은 주둥아리를 그만 놀리겠사옵니다."

　침실을 지나 욕실에 들어간 하라간은 한 번 더 놀랐다. 크기만 크고 휑하던 욕실이 고급 대리석과 황금으로 장식되어 화려하게 재탄생했기 때문이다. 인간의 몸에 사냥개의 머리를 매단 조각상에선 뜨거운 물이 콸콸 쏟아졌다.

　"하라간 님, 어서 오십시오."

　침방에서 파견 나온 시녀 3명이 아랫배에 양손을 얹고 허리를 90도로 굽혀 하라간을 맞았다.

　하라간은 피식 웃었다.

"역시 권력이 좋긴 좋아. 몇 시간 만에 이렇게 뚝딱 고쳐 놓다니 말이야."

"네?"

말귀를 못 알아들은 시녀들이 귀엽게 눈을 깜빡거렸다.

하라간은 손을 내저었다.

"아니다. 되었다. 목욕이나 하자."

"네, 하라간 님."

"저희가 모시겠나이다."

3명의 시녀가 사뿐히 다가와 하라간의 탈의를 도와주었다. 하라간과 시녀들을 양옆에 끼고 뭉게뭉게 피어오르는 수증기 속으로 들어갔다.

새 보금자리에서 맞는 첫날은 그렇게 지나갔다.

Chapter 4

대륙 중서부.

북으로는 군나르 왕국과 맞닿아 있고, 동쪽으로는 네우로이(Neuri: 수인족)들이 다스리는 토레 왕국과 경계를 나눈 지역에 왕국이 하나 들어서 있었다.

이 왕국의 군주는 스벤센 아르네 솔샤르!

당연히 왕국의 이름은 스벤센이었다.

북부인들은 스벤센 일족이 과거 전 대륙을 공포에 떨게 만들었던 거인족의 후예라고 믿었다. 실제로 군주인 스벤센을 포함해서 왕국의 왕족들은 모두 키가 2미터가 훨씬 넘는 거구였으며, 성정이 거칠고 포악했다. 스벤센 일족은 턱이 유난히 발달했고, 이빨도 뾰족하게 돋아 있어 일반 사람들과는 다른 느낌을 주었다.

빵을 먹는 것보다 전투를 더 좋아한다는 이 호전적인 일족은 수천 년의 역사 동안 타인에게 머리를 숙인 적이 없을 만큼 자존심이 강했다.

예외는 단 한 번.

800년 전, 대륙을 휩쓸었던 신인 욘 아르네만이 스벤센 일족의 허리를 굽히도록 만들었다.

북부의 아홉 군주 가운데 퀸 잉그리드를 제외하면 가장 나이가 젊은 스벤센은 '마왕'이라고 불릴 만큼 포악하고 무서운 인물이었다. 그는 30년 전 아버지를 죽이고 군주의 자리를 찬탈하였으며, 왕이 된 이후에는 피를 나눈 형제들을 모조리 도륙했다.

피비린내 나는 골육상잔 끝에 절대 권력을 한 손에 움켜쥔 스벤센은 대륙 서부에 어마어마한 규모의 궁궐을 짓고 그 안에 들어앉아 왕국을 다스렸다.

스벤센의 자식들은 세상에서 스벤센을 가장 두려워했다. 하지만 세상에서 스벤센을 가장 닮고 싶어 하기도 했다.

스벤센의 열여덟 번째 아들 롤로도 그중 하나였다.

키가 230센티미터인 롤로는 밤색 수염을 배꼽까지 기르고 오른손엔 도끼, 왼손에 묵직한 해머를 들고 싸웠다.

이 모든 것이 부친을 본뜬 행동이었다.

스벤센은 무수히 많은 자식을 두었는데, 이 가운데 무력이 출중한 5명의 아들들만을 자신의 핏줄로 인정했다.

성정이 차갑고 치밀한 셋째 아들 류리크!

어디로 튈지 모르는 다섯째 아들 기욤!

저돌적이고 맹목적인 충성심을 보이는 일곱째 루스!

스벤센을 가장 많이 닮은 열여덟 번째 아들 롤로!

속을 알 수 없는 막내 노브고로트!

이상 5명이 스벤센의 신임을 받아 왕국의 오대군단장에 임명되었다.

이 가운데 열여덟 번째 아들인 롤로는 스벤센 왕국의 4군단장이자 북부 전선을 총괄하는 지휘관이었다.

사실 롤로는 4군단에 배치된 것을 싫어했다. 롤로가 원하는 곳은 동부 전선, 즉 토레 왕국과 국경을 맞댄 1군단이나 2군단, 3군단이었다.

스벤센 왕국은 전통적으로 토레 왕국과 사이가 나빴다.

포악한 거인족의 후예 스벤센 왕국!

사나운 수인족의 집합체 토레 왕국!

이 둘은 물과 기름처럼 섞이지 못하고 늘 으르렁거렸다.

"그러니까 이 롤로 님이 동부 전선으로 가야지. 그곳에 가서 이 도끼와 해머로 노린내 풍기는 짐승 새끼들의 대갈통을 뽀개 줘야 하는 것인데. 쯧쯧쯧!"

평소에도 그래 왔듯이 롤로는 오늘도 크게 한탄을 했다.

롤로가 배치된 북부 전선은 동부 전선에 비해 긴장감이 완전히 떨어졌다. 국경선 너머 군나르 왕국은 스벤센 왕국과 다툴 생각이 전혀 없었고, 스벤센도 군나르 왕국을 함부로 도발하지 말라고 명령했다. 덕분에 이곳 북부 전선은 휴양지처럼 평온했다.

"크아아! 피가 끓는다. 부글부글 끓는 내 피를 식혀 줄 전장이 필요한데, 이렇게 한가한 북부 전선에서 난 뭘 하고 있는 거야? 크우우우!"

롤로는 두 주먹으로 탁자를 쿵 치며 일어섰다. 덩치가 큰 그가 벌떡 일어서자 마치 산악이 융기하는 듯한 위압감을 풍겼다.

"안 되겠다. 이렇게 답답할 때는 사냥이 최고지. 부관! 부관!"

롤로의 우렁찬 고함에 부관이 쿵쿵쿵 달려왔다.

"군단장님, 부르셨습니까?"

롤로의 부관도 키가 225센티미터의 거인이었다. 게다가 부관은 롤로의 친동생이기도 했다. 비록 스벤센의 인정을 받지 못해 군단장이 되지 못하고 부관 역할만 맡았지만, 그도 엄연히 왕족.

하지만 롤로는 부관을 형제로 여기지 않았다. 롤로는 세상의 모든 약자들을 경멸했다.

"뭐가 이렇게 늦어?"

롤로가 왼 주먹으로 부관의 가슴을 퉁 때렸다.

"어이쿠!"

가볍게 휘두른 것 같은데 부관은 뒤로 10미터나 밀려나 엉덩방아를 찧었다.

"죄송합니다!"

부관이 벌떡 일어나 악을 썼다.

롤로가 도끼를 움켜쥐고 으르렁거렸다.

"사냥 준비를 해라. 지금 당장 나갈 것이다."

"넵! 곧바로 사냥 준비를 하겠습니다."

부관은 발목을 척 붙이고 복창했다.

군단장의 막사를 나선 롤로는 낙타처럼 덩치가 큰 대형 말에 올라탔다. 스벤센 왕국이 자랑하는 이 대형 말은 거인족을 등에 태우고도 척추가 부러지지 않는 대륙 최고의 명마였다. 일반 말들은 스벤센 왕국의 왕족들을 감히 태우지 못했다.

히이이힝!

적색 털의 대형 말이 푸르르르 투레질을 했다.

롤로의 앞에는 활과 방패로 무장한 전사들 30명이 대기 중이었다. 이 가운데는 부관도 섞여 있었다.

"가자!"

롤로가 앞장서서 말을 몰았다.

롤로의 애마가 힘차게 땅을 박찼다.

"이럇!"

"가자! 이히히히힛!"

롤로의 신임을 받는 전사들이 말에 박차를 가해 군단장의 뒤를 쫓았다.

Chapter 5

"우워워워웍!"

콰앙!

롤로는 마상에서 해머를 머리 위로 들어 빙글빙글 돌리

다가 그대로 내리찍었다.

꿰엑!

말과 나란히 달리던 멧돼지가 머리가 뽀개져 나뒹굴었다. 룰루는 해머로 두개골을 뽀갤 때 들리는 쩍! 소리가 너무도 듣기 좋았다. 답답할 때 이 소리만 들으면 가슴 저 밑바닥까지 시원해지는 기분이었다.

게다가 이번에 잡은 멧돼지는 얼추 200 킬로그램이 넘는 물건이었다.

"으하하하하!"

신이 난 롤로가 말 위에서 호탕하게 웃었다.

저 멀리 언덕 위에서 부관이 양손으로 나팔 모양을 만들었다. 부관은 손나팔에 입술을 대고 힘껏 소리쳤다.

"군단장님! 불곰 세 마리를 몰아왔습니다. 지금 아이들이 사냥감을 저쪽 계곡으로 몰고 있으니 어서 가서 잡으십시오."

"오냐!"

불곰이라는 말에 롤로가 잔뜩 흥분했다.

"이랴! 가자!"

롤로는 말을 몰아 계곡으로 내달렸다.

쿠워워!

부관의 말처럼 언덕 너머에서 상처 입은 불곰 세 마리가 연달아 달려오는 중이었다. 롤로의 부하들은 멀리서 적당히 활을 쏘고 창을 던져 불곰의 화를 돋웠다.

성난 불곰과 맞서서 해머로 머리통을 부수는 것은 롤로가 가장 즐기는 사냥법이었다.

"우하하하! 대박이다. 대박이야."

롤로는 상처 입은 불곰 세 마리를 쫓아 좁은 계곡으로 들어갔다.

길 양쪽이 깎아지른 절벽으로 막힌 이 계곡은 롤로가 몇 번이나 사냥을 해 온 익숙한 사냥터인 동시에 조심스러운 장소이기도 했다. 이 계곡 자체가 스벤센 왕국과 군나르 왕국을 구분하는 국경선인 탓이다. 자칫하면 롤로는 사냥을 하다가 국경을 침범하는 꼴이 될 수도 있었다.

물론 롤로의 성격상 이런 사소한(?) 일에 신경을 쓸 리 없었다.

"이랴! 이랴!"

롤로는 거침없이 말을 달렸다.

롤로의 부하들은 계곡 안으로 쫓아 들어가지 않고 멀리서 불곰만 몰아 주었다.

'군단장님이 불곰 사냥을 할 때 그 곁에 머무는 것은 미련한 짓이지.'

롤로의 부하들은 이렇게 생각했다. 잔뜩 흥분한 롤로가

아군에게 해머를 날린 적이 몇 번 있기 때문이었다. 그래서 부하들은 적당히 먼 곳에 말을 세우고 롤로가 불곰 사냥을 끝내기만을 기다렸다.

그때였다.

꽈르릉! 하는 천둥소리와 함께 계곡이 붕괴했다. 길 양쪽이 동시에 무너지면서 계곡 입구를 꽉 틀어막았다.

"군단장님!"

깜짝 놀란 롤로의 부하들이 계곡으로 달려왔다.

하지만 절벽에서 2차 붕괴가 일어나고 돌들이 마구 굴러 떨어져 말들이 접근을 거부했다. 롤로의 부하들은 말에서 내려 붕괴 사고의 현장으로 달려갔다.

뿌연 흙먼지 속에서 수십 미터 높이로 꽉 막힌 계곡이 드러났다.

"으헉! 군단장님이 안에 갇히셨다!"

"뭣들 하는 거야? 어서 가서 사람들을 불러왓! 이 돌을 치워야 한다."

부관이 시뻘게진 얼굴로 악을 썼다.

"넵! 서두르겠습니다."

롤로의 부하들이 군단 야영지로 부리나케 말을 달렸다.

"군단장님!"

계곡 입구에 남은 부관은 꽉 막힌 돌무더기를 보면서 발을 동동 굴렀다.

　붕괴된 계곡 안.

　불곰 세 마리가 혀를 쭉 빼고 시체가 되어 나뒹굴었다. 불곰의 목에선 피가 철철 흘렀다. 날카로운 흉기에 찔린 흔적이 역력했다.

　롤로의 짓은 아니었다. 롤로는 묵직한 해머로 사냥감의 머리통을 부수지 칼이나 검을 사용하지는 않았다.

　롤로가 계곡 안으로 들어왔을 때 불곰들은 이미 죽어 있었다.

　"누가 감히 내 사냥감에 손을 댔어?"

　흥분한 롤로가 버럭버럭 고함을 질렀다. 곧이어 계곡이 붕괴되고, 롤로의 말이 굴러떨어진 돌에 깔려 즉사했다.

　롤로도 낙하하는 돌을 피해 계곡 안으로 더 깊숙이 들어왔다.

　절벽 함몰의 충격으로 땅이 진동하고 뿌옇게 흙먼지가 솟구쳤다. 롤로는 소매로 입과 코를 감싸고 주위를 살폈다.

　그때 매캐한 흙먼지 속에서 검은 그림자들이 등장했다.

　"누구냣?"

　롤로가 눈매를 매섭게 좁혔다.

　'하나, 둘, 셋, 넷, 다섯, 여섯…….'

롤로의 주변에 등장한 그림자는 모두 6명이었다.

'앞쪽에 둘, 뒤쪽에 둘, 좌우에 하나씩.'

롤로는 상대의 위치를 빠르게 파악했다.

그러는 사이 그림자들은 점점 더 거리를 좁혔다. 처음엔 흙먼지 때문에 뿌옇던 괴한들의 윤곽선이, 거리가 좁혀 들자 롤로의 눈에 또렷하게 보였다.

몸 전체를 가린 하얀 가죽옷!

콧날 위쪽까지 깊숙하게 덮은, 정수리 쪽이 뾰족한 로브!

로브의 이마 부위에 새겨진 붉은 원!

양쪽 팔뚝에 찬 붉은 토시!

손목에서 시작하여 겉으로 툭 튀어나온 35센티미터 길이의 비수 두 자루!

6명의 그림자들은 모두 동일한 복장을 입었다. 6개월 전 사막 도시 키약에서 하라간을 공격했던 어쌔신(Assassin: 암살자)과 같은 복장이었다.

6명의 어쌔신이 롤로를 사방에서 포위하며 다가왔다.

"크흐으!"

롤로가 고개를 좌우로 뚜둑 꺾었다. 롤로의 입술 사이로 침에 범벅된 뾰족한 이빨들이 으스스하게 드러났다.

"누가 너희를 보냈느냐?"

롤로가 으르렁거리듯 물었다. 말을 할 때마다 롤로의 귀에 매달린 굵직한 귀걸이가 대롱대롱 흔들렸다.

어쌔신들은 대답이 없었다.

롤로가 피식 웃었다.

"대답하기 싫다? 뭐, 상관없지. 답변을 받아 낼 방법은 많으니까. 크흐으으!"

롤로는 양손을 좌우로 벌리며 무기를 꽈악 움켜쥐었다. 그의 오른손에선 양날 도끼가, 왼손에선 해머가 묵직한 살기를 토했다. 롤로의 등 뒤에서도 아지랑이처럼 투기가 발산되었다.

순간적으로 롤로의 눈가가 붉게 물들었다.

바로 그 순간, 롤로의 모습이 어쌔신들의 시야에서 싹 사라졌다.

롤로의 등 뒤로 접근하던 어쌔신들이 펄쩍 뛰어 좌우로 갈라졌다. 바로 그 자리에 롤로의 육중한 몸이 나타나 그대로 도끼를 내리찍었다.

땅이 쩌억 갈리고, 사방으로 돌이 튀었다.

신속하게 몸을 피했던 어쌔신들이 다시 롤로에게 달려들었다. 그 모습이 마치 비상하는 독수리가 날개를 활짝 펴는 것 같았다. 어쌔신들의 팔목 안쪽에 장착된 35 센티미터 길이의 비수가 붉은빛을 토했다.

"흥!"

롤로가 콧방귀를 뀌었다. 그는 크게 내리찍었던 도끼를 회수하는 것과 동시에 왼손을 수평으로 풀스윙했다. 황소의 머리통만 한 해머가 무시무시한 소리를 내면서 공기를 갈랐다.

어쌔신들은 감히 맞서지 못하고 다시 허공으로 도약했다. 그러면서도 그들은 롤로를 향해 비수를 날리는 것을 잊지 않았다.

쭈웅! 쭝!

붉은 광선 2개가 롤로에게 일직선으로 날아들었다.

롤로는 손에 스냅을 주어 도끼를 핑그르르 돌렸다. 양력에 의해 허공에 붕 떠오른 도끼가 빛살처럼 날아든 2개의 붉은 광선을 중간에 차단했다. 따다당! 소리가 들리면서 어쌔신들이 던진 두 자루 비수가 롤로의 도끼에 맞아 튕겨 나갔다.

그사이 또 다른 어쌔신 한 명이 롤로의 옆구리로 파고들었다. 지상에서 40 센티미터 높이로 낮게 몸을 깔아 접근한 어쌔신은 롤로 바로 옆에서 급격히 솟구쳐 오르며 비수를 쭉 뻗었다. 비수에서 발출된 붉은빛이 롤로의 옆구리를 썽둥 베었다.

"크하!"

롤로가 갑자기 기합을 질렀다.

그러자 롤로의 몸이 철갑옷을 두른 것처럼 검게 변하고 근육이 3배 이상 크게 부풀었다. 놀랍게도 어쌔신이 발출한 붉은빛은 롤로의 철갑 피부에 그대로 튕겨 나갔다.

Chapter 6

"이런 썅! 녀석이 마물을 사용한다."

어찌나 당황스러웠던지 어쌔신의 입에서 욕이 터졌다.

상황은 거기서 끝나지 않았다. 철갑으로 변한 롤로의 피부에서 촉수 다발 12개가 동시에 튀어나와 가까이 있던 어쌔신의 몸뚱어리를 휘감았다.

촉수는 벼락처럼 빨랐다.

촉수는 탄력이 넘치는 고무줄처럼 길게 늘어나 어쌔신의 손목과 발목을 칭칭 휘감았다.

"우왓!"

깜짝 놀란 어쌔신이 발버둥 쳤다.

"안 돼!"

동료 어쌔신들도 황급히 비수를 날렸다.

쭈주주주중—!

붉은빛 5개가 롤로를 향해 동시에 날아들었다. 이 가운데 3개는 롤로의 눈과 목, 사타구니를 노렸다. 나머지 2개는 동료의 몸을 휘감은 촉수를 끊으려고 들었다.

"크하!"

롤로가 어깨 근육을 꿈틀 움직였다. 그러자 12개의 촉수가 휘리릭 방향을 틀었다. 그러곤 칭칭 휘감은 어쌔신을 롤로의 앞으로 끌어당겼다.

영리하게도 롤로는 붙잡은 어쌔신을 인간 방패로 삼은 것.

롤로에게 붙잡힌 어쌔신이 동료의 공격에 맞아 죽을 찰나, 붉은빛이 허공에서 확 휘었다. 아슬아슬하게 동료의 몸을 피해 날아간 붉은빛은 롤로의 촉수를 집중적으로 노렸다.

"크흥! 어림없는 수작!"

롤로가 콧방귀를 뀌었다. 그는 촉수로 붙잡은 어쌔신 한 명을 해머처럼 붕붕 휘둘렀다.

"으아아아악—!"

무지막지한 속도로 회전하게 된 어쌔신이 괴상한 비명을 질렀다.

그 모습을 본 동료들이 서로 눈짓을 했다. 어쌔신들의 눈에 단호한 빛이 어렸다. 그들은 동료의 목숨을 포기하기로 결정했다.

콰앙!

허공에서 빙글빙글 돌던 어쌔신이 절벽에 처박혔다. 어쌔신의 두개골이 수박처럼 깨지며 사방으로 뇌수와 핏물이 흩어졌다.

어쌔신들은 동료의 죽음에 무감각했다. 그저 제 할 일만 할 뿐이었다.

촤촤악!

어쌔신들의 손목에 착용한 비수가 일제히 거둬들여졌다. 어쌔신들은 비수 대신 품에서 푸른 돌을 꺼내 돌의 뾰족한 면을 땅바닥에 박아 고정했다.

"그건 또 뭐야?"

롤로가 고개를 갸웃거리는 사이 5개의 돌 사이에서 격렬한 상호 반응이 발생했다.

빠지직! 빠카카캉!

롤로를 중심으로 5개 방위를 점유한 푸른 돌들은 푸른 스파크를 일으키며 번쩍거리더니, 이윽고 푸른 돔을 만들어 냈다.

상대의 수상한 짓거리에 롤로가 눈을 찌푸렸다.

"이건 또 무슨 개수작이냐?"

롤로는 온몸에 철갑을 두르고 12개의 촉수를 일렁거리면서 어쌔신들을 향해 다가섰다.

그때였다.

번쩍! 하고 돔 안에 푸른 섬광이 일었다. 순간 롤로의 심장 부위에 찌릿한 전기가 작렬했다.

"컥!"

롤로의 얼굴이 흉악하게 일그러졌다.

롤로는 도끼를 든 손으로 자신의 심장 부위를 꽉 움켜쥐었다. 롤로의 왼쪽 가슴 속, 심장이 있던 자리에 대신 삽입한 마정석이 갑자기 에너지 공급을 멈췄다. 마정석의 기능이 끊기자 그 연쇄 반응으로 롤로의 마물이 흐릿해졌다.

온몸에 단단한 철갑을 두르고, 12개의 기다란 촉수를 휘둘러 적을 공격하는 이 마물의 정체는 다즈포르키스!

북부에서 다즈는 숫자 12를 의미하는 접두사다. 포르키스는 단단한 껍질이라는 뜻을 지녔다.

이 두 단어를 합쳐서 다즈포르키스!

한데 이 방어형 마물은 여기에 더해서 한 가지 더 탁월한 이능력을 갖추었다.

바로 치유 능력!

다즈포르키스는 남부 연합의 대신관들보다도 훨씬 더 강력하고 광범위한 치유 능력을 보유했다. 팔이 잘리고 다리가 부러진 병사도 다즈포르키스가 발산하는 빛을 쪼이면 눈 깜짝할 사이에 팔이 다시 붙고 부러진 다리가 회복되었다.

게다가 치유 범위가 무려 주변 30 미터나 되었다.

다즈포르키스 주변 30 미터는 치유의 공간이 되는 셈!

물론 다즈포르키스는 자가 치유 능력, 즉 자기 자신을 치료하는 능력도 뛰어났다. 그렇지 않아도 방어력이 높은데 치유 능력까지 탁월하니 다즈포르키스를 감당할 만한 마물이 많지 않았다. 그리하여 다즈포르키스는 당당히 해구 2층 레벨로 분류되었다.

이 뛰어난 마물이 갑자기 활동을 정지했다.

롤로의 몸에 돋아난 12개의 기다란 촉수가 스르륵 흐려지다가 결국 사라졌다. 롤로의 피부를 뒤덮은 단단한 철갑도 거짓말처럼 자취를 감추었다. 3배 이상 부풀었던 롤로의 근육도 다시 원상태로 돌아왔다.

"크읏! 이게 대체 어떻게 된 일이야?"

롤로가 당황했다.

"기회다!"

"어서 놈을 죽여랏!"

5명의 어쌔신들이 그 틈을 놓치지 않고 달려들었다. 그들은 손목의 비수를 거둬들이는 대신, 손등에 날카로운 갈고리를 착용했다.

빠직! 빠카카카캉!

푸른 돌은 여전히 스파크를 토하며 푸르스름한 돔을 유

지했다.

이 신비로운 돔 안에서 마정석은 제 기능을 잃고 마물은 잠에 빠진다. 강제로 결합이 풀린 솔샤르는 당황할 수밖에 없었다.

콰직!

롤로는 날카롭게 날아든 어쌔선의 갈고리를 도끼 옆면으로 막았다.

그가가가각!

붉은빛을 머금은 갈고리가 롤로의 도끼에 깊은 밭고랑을 패 놓았다.

옆에서 날아든 또 다른 갈고리가 롤로의 해머에 막혔다. 해머 표면에도 네 줄기 상흔이 쭈욱 그어졌다.

세 번째 어쌔신이 두 다리를 바짝 접고 양팔을 활짝 벌린 채 독수리처럼 날아들었다. 어쌔신은 동료의 어깨를 밟고 공중제비를 돌면서 롤로의 등 뒤로 뚝 떨어져 내렸다.

"크웃!"

당황한 롤로가 몸을 뒤틀었다.

하지만 반응이 한발 늦었다. 어느새 등 뒤로 떨어진 어쌔신이 허공에 거꾸로 선 상태로 갈고리를 휘둘렀다.

Chapter 7

추왁—!

살점이 베어지는 섬뜩한 소리가 들렸다. 롤로의 등판으로부터 네 줄기 핏물이 뻗었다. 이건 거의 손가락 두 마디 깊이의 위중한 상처였다.

"크악!"

롤로의 입에서 비명이 터졌다.

땅바닥에 낮게 몸을 깔고 롤로의 사타구니 쪽으로 파고든 어쌔신은 갑자기 몸을 솟구치며 갈고리를 풍차처럼 휘둘렀다.

푸석! 소리와 함께 롤로의 사타구니가 피투성이가 되었다. 고환과 성기가 단숨에 날아가는 고통은 이루 말할 수 없이 지독했다.

"끄아아악!"

롤로의 비명이 터 커졌다.

공중제비를 돌았던 어쌔신이 다시 자세를 바로잡으며 롤로의 머리 위로 뛰어들었다.

롤로의 어깨에 올라타 양쪽 무릎으로 롤로의 머리통을 꽉 붙잡은 어쌔신은 갈고리를 높이 치켜들었다.

꽉!

붉은빛이 어린 갈고리가 롤로의 정수리를 그대로 꿰뚫었다.

"끕!"

롤로의 목구멍에서 답답한 소리가 터졌다.

순간 시간이 정지한 듯했다.

하늘을 관통하며 운행하던 태양도 정지하고, 바람과 구름도 운동을 멈췄다. 온 세상이 고요해진 가운데 롤로의 눈앞에서 붉은 노을이 펼쳐졌다.

진짜 노을은 아니었다. 롤로의 눈에서 뿜어진 핏물이 세상을 붉게 만들었을 뿐이다.

롤로는 눈과 코, 입과 귀에서 동시에 피를 흘렸다. 정수리에서 솟구치는 핏물이 그의 커다란 얼굴을 따라 주르륵 흘러내렸다. 롤로의 등과 사타구니는 이미 피바다였다.

어째신들은 지독했다.

퍽! 퍽! 퍽! 퍽! 퍽!

롤로가 저항을 하지 못하는 데도 갈고리를 계속 휘둘러 롤로의 몸을 난도질했다. 그 모습이 마치 물소에게 달려들어 마지막 숨통을 끊어 놓는 늑대무리 같았다.

마침내 롤로가 무릎을 꿇었다.

쿠왕!

롤로의 거구가 앞으로 고꾸라지며 대지에 얼굴을 처박았

다. 롤로의 몸에서 흘러나온 피가 주변 흙을 시뻘겋게 물들였다.

피는 둥글게 퍼졌다.

5명의 어쌔신이 시체 주변을 둘러쌌다.

"쳇! 시체가 너무 많이 훼손되었어."

어쌔신 가운데 한 명이 낮게 투덜거렸다.

동료가 반박했다.

"어쩔 수 없었잖아. 이 괴물의 숨통을 끊어 놓으려면 이 정도 상처는 생길 수밖에 없다고."

"맞아. 어쩔 수 없었어."

4명의 어쌔신들이 한목소리를 내었다.

처음 입을 연 어쌔신은 가볍게 한숨을 쉬었다.

"하아! 지금 내가 너희들을 비난하려고 하는 이야기가 아니잖아. 어쩔 수 없었다는 것은 나도 알아. 하지만 시체가 이렇게 훼손이 심하니 군나르 왕국의 소행으로 뒤집어 씌우기 힘들어졌어. 다들 알다시피 군나르 왕국의 전사들은 독으로 상대를 깔끔하게 죽이거나 창으로 상대의 목을 꿰뚫는 것이 주특기라고. 그들은 적의 몸을 이렇게 난도질하지 않아."

그 말에 동료들은 모두 꿀 먹은 벙어리가 되었다.

잠시 후, 어쌔신 중 하나가 조심스럽게 입을 열었다.

"그럼 이제 어떻게 하지?"

우두머리 격의 어쌔신이 열심히 머리를 굴렸다. 그러곤 손가락으로 계곡 반대편을 가리켰다.

"어차피 군나르 왕국 소행으로 시체를 위장하긴 힘들어. 제3자가 개입했다는 의심을 피하려면 차라리 시체를 없애는 것이 나아. 그러니 이 괴물의 시체를 군나르 왕국 쪽으로 끌고 가자. 그다음 시체 자체를 아예 없애 버리는 편이 낫겠어."

"아하! 군나르 왕국 방향으로 질질 끌려간 흔적만 남겨 놓잔 말이지? 그 뒤는 스벤센 왕국에서 알아서 상상하도록 말이야?"

"맞아. 이 상황에선 그게 최선이겠어."

마침내 어쌔신들이 합의를 보았다.

5명의 어쌔신들은 현장에 남아 있는 싸움의 흔적을 세심하게 조작했다. 비수의 흔적이라든가, 갈고리를 사용한 흔적, 푸른 돌의 흔적은 모두 제거했다. 대신 창을 사용했다는 정황들을 아주 조심스럽게 만들어 내었다.

어쌔신들은 현장 주변에 독도 적당히 뿌려 두었다. 군나르의 전사들이 즐겨 사용하는 독이었다.

"되었다. 이제 철수하자."

"알았어."

조작을 모두 마친 어쌔신들은 죽은 롤로의 발을 질질 끌었다.

어쌔신들의 발걸음이 향한 곳은 군나르 왕국이 있는 방향!

롤로는 죽어서도 눈을 감지 못했다.

계곡 바닥에 핏물이 일직선으로 그어졌다.

Chapter 8

계곡이 붕괴된 지 30분이 지났다. 4군단 야영지로 달려간 자들이 병사들을 잔뜩 데려왔다. 병사들의 손에는 삽과 망치, 그리고 흙을 나르는 도구가 들려 있었다.

롤로의 부관이 버럭 소리를 질렀다.

"왜 이렇게 늦었나?"

"죄송합니다, 부관님. 하지만 저희도 최대한 빨리 달려온 겁니다."

병사들이 억울한 표정을 지었다.

부관은 무너진 돌무더기를 가리켰다.

"서둘러서 저걸 치워라. 군단장님이 저 안에 갇혀 계시다. 어서 길을 뚫지 못하면 나중에 군단장님께서 네놈들의 대갈통을 뽀갤 것이야."

"으헉! 알겠습니다."

병사들이 돌무더기에 와르르 달려들어 해머로 부수고 잔해를 들것으로 날랐다. 그렇게 입구를 치우자 사람이 넘어갈 만한 길이 트였다.

부관이 그 위로 풀쩍 뛰어올랐다.

"거기 수색대원들 가운데 10명은 나를 쫓아와라. 혹시 군단장님께서 부상을 입으셨을지도 모르니 구급약과 들것도 가지고 따라와."

"넵!"

지목을 받은 수색대원들이 구급약을 들고 암석 위로 뛰어올라 왔다.

부관이 다시 명을 내렸다.

"나머지 병력은 이곳에서 계속 길을 뚫는다. 혹시 모르니까 계곡 입구를 싹 치워 놔."

"넵! 명을 받들겠습니다."

4군단 병사들이 절도 있게 대답했다.

곧 길을 뚫는 작업이 시작되었다. 뚝딱뚝딱 망치질 소리가 계곡 주변에서 메아리쳤다. 그사이 부관은 몸이 날랜 10명의 수색대원들을 이끌고 돌무더기를 넘어 계곡 안으로 들어갔다.

"부관님, 저기 좀 보십시오."

수색대원 가운데 한 명이 불곰의 시체를 가리켰다.

부관이 고개를 갸웃거렸다.

"군단장님께서 사냥하신 것인가? 그런데 군단장님은 어디 계시지?"

롤로의 모습은 그 어디에도 보이지 않았다. 부관은 수색대원들을 이끌고 계곡 바닥에 내려섰다.

땅바닥에 널브러져 있는 불곰의 시체를 목격한 순간, 부관의 얼굴이 하얗게 질렸다.

"헉! 이건 군단장님의 솜씨가 아니다. 이 계곡에 군단장님 말고 다른 누군가가 있어!"

"설마!"

놀란 수색대원들이 발걸음을 재촉했다.

무기를 빼어 들고 계곡을 수색하던 부관 일행은 얼마 지나지 않아 격렬한 싸움의 현장을 발견했다.

"부관님! 부관님! 여기 이곳 좀 보십시오."

"뭐냐?"

부관이 후다닥 달려왔다.

땅바닥에 둥글게 퍼져 있는 검붉은 피!

부관은 쪼그려 앉아 손가락으로 피 묻은 흙을 찍었다. 그 다음 가까이 관찰했다.

"아직 피가 마르지 않았다. 싸움이 벌어진 지 얼마 되지 않았어."

"누구의 피입니까?"

"알 수 없다. 일단 너희 둘은 이곳에 남아서 피가 묻은 흙을 채취해라. 그리고 증거가 될 만한 것들은 모조리 수집해."

"넵! 알겠습니다."

지명을 받은 2명이 우렁차게 대답했다.

부관은 나머지 8명의 수색대원들에게 턱짓을 했다.

"나머지는 나와 함께 이 피의 흔적을 쫓아간다. 다들 서둘러라. 자칫하면 큰 변고가 발생할지 모른다."

"넵!"

8명의 수색대원들이 한목소리로 대답했다.

부관은 피의 흔적을 쫓아 전력으로 내달렸다. 정말이지 입에 단내가 나도록 뛰었다.

수색대원 한 명이 뒤쫓아 달리면서 경고를 해 주었다.

"부관님."

"뭐냣?"

"여기서부터는 군나르 왕국의 영토입니다. 이곳에서 조금만 더 가면 군나르의 경계 초소가 나옵니다."

"그래서 어쩌라고? 군단장님의 행방도 모른 채 이대로

복귀하잔 말이냣?"

부관의 반응은 날카로웠다.

수색대원이 냉큼 고개를 가로저었다.

"아닙니다. 제가 헛소리를 했습니다. 용서해 주십시오."

부관은 아무런 말도 하지 않았다. 그저 입술을 꾹 다물고 계속 추격할 뿐이었다.

그때부터는 아무도 입을 열지 않았다. 무거운 침묵이 사람들을 짓눌렀다.

좁은 계곡을 벗어나자 탁 트인 황무지가 나왔다. 계곡 중간부터는 이미 스벤센이 아니라 군나르 왕국의 영토였다. 하지만 영토의 경계선에 초소가 세워져 있는 것은 아니라서 군나르의 국경 수비대는 스벤센 병력의 침투 사실을 아직까지 알지 못했다.

계곡을 벗어나자 더 이상 핏물이 보이지 않았다.

후각이 발달한 수색대원 한 명이 땅바닥에 납죽 엎드려 킁킁거렸다.

부관이 물었다.

"뭐가 느껴지나?"

수색대원은 고개를 가로저었다.

"여기서부터 피 냄새가 뚝 끊겼습니다. 희한한 일입니다. 냄새라는 것이 이렇게 뚝 잘릴 수는 없는 법인데, 아무래도 누군가가 인위적으로 냄새를 지운 것 같습니다."

"피 냄새를 인위적으로 지웠다고?"

"그렇습니다."

부관이 얼굴을 찌푸렸다.

"크윽! 그렇다면 지금까지 우리가 쫓아온 피가 싸우면서 튄 것이 아니라는 뜻이냐?"

롤로가 계곡 안쪽부터 계속 싸우면서 여기까지 왔다면 갑자기 냄새가 끊길 이유가 없었다. 정신없이 싸우는 와중에 피 냄새를 지울 여유는 없을 테니까.

"부관님, 바닥에 질질 끌린 흔적을 보셨지 않습니까. 아무래도 군단장님께 심상치 않은 일이……."

"닥쳐!"

부관은 부하의 말을 끊었다.

수색대원들이 무거운 얼굴로 침묵했다.

부관도 아무런 말을 하지 않았다. 아니, 뭐라고 말을 하고 싶어도 할 수가 없었다. 주어진 정황이 너무나 최악이었기 때문이다.

'정말 롤로 님께서 싸움에서 패하시고 여기까지 질질 끌려 오셨단 말인가? 정황상 그럴 수밖에 없어. 만약 롤로 님께서 싸움에서 이기셨다면 우리 스벤센 왕국 쪽으로 오시지 이 반대 방향으로 적을 질질 끌면서 올 이유가 없으니까. 하지만 이 엄청난 사실을 어떻게 수긍하란 말이냐! 우리 스벤센 왕국의 4군단장이 의문의 무리들에게 피습을 받아 납치, 혹은 피살당하셨다는 사실을 어떻게 인정하란 말이냐고!'

부관은 마음속으로 이렇게 절규했다.

"부관님."

수색대원 한 명이 부관을 불렀다.

"뭐냐? 뭐라도 발견했어?"

부관이 퍼뜩 반응했다. 그는 희망적인 소식이 들리기를 기원했다.

하지만 아니었다. 수색대원은 손가락으로 황무지 저편을 가리켰다. 벽돌을 쌓아 만든 초소 저편에서 매가 한 마리 날아올랐다. 하얀 깃털을 자랑하는 매는 부관 일행의 머리 위를 크게 한 바퀴 선회한 다음 다시 초소로 돌아갔다.

잠시 후, 초소 망루에서 뿌우우우— 하고 뿔피리 소리가 울렸다.

이건 경고의 소리였다. 여긴 군나르의 영토이니 썩 물러가라는 경고! 이 경고를 무시하면 군나르의 병력이 이곳을 덮칠 것이 뻔했다.

'고작 11명으로 군나르 왕국과 싸울 순 없지. 하지만 이대로 돌아가면 상부에 뭐라고 보고한단 말인가? 롤로 님의

사고 소식을 뭐라고 보고해?'

부관은 어금니를 꽉 물었다.

뿌우우우—

초소에서 뿔피리 소리가 한 번 더 울렸다. 초소 성문이 열리고 말을 탄 기병들이 뛰쳐나오는 모습도 보였다.

"안 되겠다. 일단 후퇴한다."

부관은 결국 후퇴를 명했다.

"넵!"

수색대원들은 부관과 함께 다시 계곡 안으로 물러났다.

스벤센의 영토까지 후퇴한 부관은 사고 현장에서 증거를 채집 중이던 수색대원들에게 물었다.

"뭔가 나왔나?"

"부관님, 여기 부러진 창날을 2개 찾았습니다. 절벽에 박혀 있어서 어렵게 찾은 증거물들입니다."

"저는 독이 뿌려진 흔적을 발견했습니다. 여기부터 이렇게 원을 그리며 독이 퍼져 있었습니다."

"독! 그리고 부러진 창날이란 말이지? 크윽!"

부관이 눈을 번쩍 떴다.

독과 창이라면 군나르 왕국 전사들이 즐겨 사용하는 무기였다.

"설마 군나르 놈들이 도발을 했단 말이냐? 군단장님께서 이 계곡에서 사냥을 즐기시는 것을 알고, 계곡 입구를 붕괴시킨 뒤 군단장님을 납치한 것이냐? 크우우우으!"

부관의 얼굴이 흉악하게 일그러졌다.

롤로는 군단장이기 이전에 부관의 친형이었다. 그것도 한 어머니를 둔 혈육이었다.

"크우욱! 크우우우욱! 이것들이 진짜!"

부관은 진짜로 분노했다. 고대로부터 이어진 거인족의 흉포한 피가 부관의 혈관 속에서 마구 들끓어 올랐다.

제6화
벨커스의 추종자들

Chapter 1

롤로의 납치 소식은 스벤센의 귀에도 들어갔다.

군주인 스벤센은 자식들을 살뜰하게 살피는 성격은 아니었다. 그러나 이번 일을 아무렇게나 처리할 수는 없었다. 롤로는 그의 아들이기 이전에 왕국의 군단장이었다.

"류리크를 4군단으로 보내라. 녀석이라면 이번 사건을 제대로 파헤칠 수 있을 게야."

군주의 지엄한 명이 떨어졌다.

"위대하시고 또 위대하신 분의 뜻대로 될 것이옵니다."

스벤센의 신하들은 곧 날짐승을 날려 1군단에 명을 전했다.

1군단장 류리크가 동부 전선을 비우고 직접 북쪽으로 올라갔다. 류리크는 스벤센의 셋째 아들이자 가장 신임이 두터운 무장이었다.

류리크는 이번 사건의 조사를 위해 심복들을 잔뜩 이끌고 북상했다.

일주일 뒤.

쉬지 않고 말을 달린 류리크 일행이 4군단 야영지에 도착했다.

롤로의 부관이 야영지 앞으로 달려 나와 류리크를 맞았다.

"1군단장님, 어서 오십시오."

부관은 바짝 긴장한 얼굴이었다.

류리크가 부관을 힐끗 내려다보았다. 류리크는 키가 235센티미터나 되는 장신인 데다 얼굴이 길쭉하고 눈매는 뱀의 그것처럼 차가웠다.

슬쩍 눈길만 주었을 뿐인데도 부관이 꽝꽝 얼어붙었다. 류리크 앞에 선 부관은 숨도 제대로 내쉬지 못했다.

"안내해라."

류리크의 입에서 차가운 숨결이 흘러나왔다.

부관이 말을 더듬었다.

"어, 어디로 말씀이십니까?"

"사고 현장."

류리크가 짧게 내뱉었다. 독사의 숨결처럼 음습한 기운이 류리크의 몸에서 흘러나와 부관을 칭칭 휘감았다.

"으윽! 알겠습니다. 제가 현장으로 모시겠습니다."

류리크는 그제야 기세를 거둬들였다.

부관은 식은땀을 흘리며 앞장섰다.

사건이 벌어진 계곡 입구는 4군단에서 철저하게 통제 중이었다. 부관이 류리크를 모시고 입구에 다가가자 경비병들이 절도 있게 군례를 올렸다.

"충!"

류리크는 병사들의 군례도 받지 않았다.

류리크의 턱짓에 부관은 서둘러 사고 현장으로 안내했다.

"바로 여기입니다."

계곡 안쪽의 사고 현장에는 하얀 원들이 그려져 있었다. 수색대원들은 중요 증거물들이 발견된 위치를 하얀색 원으로 표시해 놓았다. 또한 현장 옆에 설치한 막사 안에는 수집한 증거물들을 일렬로 전시했다.

류리크는 하얀 장갑을 끼고 증거물들을 하나씩 관찰했다.

"창날 6개. 모두 군나르 왕국에서 사용하는 형태군."

"그렇습니다."

류리크의 말에 부관이 냉큼 대답했다.

류리크가 물었다.

"이 병들은 뭔가?"

"사고 현장에서 채취한 흙을 담아 둔 병입니다. 피가 묻은 흙과 독이 묻은 흙을 나눠서 담았습니다."

부관이 재빨리 설명을 붙였다.

"피와 독이라고?"

류리크의 눈이 새하얀 빛을 토했다. 그 빛은 나타났던 것보다 더 빠르게 사라졌다.

"누구의 피지?"

"약품으로 분석해 본 결과 롤로 군단장님의 피로 확인되었습니다. 크으윽!"

부관이 분한 듯 주먹을 꽉 움켜쥐었다.

류리크는 병뚜껑을 열어 흙 맛을 보았다. 검붉은 흙에서 비릿한 피 맛이 느껴졌다.

류리크는 또 다른 병을 열어 흙 맛을 보았다. 이번엔 혀끝을 타고 강렬한 마비 증상이 발생했다. 퍼지는 속도가 굉장히 빠른 독이었는데, 류리크의 마정석으로부터 서늘한 기운이 흘러나와 독성분을 제거했다.

"신경독의 일종이군."

신경독이란 신경을 마비시키는 독이었다. 군나르 왕국의 전사들은 이 신경독을 땅에 미리 뿌려 놓은 다음, 적을 그곳으로 유인해서 싸우곤 했다.

부관이 울분을 참지 못하고 언성을 높였다.

"맞습니다. 군나르 녀석들이 자주 사용하는 독입니다."

류리크가 입술을 슬쩍 비틀었다.

"롤로가 멍청이인가?"

"네?"

"롤로가 바보냐는 말이다. 그는 군나르 왕국과 대치 중인 이곳 4군단의 군단장이다. 그런 녀석이 군나르 놈들의 주특기도 파악하지 못하고 함정에 빠져? 만약 이것이 사실이라면 롤로는 세상에 둘도 없는 바보 멍청이지."

"그, 그건……!"

부관은 말문이 막혔다.

류리크가 손가락을 일자로 펼쳤다.

"한 가지 더! 내가 알기로 롤로는 치유 능력이 뛰어나거든. 이 정도 신경독쯤은 우습게 해독할 수 있다. 그런 롤로가 독에 당해서 쓰러졌다? 흥! 웃기는 이야기지."

류리크의 날카로운 지적에 부관은 말문이 막혔다.

류리크는 하얀 원이 그려진 사고 현장으로 다시 나가 검

붉게 물든 흙 앞에 쪼그려 앉았다.

"게다가 이것도 이상해."

"저기…… 무엇이 이상하다는 말씀이십니까?"

부관이 조심스레 물었다.

류리크는 손가락으로 원의 크기를 가리켰다.

"이 원이 의미하는 바가 뭐야? 피가 흐른 범위를 나타낸 것 아냐?"

"맞습니다. 저희 4군단의 수색대원들이 피의 범위를 측량하여 그 범위를 표시해 놓았습니다."

"그런데 너무 크잖아."

"네?"

부관은 이해를 하지 못해 눈만 껌뻑거렸다.

류리크가 눈을 찌푸렸다.

"부관!"

"네넷?"

"부관의 어깨 위에 있는 그 머리통은 생각을 하라고 달려 있는 것이다. 부관은 도통 생각이라는 것을 할 줄 모르나?"

"아닙니다. 죄, 죄송합니다."

류리크의 닦달에 부관은 연신 말을 더듬었다. 그는 류리크 앞에만 서면 정말로 생각을 할 줄 모르는 백치가 되는 것처럼 느껴졌다.

류리크가 한숨을 쉬었다.

"하아! 정말로 아무런 생각이 없군."

Chapter 2

류리크가 다시 한 번 원을 가리켰다.

"부관이 볼 때 저 원의 크기가 큰가? 작은가?"

"큽니다."

부관이 냉큼 대답했다.

류리크는 거 보란 듯이 말했다.

"그래. 크지. 그것도 보통 큰 것이 아니라 무지막지하게 크지. 부관도 사람을 죽여 봤으니 알 거다. 땅바닥에 이 정도 피를 흘리려면 어떻게 해야 하나?"

"아!"

"창처럼 뾰족한 무기로 어지간히 쑤셔서는 어림도 없어. 도끼로 사람을 난자를 해 버려야 이 정도 양의 피가 흘러나오지. 아니면 사람의 몸에 상처를 낸 다음 오랜 시간 동안 핏물을 흘리게 만들어야 이 정도 양의 피가 모인다고."

"그렇다면!"

부관이 입을 쩍 벌렸다.

류리크는 비꼬듯이 쏘아붙였다.

"흥! 이제야 깨달았나? 현장에서 수거한 창날 6개! 이딴 무기로는 이토록 많은 피를 흘리게 만들 수 없다. 다시 말해서, 적들이 사용한 흉기가 따로 있다는 거지. 어쩌면 이 창날들은 우리를 속이기 위한 거짓 증거일 수도 있다."

"으어어!"

부관이 휘청거렸다. 그의 머리로는 도대체 뭐가 뭔지 알 수가 없었다. 머리를 움켜쥔 부관이 쥐어짜듯 절규했다.

"우와아악! 그렇다면 누가 흉수란 말입니까? 군나르 놈들입니까? 아니면 다른 자들이 군단장님을 해치고 군나르 왕국에 그 죄를 뒤집어씌웠단 말씀이십니까? 제발 말씀 좀 해 주십시오."

"부관!"

츠츠츠츠!

류리크의 눈이 다시 뱀의 그것처럼 변했다. 류리크로부터 뿜어져 나온 넘실거리는 기운이 부관의 목을 칭칭 감아 꽉 조였다.

부관은 퍼뜩 정신을 차렸다.

"끄억! 껙! 껙! 죄송합니다. 제가 잠시 이성을 잃고 1군단장님께 소리를 질렀습니다. 저의 무례를 용서해 주십시오."

류리크는 무서운 눈으로 부관을 노려보다가 기세를 풀었
다.

"헉헉! 허어억!"

목이 풀린 부관이 양손으로 무릎을 짚으며 헐떡거렸다.

그런 부관을 내려다보며 류리크가 싸늘하게 경고했다.

"부관과 롤로가 한 어머니를 둔 혈육이라는 사실을 나도
잘 알고 있다. 하지만 이곳은 군대. 이성을 잃고 상관에
게 대드는 일 따위는 결코 용납되지 않아. 만약 다시 한 번
내게 무례하게 군다면 나는 그 즉시 부관의 목숨을 거둘 것
이다."

사람의 피부 속으로 파고드는 냉정한 말에 부관은 부르
르 몸서리를 쳤다.

류리크가 싸늘하게 내뱉었다.

"부관, 왜 대답이 없나?"

"네넷! 잘 알겠습니다. 앞으로는 절대 무례한 행동을 하
지 않겠습니다. 한 번만 용서해 주십시오."

정신을 번쩍 차린 부관이 몸을 일자로 세우며 대답했다.

류리크가 등을 홱 돌렸다.

찬바람이 쌩쌩 불었다.

부관은 류리크가 멀어질 때까지 꼼짝도 못 했다. 그러다

류리크가 시야에서 사라지자 다리가 풀려 휘청 주저앉았다.

류리크는 정말 어려운 사람이었다.

빛이 들지 않는 막사 안.

류리크는 깍지를 낀 손에 콧날을 가만히 기댔다. 류리크의 뇌가 민첩하게 회전했다.

'군나르 왕국의 짓은 아니야. 그들은 굳이 우리와 분쟁을 벌일 이유가 없어. 이 사건엔 제3자가 개입했어. 롤로를 해치고 현장에 어설픈 정보를 남겨 놓아 우리와 군나르 왕국이 서로 맞부딪치게 조장하려는 제3 세력이 있다고. 그게 누굴까?'

류리크는 제3 세력의 존재를 확신했다.

그런데 그들의 정체를 유추하지는 못했다. 정보가 부족한 탓이었다.

"푸른 늑대."

류리크가 속삭이듯 입을 열었다.

그러자 류르크의 등 뒤에 푸른 늑대 가죽을 뒤집어쓴 사내가 신기루처럼 나타났다.

"부르셨습니까?"

"네 도움이 필요하다."

류리크의 입에서 뜻밖의 말이 나왔다. 자존심이 강한 류리크는 평생 다른 사람에게 도움을 요청한 적이 없었다.

푸른 늑대의 눈동자 속에 빛이 번쩍였다가 빠르게 사라졌다. 푸른 늑대는 류리크를 향해 고개를 꾸벅 숙였다.

"제가 무얼 하면 되겠습니까?"

"이번 사건의 배후를 찾아라."

"롤로 님을 해친 범인 말씀이십니까?"

"단순히 범인 한 명을 잡아내는 것만으로는 부족해. 그 배후를 조사해서 내게 가져와라. 너와 네 부족들이 진범을 추적하는 동안, 나는 이곳에서 놈들의 장단을 맞춰 주고 있으마."

말을 하면서 류리크는 깍지를 풀었다.

푸른 늑대가 되물었다.

"장단을 맞춰 준다 하심은……?"

"롤로를 난도질한 제3 세력! 그놈들이 원하는 대로 놀아나 준다는 뜻이다. 군나르 왕국을 범인으로 지목하고, 군나르 왕국과 툭탁거리고, 곧 전쟁이라도 일으킬 것처럼 굴면 그 제3 세력 놈들이 나를 비웃겠지. 멍청하게도 자신들이 놓은 덫에 걸렸다고 말이야. 그렇게 내가 놈들을 안심시킬 동안 네가 그놈들의 뒷덜미를 붙잡아야 한다."

"무슨 뜻인지 이해했습니다."

푸른 늑대가 고개를 끄덕였다. 그러곤 한 가지를 더 확인했다.

"류리크 님, 외람되오나 한 가지만 확답해 주십시오."

"계약 종료 말이냐?"

류리크의 왼쪽 눈썹이 일그러졌다. 다른 사람들이 이 모습을 보면 벌벌 떨었겠지만, 푸른 늑대는 꿈쩍도 안 했다.

"그렇습니다. 저희 부족은 류리크 님께 한 차례의 도움을 드리기로 약속했습니다. 따라서 이번 일이 마무리되고 저희가 배후 세력을 찾아내면 류리크 님과 저희 부족 사이의 계약은 종료됩니다. 제 말이 맞습니까?"

"맞다. 이번에 네가 배후 세력을 제대로 찾아낸다면 계약은 종료다. 너희들은 자유다."

류리크는 푸른 늑대가 원하는 대답을 해 주었다.

푸른 늑대가 허리를 깊숙이 숙였다.

"확답을 주셔서 감사합니다. 그럼 곧바로 추적을 시작하겠습니다."

그 말을 끝으로 푸른 늑대는 신비하게 사라졌다.

류리크는 허공에 남은 푸른 늑대의 잔영을 물끄러미 바라보다가 자리에서 일어섰다.

"푸른 늑대 부족이라면 반드시 배후 세력을 찾아낼 테지. 저들이 임무를 완수할 동안 나는 함정에 빠진 바보 노릇을 해야겠군. 쯧쯧쯧!"

바보 노릇도 아무나 하는 것이 아니었다. 류리크는 제3
세력의 의심을 받지 않도록 세심하게 계획을 세운 뒤, 그것
을 한 장의 종이에 정리했다.

"부관!"

류리크가 줄을 잡아당기자 군단장의 막사 주변에 종소리
가 퍼졌다.

Chapter 3

"부관!"

땡땡땡땡!

류리크의 목소리와 종소리가 동시에 울렸다.

부관이 헐레벌떡 달려왔다.

"1군단장님, 부르셨습니까?"

"지금 4군단에 비상 경계령이 내려져 있지?"

"그렇습니다. 4군단장님이 실종되신 직후부터 경계령을
내려 놓았습니다."

"좋아. 그 비상 경계령을 1단계 더 강화해라."

류리크의 말에 부관이 흠칫했다.

"1군단장님, 비상 경계령에서 1단계 강화하면 바로 전쟁 준비령입니다."

부관의 말에 류리크의 얼굴이 차갑게 굳었다.

"부관! 지금 내가 그걸 모르고 명령을 내렸을 것이라 생각하나? 엉? 나를 바보로 알아?"

류리크가 뾰족한 지휘봉으로 부관의 가슴을 쿡쿡 찔렀다.

부관의 얼굴이 창백하게 질렸다.

"죄송합니다. 전군에 곧바로 명을 하달하겠습니다."

"좋아. 전쟁 준비령을 내리고 대기해라. 그사이 나는 수도로 복귀해서 위대하시고 또 위대하신 분을 뵙고 와야겠다. 아무래도 이번 일은 그분의 결심이 필요할 것 같아."

"네넷!"

전쟁 준비령!

군주인 스벤센의 결심!

이것이 무엇을 뜻하는지 부관은 너무나도 잘 알았다.

'전쟁이다. 곧 전쟁이 터질 거야.'

부관의 머리카락이 쭈뼛 섰다.

류리크가 말을 몰아 수도로 올라가는 그 시각, 대륙 북부에서도 롤로에게 벌어졌던 일과 비슷한 사건이 발생했다.

지도상에서 한 줄로 늘어서 있는 북부의 세 왕국 가운데 하나! 헤닝 왕국이 바로 사건의 발생지였다.

북부의 세 왕국은 공통적으로 마법에 그 기반을 두고 있었다.

이 가운데 토브욘은 마법 무기 제작 능력이 탁월했고, 룬드 왕국은 마법과 검술을 하나로 결합하여 마검술이라는 새로운 분야를 개척하였으며, 헤닝 왕국은 마법과 주술을 섞은 술법 분야에서 두각을 나타냈다.

마법의 토브욘!

술법의 헤닝!

마검술의 룬드!

이것이 북부의 세 왕국을 일컫는 표현이었다.

현재 헤닝 왕국의 군주는 헤닝 아르네 솔샤르!

그는 북부의 아홉 군주들 가운데 가장 머리가 좋다고 알려진 인물이었다. 어려서부터 마법 조합 분야에서 천재적인 소질을 나타냈던 헤닝은 30대에 왕국의 모든 주술을 다 파악했고, 40대에는 마법과 주술 양대 분야에서 최고의 권위자가 되었다.

66세의 나이에 선대로부터 군주의 자리를 물려받은 헤닝은 그 후 100년이 넘는 오랜 기간 동안 헤닝 왕국을 이끌었다.

헤닝의 현재 나이 171세.

언제부터인가 헤닝은 "군주 노릇을 하는 것도 지겹구나. 때가 되면 나는 이 따분한 자리에서 물러나서 술법 연구에 전념할 테다."라는 말을 입에 달고 살았다.

그때마다 헤닝 왕국의 대신들은 펄쩍 뛰면서 헤닝을 만류했다.

하지만 이것도 한두 번이지, 헤닝이 자꾸 양위를 언급하자 대신들도 차차 후대를 염두에 두기 시작했다.

'누가 차기 권력자가 될 것인가?'

여러 왕족들을 저울질하던 대신들은 결국 2개의 구심점을 축으로 파벌이 갈렸다.

헤닝의 막내아들이자 주술 분야에서 일가를 이룬 몰곤!

헤닝의 장손자이자 마법이 주특기인 오르곤!

이 2명이 헤닝의 유력한 후계자로 떠올랐다.

이 중 몰곤은 주술에 치중하는 대신들의 절대적인 지지를 받았는데, 이 때문에 몰곤을 중심으로 뭉친 세력은 '주술계'라고 불렸다.

반면 마법에 무게를 두는 자들은 오르곤을 중심으로 똘똘 뭉쳐 '마법계'를 구축했다.

주술계와 마법계는 물밑에서 격렬하게 맞부딪쳤다.

헤닝은 대신들이 당파 싸움을 하는 것을 알면서도 별말

이 없었다. 군주의 방치 아래 헤닝 왕국의 분열은 점점 가속되었다. 대신들에 이어 군벌까지 주술계와 마법계로 파가 갈리자 왕국 전체가 암투의 소용돌이에 휘말렸다.

그래도 헤닝은 꿈쩍 안 했다.

"위대하시고 또 위대하신 분의 뜻은 명확하시다. 몰곤 님과 오르곤 님! 두 분 가운데 상대방을 누르고 승리하신 분이 바로 위대하시고 또 위대하신 분의 후계자가 될 것이다."

몇몇 대신들은 공공연하게 이런 주장을 설파했다. 이 이유가 아니라면 군주이신 헤닝 님이 이 심각한 파벌 싸움을 눈감아 줄 리 없다는 것이 그들의 주장이었다.

나름 그럴듯한 주장에 많은 신하들이 동의했다.

"그렇지! 위대하시고 또 위대하신 분의 뜻이 적자생존에 있다면, 이제 우리 주술계가 할 일은 분명해졌지. 마법계 놈들을 박살 내고 몰곤 님을 차기 군주로 옹립하면 돼."

"흥! 어림도 없는 수작 마라. 우리 마법계가 너희 주술계를 무너뜨리고 오르곤 님을 왕좌에 올릴 것이다. 단단히 각오해라."

주술계와 마법계는 이제 아무런 눈치도 보지 않았다. 헤닝이 눈감아 주는 가운데 두 파벌은 왕국 전체를 둘로 찢었다.

오르곤은 천재였다.

마법 분야의 천재!

게다가 오르곤은 도플갱어였다.

모든 솔샤르들의 시조, 욘 아르네의 혈통을 직접 이어 받은 군주는 단 3명!

오드 아르네 솔샤르!

헤닝 아르네 솔샤르!

군나르 아르네 솔샤르!

북부의 아홉 군주들 가운데 이 3명의 군주는 특이한 신체적 비밀을 지녔다. 도플갱어의 능력이 바로 그것이었다.

물론 욘 아르네의 후손들이라고 해서 모두 다 도플갱어의 권능을 타고 태어나는 것은 아니었다. 하나 이들 3명의 군주는 모두 도플갱어였다. 그리고 그 피를 이어받은 하라간에게도 도플갱어의 특징, 즉 복사 능력이 발현되었다.

오르곤도 하라간과 마찬가지.

오르곤은 16세에 치른 성인식에서 도플갱어의 복사 능력을 이용하여 해구 3층 레벨의 마물과 결합했다.

이건 엄청난 사건이었다.

해구 3층 레벨이면 거의 북부의 군주들과 어깨를 견주는 수준!

제아무리 뛰어난 솔샤르도 성인식에서 곧바로 해구 3층 이상의 초강력 마물과 결합하는 경우는 없었다. 굳이 따지자면 욘 아르네와 하라간, 퀸 잉그리드 등은 예외지만 말이다.

그런데 놀랍게도 오르곤은 16세의 나이에 해구 3층 레벨에 올라섰다.

마법 능력은 천재적!

솔샤르로서 수준은 해구 3층 레벨!

이러니 오르곤이 오만해지는 것이 당연했다. 솔직히 오르곤은 충분히 오만해질 만한 자격을 갖추었다.

"내가 아니면 누가 위대하시고 또 위대하신 분의 과업을 이어받겠는가? 몰곤 숙부님은 내 적수가 되지 못해."

오르곤은 이렇게 자신했다.

이런 자만심 때문에 오르곤은 종종 호위 무사 없이 왕궁 밖에 나가곤 했다.

오늘도 오르곤은 몸에 인비저빌러티(Invisibility: 투명화 마법)을 걸고 왕궁 담을 넘어 밖으로 나갔다. 답답한 왕궁과 달리 밖에 나오면 그렇게 속이 후련하고 좋을 수가 없었다.

오르곤은 비행 마법을 사용해서 왕궁 남쪽 50 킬로미터 지점까지 단숨에 날아온 다음, 좁은 뒷골목을 익숙하게 헤집었다.

오르곤이 향한 곳은 뒷골목에 위치한 조그만 술집.

오르곤은 이곳 술집에서 왕족이라는 신분을 숨기고 바텐더로 이중생활을 했다. 손님에게 칵테일을 만들어 팔면서 오르곤은 묘한 쾌감을 느꼈고, 이를 통해 당파 싸움에서 오는 스트레스를 해소했다.

딱!

지하로 이어진 술집 계단을 내려가면서 오르곤은 손가락을 튕겼다. 그의 손끝에서 일어난 마나가 마법 주문을 배열하며 은은한 빛을 발산했다.

그 빛이 오르곤의 온몸을 휘감았다. 순백에 황금으로 장식된 오르곤의 예복이 어느새 단정한 바텐더의 복장으로 변해 버렸다.

이것이 마법의 힘!

"흥흥흥흥~"

오르곤은 콧노래를 부르며 술집 문을 열었다.

Chapter 4

"응? 아직 아무도 출근을 안 했나?"

오르곤이 고개를 갸웃거렸다.

이 시각이면 점원들이 가게를 열고 장사를 시작했을 때인데, 오늘따라 술집이 썰렁했다. 손님들은커녕 점원도 보이지 않았다.

"이 녀석들, 뭐야? 단체로 지각을 한 거야?"

오르곤은 낮게 투덜거리며 가게 불을 켰다. 그러곤 바(Bar)로 향하면서 점원들의 군기를 잡아야겠다는 생각을 했다.

"이거 기합을 한번 주든가 해야겠군."

그때 오르곤의 등 뒤에서 술집 문이 닫혔다. 텅 빈 바 너머에선 수상한 자들이 하나씩 모습을 드러내었다.

"뭐냐?"

오르곤이 눈을 찌푸렸다.

그 와중에도 수상한 자들은 점점 더 숫자가 늘었다. 그들은 술집 벽면을 통과해 스르륵 나타나거나 천장에서 뚝 떨어졌다.

몸 전체를 가린 하얀 가죽옷!

콧날 위쪽까지 깊숙하게 덮은 뾰족한 로브!

양쪽 팔뚝에 찬 붉은 토시!

얼마 전 스벤센 왕국 나타나 롤로를 죽인 어쌔신 조직이 이번엔 먼 북쪽 헤닝 왕국에 등장했다. 그것도 무려 24명이나 되었다.

좌앙!

어쌔신들의 축 늘어진 손목 부위에서 길이 35 센티미터의 비수 두 자루가 튀어나왔다. 24명이나 되는 어쌔신들의 동작이 동시에 이루어져 칼날 튀어나오는 소리는 딱 한 번만 들렸다.

오르곤이 피식 웃었다.

"암살자냐?"

어쌔신들은 대답이 없었다.

오르곤의 입가에 걸린 웃음이 짙어졌다.

"야야! 형이 좋은 말로 할 때 그냥 돌아가라. 아마도 주술계 떨거지들이 용케도 내 뒤를 밟았나 본데, 이 형은 너희 같은 떨거지들이 상대할 사람이 아니거든. 노는 물이 다르니까 피를 보기 전에 그냥 꺼져."

주위를 에워싼 24명의 어쌔신을 보고도 오르곤은 겁을 내지 않았다. 그만큼 자신의 실력을 믿기 때문이었다.

어쌔신들이 점점 더 거리를 좁혔다. 그들이 내뿜는 살기가 아지랑이처럼 넘실넘실 뻗었다.

오르곤은 한숨을 푹 쉬었다.

"하아! 정말 말귀가 어두운 녀석들이구나. 이 형이 분명히 경고했지? 좋은 말로 할 때 그냥 가라고. 아니면 이렇게 된다고!"

말이 끝나기 무섭게 오르곤이 어쌔신 한 명을 가리켰다. 그의 손끝에서 발출된 시퍼런 낙뢰가 어쌔신의 심장을 그 대로 가격했다.

쩌저적!

"끄악!"

피하고 말고 할 사이도 없었다. 번개는 눈 깜짝할 사이에 어쌔신의 가슴을 지져 버리더니, 그 자리에서 다시 두 가닥으로 나뉘어 공기를 가로질렀다.

쩌적! 쩌저저적!

둘로 나뉜 낙뢰가 주변에 있던 어쌔신 2명의 심장을 지졌다. 그러곤 각기 다시 두 가닥씩으로 나뉘어 새로운 적을 노렸다. 낙뢰는 그렇게 목표물을 타격할 때마다 2배씩 수가 증가했다. 그러면서도 위력은 전혀 떨어지지 않았다.

쩌저저적! 빠카캉!

마침내 술집 내부 전체가 시퍼런 낙뢰에 휘감겼다.

이것은 스플리티드 라이트닝(Splitted Lightning)!

단숨에 다수의 적을 지져 버리는 전격계 최상위 마법이 오르곤의 손끝에서 펼쳐졌다. 24명의 어쌔신은 실 끊어진 꼭두각시처럼 그 자리에서 주저앉았다.

오르곤이 가볍게 혀를 찼다.

"쯧쯧쯧! 거 봐라. 이 형이 좋은 말로 할 때 말귀를 알아들었어야지. 어라?"

하지만 오르곤의 얼굴에 떠오른 미소는 그리 오래가지 못했다. 어쌔신들이 가슴이 시커멓게 타 버린 채로 일어섰기 때문이다.

창!

두 자루의 비수를 서로 맞대 날카로운 금속음을 낸 다음, 24명의 어쌔신이 동시에 몸을 날렸다.

슈각!

붉은빛을 머금은 비수가 오르곤의 등으로 파고들었다.

"매직 쉴드(Magic Shield: 마법 방패)!"

오르곤은 몸에 마법 방패를 둘렀다. 붉은빛을 머금은 비수가 오르곤의 몸 30 센티미터 안쪽으로 파고들자 그 부위에 푸른 보호막이 형성되어 비수를 막았다. 매직 쉴드는 단지 방어만 한 것이 아니라 비수를 통해 전기까지 흘려보냈다.

"큽!"

오르곤을 공격했던 어쌔신이 신음을 토했다. 비수를 쥔 그의 손등에선 시퍼런 스파크가 번쩍번쩍 일어났다.

또 다른 어쌔신이 허공에 부웅 점프해서 오르곤에게 돌려 차기를 먹였다. 어쌔신의 부츠에서 날카로운 비수가 솟구쳐 오르곤의 턱으로 날아들었다.

이번에도 푸른 보호막이 일어나 비수를 막았다. 비수에 어린 붉은빛이 보호막을 찢어놓을 것처럼 뒤흔들었다. 대신 이번에도 비수를 통해 강력한 전기가 어쌔신에게 전달되었다. 어쌔신의 부츠 전체가 파지직 소리와 함께 불에 타버렸다.

"큭!"

오르곤에게 돌려 차기를 한 어쌔신은 황급히 부츠를 벗어 던지며 뒤로 후퇴했다.

어쌔신들의 공격은 끝없이 계속되었다. 좁은 술집 안에 붉은빛이 난무하고 무기와 보호막이 맞부딪치는 소리가 귀청을 찢었다.

적들의 공격이 집요하게 계속되자 오르곤도 숨이 턱에 차올랐다.

"헉헉! 이 지독한 것들!"

붉은빛을 머금은 어쌔신의 공격을 매직 쉴드만으로 막기에는 역부족이었다. 오르곤은 몸에 축적된 마나를 손끝을 통해 한꺼번에 쏘아 냈다.

빠카카카캉!

또다시 작렬한 스플리티드 라이트닝!

한 줄기 낙뢰는 눈 깜짝할 사이에 7번 분화하며 128개의

낙뢰로 늘어났다. 어쌔신 한 명당 최소한 다섯 번 이상 벼락에 얻어맞은 셈이었다. 게다가 이번 낙뢰는 어쌔신의 심장이 아니라 팔다리를 집중적으로 지졌다.

Chapter 5

"크윽!"

"크흡!"

지독한 고통에 어쌔신들이 두 눈을 부릅떴다. 그들의 팔다리는 시커멓게 변색되어 하얀 김을 내뿜었다.

"우후후! 역시 심장에 전기가 통하지 않는 보호대를 착용했구나! 팔다리에는 그 보호대가 없고 말이야."

오르곤이 활짝 웃었다.

조금 전 스플리티드 라이트닝이 어쌔신들에게 통하지 않아 당황했는데, 역시 오르곤의 짐작이 맞았다. 어쌔신들은 오르곤의 주특기가 전격계 마법이라는 사실을 미리 알고 준비를 철저하게 해 온 것이다.

하지만 팔다리까지 보호대를 두르기란 불가능.

'몸이 민첩해야 하는 암살자들이 팔다리에 무거운 보호대를 착용할 수는 없었을 테지.'

오르곤은 이 점을 노려 어쌔신들을 한꺼번에 싸잡아 타격했다.

"따끔한 맛을 한 방 더 보여 주마."

오르곤이 다시 손을 뻗었다.

빛처럼 빠른 낙뢰를 피할 길은 없었다. 눈 깜짝할 사이에 어쌔신들의 팔다리를 뚫고 여덟 번이나 분화한 낙뢰는 어느새 256개로 늘어나 온 사방을 전하로 가득 채웠다.

빠캉! 빠카캉! 빠카카카캉—!

눈을 뜰 수 없는 낙뢰의 향연에 이어 무시무시한 소리가 뒤따랐다. 송장 태우는 매캐한 냄새가 실내에 진동했다.

팔다리를 저격당한 어쌔신들이 픽픽 쓰러졌다.

그 와중에 어쌔신 한 명이 오르곤의 옆구리를 노려 비수를 날렸다. 붉은빛에 휩싸인 비수가 낙뢰를 뚫고 파고들었다.

매직 쉴드가 시퍼렇게 일어나 방어했지만, 비수를 막지는 못했다. 오르곤이 마나의 대부분을 공격에 집중한 탓이었다. 상대적으로 오르곤의 방어력은 그만큼 약해진 상태였다.

"크악!"

오르곤의 입에서 처음으로 비명이 터졌다.

갈비뼈 바로 아래쪽으로 파고든 비수는 오르곤에게 내장

을 끊어 놓는 고통을 선사했다. 짧은 순간, 낙뢰에 공급되던 마나가 끊겼다. 스플리티드 라이트닝은 힘을 잃고 소멸했다. 거의 괴멸에 가까운 타격을 받았던 어쌔신들이 회복할 시간을 벌었다.

"안 되겠다."

어쌔신들은 품에서 붉은 약병을 꺼내 일제히 삼켰다.

약효는 즉각 나타났다. 로브 그늘 아래, 어쌔신들의 두 눈이 시뻘겋게 달아올랐다. 스파크가 파직! 파직! 튀고 신경까지 타버렸던 그들의 팔다리가 희한하게도 다시 움직였다.

약을 먹은 어쌔신들이 다시 일어나 오르곤에게 비수를 날렸다. 붉은 광채에 휩싸인 비수 수십 자루가 빛살처럼 날아가 오르곤을 공격했다.

"크아악!"

오른곤이 두 주먹을 불끈 쥐었다.

이번 공격은 매직 쉴드만으로 막기엔 불가능했다. 오르곤은 마침내 자신이 결합한 마물을 불러일으켰다.

순간적으로 오르곤의 몸속 뼈가 싹 사라졌다. 와르르 허물어진 오르곤의 몸은 끈적끈적한 반죽처럼 바닥에 찰싹 달라붙었다가 다시 크게 부풀며 사방으로 촉수를 뻗었다. 이 촉수 한 가닥 한 가닥마다 악마의 아가리를 매단 빨판이 무수히 많이 달려 있었다.

무려 1,000개의 다리를 지닌 문어형 마물!

밀레노포스의 등장이었다.

부우우욱― 부풀어 오른 밀레노포스는 눈 깜짝할 사이에 그 거대한 몸집으로 술집 내부를 가득 채웠다.

"어엇?"

뒤로 밀려난 어쌔신들이 다시 비수를 날렸다.

하지만 밀레노포스의 몸에 돋아난 1,000개의 다리가 24개의 비수를 칭칭 휘감아 공격을 막아 냈다. 그뿐만이 아니라 1,000개의 다리는 어쌔신들을 향해서도 빠르게 달려들었다.

어쌔신 6명이 품에서 푸른 돌을 꺼냈다.

뾰족한 돌 6개가 술집 바닥에 박히자 푸른 돔이 화아악 일어났다.

이 돔 안에서 모든 마정석은 제 기능을 잃는다. 마정석으로부터 에너지를 공급받는 마물들도 힘을 잃고 사라지게 된다.

최근 스벤센 왕국의 4군단장 롤로가 비참하게 살해를 당한 이유도 바로 이 푸른 돌 때문.

어쌔신들은 이 신비한 돌의 힘을 빌려 오르곤의 마물을 잠재우려고 들었다.

한데 통하지 않았다.

오르곤은 마정석을 이용해서 마물과 결합한 것이 아니기 때문이다. 오르곤은 도플갱어의 능력으로 해구 3층의 마물을 복사해 왔다. 따라서 마정석의 기능이 정지되더라도 오르곤의 마물에게는 아무런 타격이 없었다.

[이건 또 뭔 개수작이냐?]

어쌔신들의 뇌에 오르곤의 으스스한 음성이 울렸다.

넘실넘실 다가온 1,000개의 마물 다리는 어쌔신들을 신속하게 낚아채 허공으로 확 치켜들었다. 마물의 다리에 매달린 빨판들이 일제히 아가리를 벌려 어쌔신의 온몸을 꽉꽉 물어뜯었다. 다리에 한 번 휘감기기만 해도 어쌔신의 몸에선 피가 철철 흘렀다.

"왜 통하지 않는 거냣?"

"놈의 마물이 사라지지 않잖아! 크아악!"

어쌔신들이 당황했다.

그 와중에도 몇몇 어쌔신들이 갈고리를 휘둘러 마물에 저항했다. 하지만 1,000개나 되는 마물의 다리가 사방에서 조여들자 결국 무너질 수밖에 없었다. 어쌔신들은 하나둘 마물의 다리에 휘감겨 허공에 높이 솟구쳤다. 그다음 곧바로 팔다리가 찢겨 나갔다.

부우욱—

와직!

연약한 인체가 마물의 억센 힘을 당해 낼 리 없었다. 사방에서 끔찍한 소리가 들렸다. 머리와 팔다리가 5개의 마물 다리에 휘감긴 어쌔신 한 명이 악을 썼다.

"사, 살려 줘!"

어쌔신의 구조 요청은 처절하고도 절박했다.

하지만 아무도 이 희생자를 도울 수 없었다. 다들 자기 살기에 급급했다. 불쌍한 어쌔신은 공중에서 팔다리가 뽑히고 마지막으로 머리통마저 뽑혀 나가 처참하게 죽었다.

와득! 와득! 와득!

마물 다리에 매달린 악마의 아가리들은 폭포수처럼 쏟아지는 피를 마시며 게걸스럽게 포악을 떨었다.

워낙 좁은 술집이라 어디로 피할 곳도 없었다. 술집의 문은 밀레노포스의 육중한 몸통에 가로막혀 나갈 수도 없었다.

처음 어쌔신들이 술집에 나타났을 때 벽을 뚫고 들어오는 것처럼 보였던 것은 어쌔신들의 은신술일 뿐. 사실 그들은 벽을 뚫고 등장한 것이 아니라, 벽에 찰싹 매달린 다음 위장막을 그 위에 둘러 신체를 숨겼을 뿐이다.

사방이 꽉 막힌 이곳 밀실에서 어쌔신들은 하나둘 마물의 다리에 붙잡혀 사지가 찢겨 나갔다.

"크아악!"

마침내 마지막 어쌔신의 목이 강제로 뽑혔다. 어쌔신의 뻥 뚫린 목 부위에선 붉은 핏물이 분수처럼 솟구쳤다.

"헉헉!"

적을 모두 죽인 뒤, 오르곤이 다시 인간의 모습으로 돌아왔다. 오르곤은 손으로 벽을 짚고 거칠게 숨을 헐떡였다.

사실 오르곤이 입은 피해도 컸다. 그는 스플리티드 라이트닝이라는 광범위 마법을 연달아 사용했기에 몸속 마나는 완전히 고갈되었고, 마나홀에도 살짝 금이 갔다.

오르곤의 옆구리에서는 아직도 피가 철철 흘렀다. 피에 섞여 검붉은 조각들이 흘러나오는 것으로 보아 내장도 너덜너덜 해진 것 같았다.

"젠장! 피를 너무 많이 흘렸나?"

오르곤은 천장이 빙글빙글 돈다고 느꼈다.

"우욱! 우웨엑!"

피범벅이 된 술집 풍경에 헛구역질도 치밀었다.

"일단 여기서 나가자."

오르곤은 왼손으로 옆구리를 지혈한 채 술집 문을 밀었다.

푹!

그때 오르곤의 배를 쑤시고 화끈한 것이 들어왔다.

Chapter 6

"크악!"

오르곤이 이빨을 악물었다.

시뻘겋게 충혈된 오르곤의 눈에 어쌔신 한 명이 들어왔다.

'이런 씨발! 문밖에서 잠복 중이던 놈이 하나 더 있었구나!'

적을 모두 해치웠다고 방심한 것이 실수였다.

"죽어랏!"

어쌔신이 어깨로 오르곤을 밀며 비수의 날을 좌우로 비틀었다.

"크하학!"

오르곤이 고개를 뒤로 젖혔다. 뱃속으로 파고든 비수가 오르곤의 내장을 가닥가닥 끊어놓았다. 오르곤은 이 지독한 고통을 견디지 못하고 입에 거품을 물었다.

"이 괴물아, 죽어랏!"

어쌔신이 비수를 뒤로 살짝 뺏다가 다시 힘껏 앞으로 밀었다.

푸욱!

예리한 칼날이 오르곤의 살을 저미며 더 안쪽으로 파고
들었다.

울컥!

오르곤의 입과 코에서 시뻘건 핏물이 쏟아졌다. 오르곤
은 젖 먹던 힘까지 쥐어짜 오른손으로 어쌔신의 머리통을
붙잡았다.

"으드득! 내가 이대로 죽을성싶으냐? 크아아악!"

오르곤이 악을 썼다.

오르곤의 오른손은 어느새 흉측한 마물의 다리로 변해
있었다. 무수히 많은 빨판이 매달린 마물의 다리가 어쌔신
의 머리통을 칭칭 휘감았다.

비수에 찔린 오르곤의 복부도 어느새 마물의 다리로 변
했다. 꾸물꾸물 솟구친 마물의 다리가 어쌔신의 손목을 칭
칭 감아 우두둑 뼈를 분질러 버렸다.

"아, 안 돼!"

이번엔 어쌔신이 비명을 질렀다.

콰드드득!

어쌔신의 머리통은 마차 바퀴에 갈린 수박처럼 그대로
으깨져 나갔다. 어쌔신의 손목도 곤죽처럼 갈려 자취를 감
추었다.

몸뚱어리만 남은 어쌔신이 휘청거렸다.

오르곤의 마물은 상대의 상반신을 잡아 좌우로 확 찢었다. 폭포수처럼 쏟아지는 핏물을 뚫고 오르곤이 비틀비틀 술집을 나왔다.

"젠장! 젠장! 나 오르곤이야. 이대로 죽지 않아."

지상으로 통하는 계단을 힘겹게 올라오면서 오르곤은 이렇게 중얼거렸다. 오르곤이 손으로 짚은 벽을 따라 핏물이 쭉 이어졌다.

"크헉!"

마침내 지상에 올라온 오르곤이 앞으로 푹 쓰러졌다.

"오르곤 님! 오르곤 님!"

중키에 몸이 날렵한 마법사 한 명이 부리나케 달려와 오르곤을 부축했다.

"사비……지……?"

오르곤이 가물거리는 눈을 떠서 상대를 확인했다.

마법사가 힘차게 고개를 주억거렸다.

"그렇습니다. 저 사비지입니다."

"네가…… 어떻게…… 여기에?"

오르곤이 더듬더듬 물었다.

사비지는 황급히 오르곤을 둘러업었다. 그러곤 비행 마법으로 풀쩍 날아오르며 상황을 설명했다.

"오르곤 님께서 인비저빌러티 마법으로 왕궁에서 나가시는 것을 보고 혹시 몰라서 쫓아왔습니다. 요새 왕국의 내분이 심화되어 살얼음판을 걷는 상황이라 저라도 쫓아와야 할 것 같아서요. 그런데 제가 뒤를 밟힌 것인지, 아니면 적들이 미리 매복을 해 놓았는지, 주술계 놈들의 공격을 받았습니다."

"주……술……계?"

"네. 저를 공격한 자들은 주술계였습니다. 놈들의 공격을 뚫고 이곳에 와 보니 오르곤 님께서 피투성이가 되어 쓰러지시지 뭡니까."

사비지는 지붕을 발로 박차며 다시 점프했다.

"으으으! 크윽!"

오르곤은 사비지의 등에 매달려 머리를 좌우로 흔들었다. 흐려지던 의식이 잠시 다시 돌아왔다. 정신을 차리고 보니 사비지의 등은 온통 피투성이였다. 의복도 여기저기 찢겨 있었고, 그 사이로 상처가 드러났다.

오르곤이 이를 악물었다.

"크윽! 주술계, 이 씹어 먹을 놈들!"

"오르곤 님, 입을 열지 마십시오. 부상이 심하시니 소신에게 기대어 잠시 눈을 붙이십시오. 소신이 적들을 따돌리겠습니다."

말이 끝나기 무섭게 사비지의 몸놀림이 더 빨라졌다. 가속화 마법을 몸에 건 덕분이었다. 사비지는 한 번에 건물 서너 개를 건너뛰며 빠르게 왕궁으로 향했다.

그렇게 사비지가 1킬로미터 이상 도망쳤을 때였다. 등 뒤에서 화살이 날아왔다.

피육!

공기를 가르며 파고든 화살은 사비지의 허벅지를 관통했다. 화살이 꽂힌 부위에서 가시 돋친 넝쿨이 자라나 사비지의 발을 묶었다.

"크윽! 주술이 걸린 화살이구나!"

사비지가 이를 악물었다.

다리가 끊어질 듯한 고통이 느껴지건만 사비지는 속도를 늦추지 않았다. 오히려 가속화 마법을 한층 고조시켜 도망치는 속도를 높였다. 다른 한편으로는 손의 하얀 기운을 모아 상처 부위에 가져다 대었다.

차가운 냉기가 가시넝쿨을 꽝꽝 얼렸다. 상처도 함께 얼어붙었다.

사비지는 빙계 마법에 특화된 마법사!

이 정도 상처쯤은 얼마든지 견뎌 낼 만한 실력자였다.

"칫!"

건물 지붕에 매복해서 화살을 쏘았던 저격수가 발을 굴

렀다. 저격수는 위장막을 풀고 그 모습을 드러냈다.

위장막 속에서 드러난 사람은 놀랍게도 몰곤을 섬기는 주술사가 아니었다. 술집에서 오르곤을 공격했던 바로 그 어쌔신 복장을 입고 있었다.

어쌔신의 눈에 저 멀리 사라지는 사비지의 모습이 맺혔다. 어쌔신은 낮게 중얼거렸다.

"석궁 한 방으로 죽이지 못한 것은 아쉽다만, 어쨌거나 임무는 완수했다. 상처 입은 오르곤은 분명 몰곤이 공격했다고 오해할 테지. 그다음은 헤닝 왕국의 두 세력이 치고받고 싸우는 일만 남았어."

오늘 밤 오르곤과 사비지를 암습한 자들은 몰곤을 섬기는 주술계가 아니었다. 오르곤과 몰곤의 분열을 바라는 어쌔신 조직, 즉 '벨커스의 추종자'들이 바로 이번 암습의 주도자였다.

석궁을 쏘았던 어쌔신이 고개를 갸웃거렸다.

"그나저나 사비지의 등에 업힌 부상자가 오르곤이 맞지? 이거 동료들은 뭘 한 거야? 무려 25명이나 투입되었으면서 설마 오르곤 한 명을 죽이지 못하고 놓쳤어? 야아, 이거 바보들이네. 완전히 바보들이야."

어쌔신은 동료들의 무능력함을 씹어 준 다음, 지붕에서 뛰어내려 땅에 사뿐히 내려섰다. 그의 손목에 착용한 석궁은 어느새 찰칵 접혀 팔뚝에 착용한 토시 속으로 모습을 감추었다. 어쌔신은 동료를 찾아 오르곤의 술집으로 발걸음을 옮겼다.

구름이 스르륵 밀려와 달빛을 차단했다.

제7화
출궁

Chapter 1

실내엔 밝음과 어둠이 공존했다. 높은 천장에서 떨어지는 햇빛은 한정된 구역만 집중적으로 밝혔다. 빛이 닿지 않는 곳은 상대적으로 더 어두웠다.

3명의 노인은 어둠 속에 몸을 파묻은 채 빛을 응시했다.

삼각 테이블의 삼면에 마주 앉은 3명의 노인…… 테이블 위는 햇빛이 직선으로 떨어져 밝았으나, 그 빛은 노인들에게까지 미치지 못했다.

3명의 노인들 중 초승달 가면을 쓴 자가 먼저 입을 열었다.

"계획대로 작전을 시작했다네. 스벤센과 헤닝, 양쪽에서

모두."

나머지 2명의 노인이 초승달 가면에게 시선을 돌렸다.

"결과는?"

하얀 로브를 입은 노인이 물었다.

초승달 가면 노인은 입술을 한 번 질겅 씹고는 대답했다.

"스벤센은 일단 성공한 것 같네. 군나르 왕국과 인접한 국경선에 스벤센 왕국의 병력 배치가 늘고 있어. 긴장감도 꽤 높아졌지."

"작업 대상이 4군단장 롤로였나?"

하얀 로브의 노인이 물었다. 그는 북부의 사정에 대해 훤히 꿰뚫고 있는 것처럼 보였다.

초승달 가면의 노인이 고개를 위아래로 끄덕였다.

"맞아. 롤로였지."

"투입 병력은?"

하얀 로브의 노인은 집요하게 물었다.

"6명."

"아군의 피해 상황은?"

"한 명이 죽었네. 나머지도 제법 부상을 입었고."

그 말에 하얀 로브의 노인이 몸을 의자 깊숙이 파묻었다.

"한 명의 피해라면 괜찮군. 북부 솔샤르의 왕족을 상대로 이만하면 나쁘지 않아."

하얀 로브의 노인은 어쎄신의 죽음을 아무렇지도 않게 생각했다. 초승달 가면의 노인이 가면 속에서 입술을 지그시 씹었다.

하얀 로브의 노인이 다시 질문했다.

"하면 헤닝 왕국 쪽은 어찌 되었나?"

"거긴……."

초승달 가면의 노인은 쉽게 입을 떼지 못했다.

하얀 로브의 노인이 재촉했다.

"왜 그러나? 혹시 작전이 실패했나?"

초승달 가면은 고개를 가로저었다.

"아니. 작전은 성공했다네. 헤닝 왕국의 마법계와 주술계는 이제 불꽃 튀는 내전을 벌이게 될 게야."

"허어! 그거 잘되었군. 그런데 왜 그러나? 작전이 성공했다면서 왜 그렇게 어깨가 처졌어?"

"아이들의 피해가 컸다네."

"피해? 얼마나?"

"스물다섯."

"뭣?"

하얀 로브의 노인이 소스라치게 놀랐다.

초승달 가면의 노인은 머리를 절레절레 흔들었다.

"스벤센 왕국의 롤로는 그냥 일반 왕족에 불과하지만, 헤닝 왕국의 오르곤은 앞으로 군주가 될 유력한 후보자라네. 하여 총 26명의 아이들을 현장에 투입했지. 그런데 이 가운데 오르곤을 직접 상대한 25명이 전멸했어. 모두 그 자리에서 즉사했다더군. 휴우우!"

"맙소사!"

하얀 로브의 노인이 자리에서 벌떡 일어나 손으로 이마를 짚었다.

"25명! 무려 25명이나 죽었단 말이지? 군주도 아닌, 군주의 후계자를 해치우는 데 이렇게 큰 피해를 입다니, 이게 말이 되는가? 그 아이들은 분명 푸른 돌을 사용했을 것 아닌가? 오르곤의 마법이 제아무리 뛰어나다고 해도 마물을 봉인당한 상태에서 마나의 벽 1단계를 돌파한 아이들을 25명이나 해치웠다고? 나더러 지금 이 말을 믿으라는 건가?"

"그게 다가 아닐세."

초승달 가면의 노인은 한술 더 떴다.

하얀 로브의 노인은 펄쩍 뛰었다.

"다가 아니라니? 뭐가 또 있나?"

"25명의 희생으로도 오르곤을 잡지 못했다네."

"뭣이?"

초승달 가면은 무겁게 한숨을 내쉬었다.

"휴우우! 물론 헤닝 왕국의 마법계와 주술계 사이에 싸움을 붙이는 데는 성공했어. 하지만 오르곤의 숨통을 끊어 놓지는 못했네."

"어떻게 그럴 수가 있지? 25명이나 투입했는데 어떻게?"

하얀 로브의 노인이 버럭 소리를 질렀다.

초승달 가면은 아무런 대답도 하지 못했다.

"도대체 어떻게 된 게야? 대체 왜 실패를 했느냐고?"

하얀 로브의 노인은 불안하게 실내를 서성거렸다.

지금까지 침묵하던 검은 가면의 노인이 끼어들었다.

"과거에도 실패한 전적이 있지."

"뭐?"

"군나르 왕국의 후계자 하라간 말일세. 작년 8월에 4명의 아이들을 투입해서 하라간을 도모했었지. 하지만 결과는 어땠나? 실패였지? 당시 아이들만 3명이 죽었고, 나머지 한 명은 군나르 왕국에 포로로 잡혔어."

"끄으응!"

초승달 가면의 노인이 신음을 토했다.

하얀 로브를 입은 노인은 다시 자리에 앉아 손으로 주름진 얼굴을 쓰다듬었다.

"이보게. 우리가 계획을 다시 짜야 한다고 생각하나? 솔샤르들의 전력이 우리의 예상을 뛰어넘는다고 보이나?"

하얀 로브의 노인이 나머지 두 사람에게 물었다.

둘의 반응은 엇갈렸다. 초승달 가면의 노인은 즉각적인 작전 재점검을 요청했다.

"내 생각엔 계획을 처음부터 다시 점검하는 것이 좋을 것 같네. 일부 솔샤르들은 우리의 예상 범위 안에 들어오네만, 분명히 우리의 예상을 뛰어넘는 자들이 있어."

반면 흑가면을 쓴 노인은 작전 재수립에 반대했다.

"나는 작전 재수립에 반댈세."

"이유는?"

하얀 로브의 노인이 물었다.

흑가면 노인은 손가락을 들어 천장을 가리켰다.

"이미 여왕 폐하의 강림이 시작되었어."

"뭣?"

"우리에게는 여왕이시고, 온 세상 백성들에겐 여신으로 추앙받으실 분! 그분의 강림을 대비해서 천계에 머물던 여왕의 사자들이 이미 지상으로 내려와 남부 연합 내부에 영역을 다지고 있다네. 예를 들어 남부 연합 홀리랜드 같은 곳은 이미 여왕의 사자들이 하강하여 둥지를 틀었지."

"헉! 벌써?"

"이건 너무 이른데?"

하얀 로브의 노인과 초승달 가면 노인이 동시에 눈을 부릅떴다.

여왕 강림 의식은 앞으로 10년 뒤에나 이루어질 일이었다. 그런데 벌써 천계에서 여왕의 사자들이 내려오고 강림 의식이 시작되었다니, 두 노인은 머리가 멍했다.

흑가면을 쓴 노인이 손가락으로 탁자를 톡톡 두드렸다.

"여왕 폐하께서 언제 강림하실지 나도 정확히 알 수 없네. 하지만 그다지 먼 미래는 아닐 것이야. 그러니 북부에서 우리가 벌이는 작전들도 좀 더 속도를 내야 해. 여왕 폐하의 강림에 앞서서 솔샤르들을 쓸어버릴 준비를 끝마쳐야지. 그래야 여왕 폐하의 강림과 동시에 전력을 몰고 마해로 쳐들어가서 마물들을 완전히 소탕할 수 있지. 마물들의 온전한 박멸! 이것이야말로 우리 벨커스의 추종자들이 세상을 살아가는 목표가 아닌가."

흑가면의 말이 옳았다. 하얀 로브의 노인이 맞장구를 쳤다.

"자네 말이 맞네. 이유는 모르겠으나 여왕 폐하의 강림이 앞당겨졌다면 우리 작전도 그에 맞춰야겠지. 그것이 우리의 목표이자 존재 이유니까."

초승달 노인도 큰 한숨과 함께 동의했다.

"하아아! 내가 키운 아이들이 희생이 커질 것 같아 기분이 유쾌하지는 않다네. 하지만 어쩌겠는가. 마해의 마물들을 물리치는 것이야말로 우리의 사명인 것을! 어떠한 희생이 따르더라도 나는 우리 조직의 목표 달성을 위해 목숨을 바칠 걸세. 내가 키운 아이들도 마땅히 내 뜻을 따를 게야."

"고맙네, 친구."

하얀 로브의 노인이 탁자 위로 손을 내밀었다. 몸은 어둠 속에 머문 채 그의 주름진 손만 빛으로 나왔다.

"고맙기는. 마땅히 내가 해야 할 일이야."

초승달 가면의 노인이 손을 마주 내밀어 하얀 로브 노인의 손등을 덮었다. 그 위에 흑가면 노인의 손이 겹쳐졌다.

천장에서 내리꽂히는 빛의 기둥 안에서 3개의 손이 하나가 되었다.

3개의 손이 다시 분리되었을 때 빛 속에는 하나의 문장만 남았다.

삼각 테이블 위에 아로새겨진 붉은 원 문장!

어쌔신들의 로브에 새겨진 것과 동일한 이 붉은 원 문장이야말로 벨커스의 추종자들을 의미하는 징표였다.

Chapter 2

하라간은 오늘도 웃전의 지하 연무장에서 군나르와 시간을 보냈다. 군나르의 키르샤를 받아들여 하라간의 몸이 신체 변형을 이루었다.

우선 하라간의 피부에 황갈색 비늘이 돋아났다. 하라간의 목은 쭈우욱 늘어나 연무장 천장에 머리가 닿을 정도로 커졌다. 하라간의 몸뚱어리는 연무장의 절반을 가득 채울 만큼 부풀었다. 하라간의 이마엔 시뻘건 뇌전을 품은 제3의 눈이 열렸고, 몸뚱어리에선 총 8개의 발이 돋아났다. 하라간의 턱에서 직선으로 내리뻗은 수염은 연무장 바닥에 닿아 길게 늘어졌다. 하라간의 이마 양쪽에선 10 미터 길이의 뿔 2개가 구불구불하게 자라났다. 2개의 뿔 사이로 파지직! 파지직! 전하가 날뛰었다.

꾸어어엉!

하라간이 기지개를 켜듯 몸을 쭉 뻗었다. 머리부터 꼬리까지 길이는 무려 90 미터가 넘었다. 하라간이 발톱을 곤두세웠다.

촤앙!

8개의 발에서 쫙 펼쳐진 32개의 발톱!

하라간은 그 날카로운 발톱으로 연무장 바닥을 움켜잡았다. 강철로 만든 연무장 바닥이 포크에 찔린 치즈 조각처럼 쉽게 뭉그러졌다.

하라간은 황갈색의 날개를 활짝 펼쳤다. 한쪽 날개 당 50미터 씩, 다 합치면 거의 100 미터에 육박하는 거대한 날개였다.

하라간의 날갯짓에 지하 연무장에 강한 돌풍이 일었다.

군나르는 흐뭇한 눈으로 그 모습을 바라보았다.

[어떠냐? 마물과 결합한 상태에서 독을 사용해 보겠느냐?]

군나르가 하라간에게 물었다.

오늘 하라간이 달성할 목표는 '키르샤로 변신한 상태에서 독 사용하기' 였다.

[네, 해 보겠습니다.]

하라간이 커다란 머리를 주억거렸다.

군나르는 미리 준비해 놓은 황소를 하라간 앞에 풀어놓았다. 불쌍한 황소는 키르샤가 뿜어내는 위압감에 질려 오줌을 질질 싸며 그 자리에 주저앉았다.

[자! 펼쳐 보거라.]

[네, 할아버님.]

키르샤가 된 하라간이 발톱을 살짝 까딱거렸다.

기척도 없이 살포된 두 종류의 독이 황소를 뒤덮었다. 그 가운데 첫 번째 독은 황소의 호흡기를 타고 들어가 신경을 마비시켰다.

무우우—!

황소가 머리를 좌우로 흔들며 괴로워했다.

그사이 두 번째 독이 황소의 심장으로 파고들었다.

무웡!

발작을 일으킨 황소가 갑자기 네 다리를 쭉 뻗으며 거품을 물었다. 황소의 근육이 경직되고 눈이 돌아갔다.

[어디 보자.]

군나르가 가까이 다가가 황소의 눈을 강제로 까뒤집었다. 군나르는 황소의 콧물과 눈물, 입가에 흐르는 거품 낀 침을 손가락으로 비벼 보고, 또 냄새를 맡았다.

군나르가 하라간을 돌아보았다.

[25종? 26종? 도대체 몇 종류의 독을 배합한 것이냐? 할아비의 짐작으로는 대충 26종인 것 같은데?]

[맞습니다. 첫 번째 신경 마비 독은 총 26종류의 독을 배합했습니다.]

[대충 어떤 독들인지 파악이 되는구나. 하지만 독의 배합이 복잡하고 까다로워 해독약을 만들려면 시간이 좀 걸리겠다.]

[할아버님께서 손수 해독약을 제조하신다면 얼마나 시간이 걸리시겠습니까?]

하라간이 물었다.

군나르는 곰곰이 생각하다가 손가락 2개를 들어 보였다.

[2시간은 족히 걸릴 것 같구나. 물론 해독약을 만들지 않고 이 독을 직접 뽑아내는 방식으로 해독한다면 3분 이내로 해독할 수 있겠지만 말이다.]

[2시간이요? 복잡하게 독을 섞은 보람이 있네요. 헤헤헤!]

하라간이 히죽 웃었다.

군나르도 함께 웃었다.

[허허허! 그래. 복잡하게 독을 섞은 보람이 있구나. 이 할아비가 해독약 제조에 2시간이 걸린다면, 다른 사람들은 거의 해독이 불가능하다는 뜻이다. 하라간, 네가 만든 독은 정말 뛰어나.]

[하면 두 번째 독은 어떠한가요?]

[심장에 타격을 주는 이 독 말이냐? 허허허! 녀석! 이 할아비에게 장난을 치려는 것이냐? 이 독은 결코 약한 독이 아니야. 탁소 키르샤의 독이 섞여 있는 극독 중의 극독이지. 거기에 네가 여섯 종류의 독을 추가로 배합하여 독성을 중화시켰기에 망정이지, 그게 아니었다면 이 황소는 이

미 한 줌의 핏물로 녹아 버렸을 게다. 허허허!]

[그러니까 할아버님께서 제가 만든 두 번째 독을 해독하시려면 얼마나 시간이 걸리실까요?]

[글쎄다. 우선 이 독은 해독제를 만들기 어렵겠구나. 독성을 강화시켜서 만든 독이 아니라 약화시켜서 만든 독이기 때문이지. 하라간, 네가 만든 이 두 번째 독에는 총 7종의 독이 섞여 있다. 그런데 이 7종이 서로를 견제하여 독의 기운을 중화시켜 놓았어. 이 상황에서 독을 함부로 건드리면 큰일이 난다. 만약 이 할아비가 7종의 독 가운데 몇 종류의 독만 먼저 해독시켰다고 상상해 보거라. 그럼 중화의 효과가 깨어지면서 탁소 키르샤의 독 등이 다시 원래의 극독으로 돌아가겠지? 그 즉시 이 황소는 독 기운을 견디지 못하고 핏물로 변할 게다. 이거 해독약을 만들기 아주 까다롭겠어. 허허!]

[하면 몸으로 직접 독을 빨아들여 해독하는 방식은 어떤가요?]

하라간이 집요하게 물었다.

군나르가 머리를 가로저었다.

[이 두 번째 독은 몸으로 빨아들이는 것도 쉽지 않겠어. 독을 흡수하는 과정에서 7종의 독 배합이 무너지기라도 한다면, 이 할아비의 몸속에서 탁소 키르샤의 극독이 날뛸

것 아니더냐? 네가 만든 이 두 번째 독은 정말로 흉악하구나! 흉악해!]

군나르는 진심으로 감탄했다.

하라간이 독을 배운 기간은 불과 한 달도 되지 않았다. 그런데 군나르가 곤혹스러울 정도로 까다로운 독을 만들어 내었다.

'역사상 독 분야에서 이토록 급속한 발전을 이룬 사람은 없을 게야. 어허허허!'

군나르는 하라간이 정말로 자랑스러웠다.

Chapter 3

수련을 마친 뒤, 군나르와 하라간은 차를 함께 마셨다. 오늘 군나르가 준비한 것은 마음을 안정시켜 주는 국화차였다.

물론 군나르는 국화차에 독을 한 숟갈 첨가해서 톡 쏘는 맛을 가미했다.

"이거 섭섭하구나!"

독이 든 국화차를 한 모금 목구멍으로 넘긴 뒤, 군나르는 아쉬움을 표현했다.

하라간이 어리둥절한 표정을 지었다.

"할아버님, 무엇이 섭섭하단 말씀이십니까?"

"험험! 뭐가 섭섭한지 몰라서 묻는 게냐?"

군나르의 장난에 하라간이 속아 넘어갔다. 하라간은 즉각 무릎을 꿇었다.

"혹시 제가 할아버님께 결례를 했습니까? 제 잘못을 지적해 주시면 즉시 고칠 것이니 말씀해 주십시오."

군나르는 웃음을 참으며 하라간을 가리켰다.

"네가 바로 결례니라."

"네에?"

"이 할아비가 평생 연구한 것을 이토록 빨리 빼앗아 간 네가 바로 결례야."

"네에에?"

"어허허허! 할아비가 농담을 한 것이니 그렇게 놀랄 것 없느니라. 휴우우! 그래도 약간은 섭섭하기도 하구나. 더 이상 네게 가르칠 게 없어서 아쉬워. 마물 공유는 눈 깜짝할 사이에 끝나 버렸고, 독에 대한 공부도 더 이상 가르쳐 줄 것이 없어. 에효효! 늙으면 죽어야지."

군나르는 맥 빠진 표정을 지었다.

하라간이 울상이 되었다.

"할아버님, 아닙니다. 저는 아직도 할아버님께 배울 것이 많습니다. 그러니 제발 그런 말씀 마십시오."

"어허허! 그렇게 울상 지을 것 없다니까. 이 할아비는 네가 기특하고 예뻐서 헛소리를 한 게야. 너를 놀려 주려고 농담을 한 것뿐이라니까. 허허허!"

하라간이 진지하게 나오자 군나르는 손사래를 쳤다.

그래도 하라간은 울상을 풀지 못했다.

군나르가 화제를 돌렸다.

"그나저나 요새 남쪽 국경선이 시끄럽더구나."

"네. 스벤센 녀석들이 시끄럽게 군다고 들었습니다. 그곳의 4군단장이 실종되었는데, 그 용의자로 우리 군나르 왕국을 지목했다고 하더군요. 참으로 웃기는 녀석들이지요."

하라간의 표정은 어느새 싸늘하게 바뀌었다.

군나르가 가만히 찻잔을 내려놓았다.

"하라간, 네가 한번 남부에 시찰을 가 보련?"

"네?"

의외의 제안에 하라간이 눈을 동그랗게 떴다.

그동안 군나르는 하라간이 왕궁 밖으로 나가는 것을 싫어했다. 수도를 떠나 먼 지역으로 이동하는 것은 더더욱 예민하게 받아들였다.

'하나뿐인 후계자 하라간이 외부에서 큰일이라도 당하

면 안 되지.'

이것이 군나르의 생각이었다. 사막 도시 키약에서 하라간이 어쌔신들의 공격을 받은 이후로, 그리고 최근 마이림이 납치를 당한 이후로 군나르는 하라간이 왕궁 밖으로 나가는 것을 엄격하게 통제했다.

'그런데 내게 먼 남부를 다녀오라니? 그것도 긴장감이 높아지고 있는 남부의 국경선을 시찰하라고? 진심이신가?'

하라간은 영문을 몰라 눈만 껌뻑거렸다.

군나르가 희미하게 미소를 지었다.

"왜? 놀랐느냐?"

"네. 예상치 못했던 말씀이라 좀 놀랐습니다."

하라간은 솔직하게 답변했다.

군나르가 국화차를 한 모금 더 들이킨 다음 이유를 설명했다.

"그동안 이 할아비가 너를 애지중지 품에 끼고 산 것은 사실이다. 하나뿐인 후계자를 위험한 곳에 내놓을 수는 없었어. 너도 할아비의 마음을 이해해 줄 것이라 믿는다."

"물론입니다, 할아버님."

"그런데 이제 상황이 바뀌었구나. 하라간, 너는 우리 가문의 비전 독술을 습득했을 뿐 아니라 할아비의 탁소 키르샤까지 공유했지 않느냐? 또한 나는 이번 마물 공유를 통해 너의 마물이 얼마나 강력한지 다시 한 번 깨달았단다. 아마도 세상에서 너를 해칠 수 있는 솔샤르는 없을 게야."

군나르는 하라간의 강함을 인정했다.

당연한 일이었다. 하라간은 이미 군나르를 뛰어넘어 훨씬 더 강한 무력을 지녔으며, 군나르로부터 비전 독술까지 물려받았다. 그러니 세상에서 하라간을 해칠 수 있는 사람은 없다고 봐도 무방했다.

"하라간, 작년 여름에 할아비가 너를 사막 도시 키약으로 보낸 이유가 무엇이더냐?"

"할아버님께서는 제가 변종 마물을 생포해서 공을 세우기를 바라셨습니다. 선조께서 기틀을 잡으시고 할아버님께서 번창시키신 이 왕국을 물려받기에 부끄럽지 않으려면, 저는 만백성들이 인정할 만한 전공이 필요합니다."

"바로 맞췄다. 나는 네가 떳떳하게 공을 세우기를 바랐다. 그래서 위험을 무릅쓰고 너를 키약으로 파견한 게야. 비록 토브욘 놈들의 훼방에 성과를 얻지는 못했지만 말이다."

"송구합니다."

하라간이 고개를 푹 숙였다.

군나르는 가만히 머리를 가로저었다.

"아니다. 그건 네 실수가 아니었어. 그리고 너를 탓하려고 키약 사건을 언급한 것이 아니다. 할아비는 당시에 등장한 변종 마물이 마음에 걸리는구나. 혹시 그 변종 마물들은 너를 키약으로 유인하기 위한 미끼가 아니었을까? 할아비는 지금도 이런 의심을 한단다."

"아!"

"그런데 이번 스벤센 왕국과의 다툼도 어쩐지 구린 냄새가 나."

군나르는 통찰력이 있는 군주였다. 그의 판단은 때때로 그 어떤 신관의 예언보다 더 정확했다.

하라간이 되물었다.

"혹시 이번 일도 저를 노린 함정일까요?"

"어쩌면."

"그렇다면 제가 남부로 내려가는 것이 좋겠군요. 만약 저를 노리는 무리가 있다면 이 좋은 기회를 놓치지 않을 테니까요."

"그렇지. 네가 움직여야 그 간악한 무리의 꼬리를 붙잡을 수 있지."

군나르가 말한 간악한 무리란, 어쌔신과 그 배후를 의미했다. 사막 도시 키약에서 하라간을 암살하려고 들었던 그 어쌔신 무리!

군나르가 말을 덧붙였다.

"예전 같았으면 놈들을 붙잡기 위해 너를 왕궁 밖으로 내보내지는 않았을 것이다. 할아비는 너를 미끼로 사용할 마음이 눈곱만큼도 없어. 너의 안전이 내게는 최우선이니까."

"할아버님!"

"하지만 지난 한 달간 너와 마물을 공유하고 독술을 가르치면서 느낀 바가 있었단다. 하라간, 너는 결코 미끼가 되어 희생될 수준이 아니야. 그러기엔 네가 너무 강해."

군나르는 자신 있게 말했다.

솔직히 하라간은 희생양이 되기엔 너무 강했다. 생쥐는 족제비를 잡기 위한 미끼가 될 수 있고, 그 족제비를 잡는 과정에서 생쥐가 다칠 수도 있지만, 수사자를 족제비 사냥의 미끼로 사용하는 것은 완전히 다른 얘기였다. 이럴 경우, 족제비를 잡는 과정에서 수사자의 부상을 걱정할 필요는 없었다.

'혹시 국경 지대에 함정이 있다고 해도 상관없다. 하라간을 잡기 위해 함정을 판 자들은 피눈물을 흘리며 후회하게 될 것이야. 이미 이 아이는 나를 뛰어넘었어.'

지난 한 달간, 하라간에 대한 군나르의 믿음은 산악처럼 단단해졌다. 그 믿음이 군나르로 하여금 하라간을 품 안에서 놓아 주어 먼 창공으로 비상하게 만들었다.

'게다가 이건 군부와 대신들, 그리고 온 백성들에게 하라간의 이름을 널리 알릴 좋은 기회야. 우리 하라간을 위한다면 이 아이에게 전공을 세울 기회를 만들어 줘야지.'

군나르는 이번 기회에 돌멩이 하나로 두 마리의 새를 잡을 요량이었다.

군나르의 첫 번째 목표, 하라간을 왕궁 밖으로 내보내 간악한 자들의 꼬리를 붙잡는 것.

두 번째 목표, 하라간에게 공을 몰아주는 것.

하라간의 국경 시찰은 그렇게 결정되었다.

Chapter 4

남부 국경 지대로 시찰을 나가기 전, 하라간은 군나르에게 청을 하나 올렸다.

"할아버님, 이 아이들을 할아버님의 곁에 배치할 수 있도록 허락해 주십시오."

하라간이 말한 아이들이란, 그가 시체에 포자를 심어 만들어 낸 괴뢰들을 의미했다. 군나르는 하라간이 데려온 괴뢰들을 물끄러미 바라보았다.

괴뢰의 생김새는 모두 똑같았다.

키는 일률적으로 180 센티미터.

허리는 길고 가슴근육이 발달한 역삼각형의 체형에 회백색의 칙칙한 피부가 왠지 모르게 불길한 기운을 풍겼다.

괴뢰의 눈동자는 루비를 눈구멍에 박아 넣은 것처럼 빨갛고 동그랬다. 입술이 없어 잇몸이 흉하게 드러나 있었고, 이빨은 상어의 그것을 보는 듯 뾰족뾰족했다. 머리카락은 밤색에 부스스했으며, 손톱과 발톱은 누런색이었다.

하라간의 괴뢰들은 판에서 찍어 낸 듯 동일한 외모를 지녔다. 대머리 환관들이 괴뢰들에게 날렵한 복장을 입혀 주고 입에 마스크를 씌워 그럴듯하게 꾸미기는 했으나, 괴뢰들이 풍기는 위화감까지 감추지는 못했다.

"이것들을 내 곁에 두라고?"

군나르가 의아한 표정을 지었다.

하라간은 힘차게 고개를 끄덕였다.

"그렇습니다. 제가 남부로 시찰을 다녀올 동안 이들을 할아버님의 곁에 두셨으면 합니다."

"그럴 만한 이유가 있느냐? 이곳 웃전은 호위 무사들이 배치되어 철통 경비 중이다. 그런데 굳이 이들이 필요할까?"

"할아버님, 이것은 제 소원입니다. 부디 제 괴뢰들이 할아버님의 곁에 머물 수 있도록 윤허하여 주십시오."

하라간은 막무가내로 청을 넣었다.

그 모습이 마치 어리광을 부리는 것 같아 군나르가 웃었다.

"이게 너의 소원이라고? 어허허허! 오냐. 우리 금쪽같은 증손자의 소원이라는데 이 할아비가 들어주지 못할 이유가 없지. 내 약속하마. 네가 돌아올 때까지 이들을 내 곁에 두겠다."

군나르는 흔쾌히 하라간의 청을 받아들였다.

하라간이 군나르를 와락 끌어안았다.

"고맙습니다, 할아버님. 정말 고맙습니다."

"허허허! 녀석!"

군나르는 하라간의 뒤통수를 손으로 슥슥 쓰다듬고는, 당부의 말을 잊지 않았다.

"그 대신 너도 약속을 하나 해 다오."

"무슨 약속입니까?"

"국경 지대로 가거든 시찰 외에 다른 위험한 행동은 일체 하지 않겠노라고 약속을 해."

군나르는 하라간을 품에서 놓아 주기로 결심한 상태였다. 그럼에도 불구하고 군나르는 여전히 하라간을 걱정했다.

하라간이 군나르의 손을 꼭 붙잡았다.

"예. 할아버님께 약속드립니다. 절대 위험한 일은 하지 않겠습니다."

군나르가 한 번 더 다짐을 받았다.

"공을 세우려고 스벤센 왕국에 잠입한다든가, 이런 행동도 절대 금지니라."

"네. 저 혼자 국경을 넘는 일도 없을 것입니다."

"혹시 이번에 암살자들의 꼬리를 붙잡게 되더라도 너 혼자 쫓아가지는 말고."

"염려 마십시오. 결코 경솔하게 행동하지 않겠습니다. 시찰을 다녀오는 내내 친위대원들과 호위 무사들, 그리고 게브의 환관들을 반드시 데리고 다니겠습니다."

"오냐! 오냐! 어이구, 내 새끼."

군나르가 하라간의 손등을 토닥거렸다. 마치 어린아이를 어르는 듯한 동작이었다. 하지만 하라간은 군나르의 이런 과보호가 그리 싫지만은 않았다.

"할아버님, 그럼 다녀오겠습니다."

"오냐. 내가 너무 오래 붙잡고 있었구나. 무사히 잘 다녀오너라."

군나르가 이만 나가보라는 손짓을 했다.

"그럼 다녀오겠습니다."

하라간은 군나르에게 고개를 한 번 푹 숙인 다음, 웃전에서 물러 나왔다.

웃전 앞에는 하라간을 호위할 병력이 대기 중이었다. 황금빛 차광막을 두른 으리으리한 마차가 행렬의 정중앙에 위치했다. 마차의 앞뒤로는 1,000명의 정예병들이 배치되었다. 하라간의 친위대원 6명도 마차의 곁을 지켰다.

하라간의 황금 마차 뒤에는 식량과 짐을 실은 보급차 다섯 대가 따라붙었다.

게브에서는 몸이 날랜 환관 90명을 선발해 남부 국경 지대로 미리 파견을 보낸 상태였다. 군나르 직속의 호위대에선 호위 무사 50명을 특별히 뽑아 이번 행렬에 포함시켰다.

이게 끝이 아니었다. 왕국 군부에서는 수도 외곽을 지키는 중앙군에서 기병 9,000명을 차출해 놓았다. 이 병력은 현재 수도 남문 밖에서 대기 중인데, 하라간의 행렬이 남문을 나서면 그때부터 본격적으로 합류할 예정이었다.

하라간은 무려 10,000명이 넘는 정예 병력을 이끌고 남하하는 셈.

"출발하자."

하라간이 황금 마차에 올라탔다.

뿌우우우—

선두의 병사 4명이 동시에 뿔피리를 불었다.

"이랴!"

우렁찬 나팔 소리와 함께 말들이 움직였다.

하라간은 마차에 비스듬히 앉아 차광막 사이로 풍경을 감상했다.

곧게 뻗은 도로 양옆에선 백성들이 손을 흔들며 하라간의 이름을 연호했다. 하늘은 구름 한 점 없이 푸르렀다. 태양은 또렷하게 그 빛을 비추었다. 3월의 봄바람은 마차 주변으로 슬그머니 접근했다가 차광막을 살랑살랑 흔들고 다시 사라졌다.

오늘은 3월 6일.

하라간이 드디어 왕궁을 나섰다.

일국의 후계자가 분쟁 지역으로 움직인다는 것은 보통 일이 아니었다. 하라간의 출궁에 맞춰 군나르 왕국에 침투해 있던 각국의 조직원들이 황급히 자국으로 신호를 보냈다.

　　군나르의 후계자 하라간, 스벤센 왕국과 맞닿은
　국경 지역으로 남하 중.

이 짧은 글귀가 곧 사방 곳곳에 전달되었다.

"뭐어? 하라간이 왕궁 밖으로 나왔다고?"

먼 동쪽, 룬드 왕국의 공주 아이다가 자리를 박차고 일어섰다. 아이다는 전달받은 쪽지를 꽉 움켜쥐었다.

제8화
남부 국경선

Chapter 1

"하라간이 왕궁을 나왔단 거지? 아, 나 미치겠네."

아이다는 똥 마려운 강아지처럼 실내를 배회했다.

지금 아이다는 퀸 잉그리드의 엄명을 받은 상태였다. 하라간을 용암의 강으로 데려오라는 엄명 말이다.

아이다가 발을 쾅 굴렀다.

"하아! 이 멍청한 자식. 왜 하필 이럴 때 왕궁을 나서고 지랄이야? 이러면 내가 움직이지 않을 수가 없잖아. 하아아!"

이건 아무리 생각해도 한숨만 나오는 일이었다. 솔직히 아이다는 하라간을 룬드 왕국으로 납치해 오기 싫었다. 퀸 잉그리드가 하라간을 만나면 어떤 행동을 보일지 두렵기 때문이었다.

그렇다고 하라간의 출궁 소식을 무시할 수도 없었다. 나중에 이 사실이 퀸 잉그리드의 귀에 들어가면 아이다는 그 날로 죽은 목숨이었다.

"어휴우! 미치겠네."

아이다는 머리를 벅벅 긁었다. 아무리 생각해도 답이 없었다.

같은 시각.

토브욘 왕국의 적자 그룬드도 하라간이 왕궁을 떠났다는 정보를 들었다.

"호오? 하라간 녀석이 군나르 님의 품에서 떠났다고? 그럼 둥지를 떠난 새끼 새를 내가 붙잡으면 되겠네? 어째 일이 술술 풀리는걸!"

기분이 좋아진 그룬드는 손바닥을 슥슥 비볐다.

최근 군나르 왕국의 폐사원에서 토브욘의 마력함이 추락한 이후로 그룬드는 사면초가에 몰렸다. 그룬드의 정적들은 그에게 "군나르 왕국에서 실종된 가림과 카를슨을 구출해 오라."며 대놓고 압력을 넣었다.

사실 가림과 카를슨은 모두 하라간의 손에 죽었지만. 토브욘 왕국에서는 아직까지 이 사실을 몰랐다.

궁지에 몰린 그룬드는 "어떻게 하면 나와 내 사병들이 다치지 않고 가림 형제를 구출할 수 있을까?"를 고민해 왔다.

그런데 마침 하라간의 출궁 소식이 그룬드의 귀에 전해졌다.

"옳지! 이게 기회다."

찬스를 포착한 그룬드는 당장 마력함을 띄울 준비했다.

"방향은 군나르 왕국! 곧장 날아가 하라간을 납치해 온다. 그다음 하라간을 인질로 삼아 가림 형제와 맞교환을 하는 거야."

그룬드는 이렇게 마음먹었다.

얼마 후 토브욘의 마력함 3대가 하늘로 날아올랐다.

한편 베레니케도 하라간의 출궁 소식을 들었다.

"하라간 님께서 이곳 남부로 내려오신다고? 크윽! 아파!"

베레니케는 하라간에게 얻어맞은 자리가 아직도 욱신거렸다. 얼굴이 퉁퉁 부어 하라간의 배필 경쟁에도 끼지 못하고 고향으로 돌아왔는데, 하라간이 남부로 오고 있다는 소식을 듣자 미칠 듯이 반가웠다.

"지금 얼굴이 아픈 게 문제가 아니지. 하라간 님이 드디어 내 영역에 발을 들이미신단 말이지? 오호호호홋!"

베레니케는 광대뼈를 계란으로 문지르며 호탕하게 웃었다.

군나르 왕국 남부는 땅이 비옥하고 물류가 발달했다. 이러한 지리적, 사회적 배경 때문에 남부의 토후들은 대부분 다른 지역의 토후들보다 더 부유했다. 자연히 그들은 사병도 많이 부리고 노예도 많이 두었다. 지금 남부의 토후들에게 필요한 것은 돈이나 노예가 아니라 권력이었다.

이 와중에 왕국의 미래 권력이 남부로 내려오고 있었다.

이 중요한 기회를 놓칠 토후들이 아니었다.

"어떻게든 이번 기회를 잡아야 해. 하라간 님께 우리 가문의 존재를 알려야 한다고. 그래야 중앙 정계로 진출할 길이 열리지."

이렇게 생각한 토후들은 온갖 진귀한 선물을 바리바리 싸들고 하라간에게 접근했다. 혹은 하라간 일행이 본인들의 영토를 관통할 때면, 부리나케 달려 나와 하라간 일행에게 융숭한 대접을 하려고 애썼다.

물론 이들의 시도는 씨알도 안 먹혔다.

"안 됩니다."

하라간의 친위대원 라티파는 토후들의 선물 공세를 단칼에 거절했다. 하라간은 토후들의 집에서 묵지도 않았다. 그는 병력과 함께 길바닥에서 야영을 했다.

물론 그렇다고 해서 하라간이 불편을 겪는 것은 아니었다. 하라간을 쫓아온 환관들은 욕실이 딸린 으리으리한 막사를 미리 준비해 놓았다. 하라간은 막사 안에서 편하게 자고, 쾌적하게 몸을 씻고, 맛있는 것을 먹으면서 행군했다.

토후들은 하라간에게 접근할 수 없었지만, 하라간의 지시는 토후들에게 닿았다.

"인근 토후들에게 전해. 남쪽 국경선에 사병을 보내 줄 자원자를 모집한다고 말이야."

군나르 왕국은 아직까지는 전시 동원령을 발동하지 않았다. 따라서 하라간이 토후들의 사병을 끌어모으려면 그들의 자발적인 지원이 필요했다.

"네. 즉시 전달하겠습니다."

"모든 일은 하라간 님의 뜻대로 이루어질 것이옵니다."

하라간의 말 한마디에 환관들이 빠르게 움직였다.

남부의 토후들은 하라간의 눈에 들기 위해 사병을 파병했다. 일부 토후들은 직접 무장을 하고 전쟁터로 나섰다.

그러면서 스벤센 왕국을 향해 남하하는 병력이 점점 더 늘어났다. 처음에 10,000명으로 시작되었던 행군 규모는 어느새 30,000명을 지나 50,000명을 넘어섰다. 처음 출발할 때보다 무려 다섯 배 이상 병력이 부푼 것이다.

"군나르의 오만 대군이 남하 중이다!"

이 소식은 곧 스벤센 왕국에 퍼졌다.

"우리 스벤센 왕국과 군나르 왕국 사이에 전쟁이 일어나려고 한다며?"

"나도 들었어. 지금 국경 지대로 양국의 병력이 집결하고 있다던데."

"우리 4군단장님이 군나르 놈들에게 납치를 당했다고 하더라. 그게 이번 사태의 원인이래."

"뭐? 그렇다면 참을 수 없지. 비리비리한 군나르 놈들의 코를 납작하게 눌러 주고 4군단장님을 구출해야지."

호전적인 스벤센 왕국의 백성들은 전쟁을 반기는 분위기였다.

군나르의 상인들도 은근히 전쟁을 기뻐했다.

"전쟁이 벌어지면 생필품 값이 오를 거야."

"큰돈을 만질 기회가 다가오고 있어. 이번 전쟁이야말로 우리 상인들이 한몫 단단히 거머쥘 찬스라고."

돈 냄새를 맡은 상인들이 국경 지대로 속속 모여들었다.

군나르 왕국 남부 지방 토후들의 의견은 사뭇 달랐다.

"전쟁이 일어난다고? 흥! 어림도 없는 소리. 난 그렇게 보지 않아."

"맞아. 지금은 국제 정세를 봐야 해. 우리 군나르 왕국은 북쪽의 토브욘 왕국과 대립 중이거든. 마찬가지로 스벤센 왕국도 동쪽의 토레 왕국과 다투는 중이고. 그러니까 우리 군나르와 스벤센은 본격적으로 전투를 벌일 상황이 아니야. 잔뜩 긴장감을 조성하여 한바탕 맞붙을 것처럼 시늉만 하다가 어느 순간 평화 협정을 맺고 병력을 다시 물릴 거라고."

"그렇다면 이 시점에서 우리는 어떤 전략적인 행동을 해야 할까?"

"그걸 말이라고 물어? 당연히 참전을 선포해야지. 실제로 전쟁이 벌어지지 않는다면 전쟁터로 나가도 위험할 것 없잖아? 그러니 이 기회를 놓치지 말고 참전을 선포해서 하라간 님의 눈도장을 받자고."

"그렇지? 실제로 전쟁만 일어나지 않는다면 우리의 목숨도 안전할 테고, 가문의 사병들도 피해를 보지 않을 게야. 오늘 당장 참전하겠다고 나서야겠어."

계산이 빠른 남부의 토후들은 속속 참전을 선포했다. 하라간의 사병 모집 권유를 듣지 못한 토후들도 알아서 이번 일에 동참했다.

분위기가 한번 일어나자 하라간의 병력은 눈덩이처럼 부풀었다. 50,000명으로 어림잡았던 병사들은 하라간이 남부 국경 지대에 도착할 즈음엔 무려 그 두 배인 100,000명에 이르렀다. 여기에 기존의 남부군을 더하면 300,000명이 넘는 규모였다.

상황이 이렇게 되자 양국의 분위기는 더 험악해졌다. 이제 하라간의 움직임은 더 이상 국경 시찰이 아니게 되었다. 단순히 시찰로 보기엔 하라간이 이끌고 내려오는 병력이 너무 대규모였다. 두 왕국 사이엔 금방이라도 전쟁이 터질 듯했다.

Chapter 2

군나르 왕국과 스벤센 왕국은 서해 바다에서 시작해서 토레 왕국에 이르기까지 킨 국경선을 맞댄 이웃이었다. 평소 두 왕국의 사이는 그리 나쁘지 않아 국경 무역도 활발했다.

스벤센 왕국의 4군단 진영 바로 맞은편에 자리를 잡은 하라간은 군나르 왕국의 남부군 지휘관들을 막사로 초대했다.

"위대하시고 또 위대하신 분의 모든 과업을 이어받으실 분! 저희가 하라간 님을 뵈옵니다."

"하라간 님을 뵈옵니다."

남부군의 지휘관들은 하라간 앞에 일제히 무릎을 꿇었다.

하라간이 위엄 있게 말했다.

"모두 고개를 들라."

"아!"

"오오!"

고개를 든 지휘관들이 저마다 탄성을 흘렸다.

지금 하라간은 황금 투구를 머리에 쓰고 칠보 팔찌를 양쪽 팔뚝에 착용한 차림으로 지휘관들을 맞았다. 게다가 어깨엔 황금 칼라시리스까지 둘러 온몸에서 광채가 뿜어지는 듯한 광경을 연출했다. 물론 극도로 아름다운 하라간의 외모도 한몫 단단히 했다.

그러니 군 지휘관들이 넋을 놓을 수밖에.

하라간은 슬며시 눈을 찌푸렸다.

"누가 상황 보고를 하겠는가?"

하라간의 말에 군단장이 나섰다.

"남부군단장 카우라이옵니다. 제가 현재 대치 상황을 말씀드리겠습니다."

카우라는 백발에 수염이 희끗희끗한 노장이었다. 나이를 제법 먹었음에도 카우라는 몸에 군살이 없고 근육도 단단했다.

'전쟁터에서 잔뼈가 굵은 사람이구나!'

하라간은 이런 부류의 장수들을 좋아했다. 루잉 백작이던 시절에도 하라간은 전쟁터에서 잔뼈가 굵은 진짜 기사와 정치판을 기웃거리는 가짜 기사를 마음속으로 구분하여 가려서 사귀었는데, 카우라는 진짜 기사의 냄새를 풍겼다.

카우라가 무뚝뚝한 어투로 전황을 설명했다. 말솜씨가 없는 카우라의 설명은 다소 지루한 느낌이 들었다. 하지만 하라간은 중간에 말을 끊지 않고 진지하게 귀를 기울였다. 그다음 날카로운 질문을 던졌다.

"이곳 계곡에 병력을 집중할 필요가 있을까?"

하라간이 지목한 곳은 스벤센 왕국의 4군단장 롤로가 죽은 그 계곡이었다. 지휘관들의 눈이 지도 위 계곡에 집중되었다.

하라간은 차분하게 자신의 의견을 피력했다.

"이 좁은 계곡으로 스벤센의 대군이 밀고 들어오긴 힘들잖아? 내가 볼 때 이곳 병력은 좀 덜어 내어도 될 것 같은데? 차라리 그 병력을 중앙군에 배치하는 것이 낫겠어."

카우라가 반론을 제기했다.

"하오나 하라간 님, 스벤센 왕국과 전쟁이 벌어진다면 놈들의 주력은 이곳 탁 트인 황야로 진격해올 것이옵니다. 그때 이 계곡을 통해 적의 기습 병력이 우회를 하면 아군의 옆구리가 찔립니다. 그래서 할 수 없이 이곳에 충분한 병력을 배치해야 합니다."

"그걸 감안해도 이건 너무 많아. 차라리 여기에 아군 노덴스를 배치해 놓았다가 전쟁 발발과 동시에 절벽을 무너뜨리면 되잖아. 그러면 우회 침투 걱정 없이 중앙군의 전투에 신경을 집중할 수 있지."

노덴스는 연해 3층에 서식하는 벌리스터형 마물이었다. 이 마물과 결합한 솔샤르들은 공성전에서 아주 중요한 역할을 담당했다.

하라간은 그 노덴스를 투입하여 전쟁 초반에 절벽을 함몰시켜 버리자고 제안했다.

뜻밖의 지적에 카우라는 곰곰이 생각에 잠겼다.

'전쟁 시작과 동시에 절벽을 무너뜨린다고? 그럼 적의 우회 침투를 한동안 막을 수 있겠어. 하라간 님의 말씀처럼 작전을 짜도 괜찮을 것 같아.'

몇 번을 고민해 보아도 하라간의 작전은 나쁘지 않았다. 마침내 카우라가 고개를 끄덕였다.

"하라간 님의 말씀이 옳은 것 같습니다. 이곳에 소수의 노덴스만 배치해 놓았다가 전쟁 발발과 동시에 절벽을 무너뜨려 길을 막겠습니다."

카우라의 말이 떨어지기 무섭게 여기저기서 아부가 쏟아

져 나왔다.

"역시 하라간 님이십니다."

"하라간 님의 혜안에 정말 감탄했습니다."

하라간은 지휘관들의 찬사에 미소로 대답했다. 하지만 머릿속으로는 다른 생각을 했다.

'지금 떠드는 자들은 진짜 장수가 아니야. 혀로 전쟁을 할 정치꾼들이지.'

속으로는 이렇게 생각했지만 하라간은 그 마음을 겉으로 드러내지 않았다.

한 시간에 걸친 지휘관 회의를 마친 뒤, 하라간은 카우라를 막사에 남겼다.

"저만 따로 남기신 이유가 있습니까?"

카우라 군단장이 하라간에게 물었다.

하라간은 카우라를 지도 앞으로 이끌었다.

"아까의 작전 계획을 변경했으면 해서."

지휘관 회의를 통해 결정된 사항을 바꾸는 것은 옳은 일이 아니었다. 그런 독단적인 선택 때문에 전쟁에서 패하는 경우가 많았다.

'역시 아직 어리신가?'

카우라는 얼굴을 살짝 굳혔다.

하라간이 그 속을 짐작하고는 빙그레 웃었다.

"왜? 곤란한가?"

"소신이 곤란할 이유는 없습니다. 하라간 님께서 친림하신 이상 이곳의 총지휘관은 하라간 님이십니다. 만약 전쟁이 벌어진다면 소신은 하라간 님의 명을 받들어 싸울 것입니다."

역시 카우라다운 대답이었다.

하라간이 계곡을 가리켰다.

"이 계곡 말이야, 전쟁 초반에 노덴스로 절벽을 무너뜨리기로 했잖아?"

"조금 전 회의 때 하라간 님께서 직접 그렇게 말씀하셨습니다."

"절벽을 무너뜨리면 길이 꽉 막히겠지?"

"당연하지요. 길을 막으려고 무너뜨린 것 아닙니까."

"그렇게 꽉 막힌 계곡을 보고 스벤센 녀석들이 어떤 생각을 할까?"

하라간의 집요한 질문에도 카우라는 진지함을 잃지 않았다.

"만약 제가 적 지휘관이라면 무너진 계곡을 넘어갈 방법이 없을까 고민할 겁니다."

"노덴스로 때려서 붕괴시킨 계곡은 2차 붕괴가 일어나기 쉽지. 한두 명이라면 모를까, 다수의 병력이 이 계곡을 넘기는 어려울 거야."

"그렇다면 적 지휘관은 곧장 회군하여 주력군에 합류할 것입니다. 길이 막힌 곳에서 시간을 낭비하기보다는 그것이 더 나으니까요."

카우라의 말에 하라간이 눈을 반짝 빛냈다.

"호오! 그렇단 말이지? 그대가 적 지휘관이라면 시간 낭비하지 않고 회군하여 중앙군에 합류할 것이다?"

"그렇습니다."

"이곳 계곡 진입은 포기하고?"

"그렇습니다."

카우라의 말이 떨어지기 무섭게 하라간이 손가락으로 지도 위 계곡을 꾹 짚었다.

"그때 우리가 여길 넘자."

"네에?"

카우라가 눈을 휘둥그레 떴다.

하라간은 어깨를 으쓱했다.

"적들이 막힌 길에서 시간 낭비를 하지 않을 거라며? 꽉 막힌 계곡 입구에서 회군을 하면서 적 지휘관이 어떤 생각을 하겠어? 여긴 길이 완전히 막혔구나! 우리가 넘어가지 못하듯이 군나르 왕국도 이곳으로는 넘어오지 못하겠구나! 이렇게 생각하지 않겠어? 그 틈을 우리가 노리자는 거지.

적의 빈틈을 찌르는 거야. 푸욱!"

하라간은 검으로 적을 찌르는 시늉을 했다.

카우라가 물었다.

"하지만 하라간 님, 2차 붕괴의 위험이 있는 계곡을 어떻게 넘는단 말씀이십니까?"

하라간은 손가락으로 위를 가리켰다.

"하늘!"

"네?"

"적의 배후를 칠 정예병들만 뽑아서 하늘로 넘어갈 거야."

"네에에?"

카우라의 눈이 한층 더 커졌다.

그의 눈앞에서 하라간이 빙글빙글 웃고 있었다.

〈다음 권에 계속〉